KNAUR

Von Corinna Vossius sind bereits folgende Titel erschienen:
Seh' ich aus, als hätt' ich sonst nichts zu tun?
Man hat ja seinen Stolz

Über die Autorin:
Corinna Vossius, 1963 in Darmstadt geboren, lebt seit 1999 mit ihrer Familie in Norwegen. Zurzeit arbeitet sie als Ärztin im Gefängnis und in einem Pflegeheim für suchtkranke Menschen.

Corinna Vossius

Immer nach vorne schauen

ROMAN

Alle Namen und Ereignisse in diesem Buch sind frei erfunden.
Eventuelle Ähnlichkeiten mit existierenden Personen oder
Körperschaften sind zufällig und unbeabsichtigt.

Besuchen Sie uns im Internet:
www.knaur.de

Originalausgabe September 2018
Knaur Taschenbuch
© 2018 Knaur Verlag
Ein Imprint der Verlagsgruppe
Droemer Knaur GmbH & Co. KG, München
Alle Rechte vorbehalten. Das Werk darf – auch teilweise –
nur mit Genehmigung des Verlags wiedergegeben werden.
Redaktion: Regine Weisbrod
Covergestaltung: ZERO Werbeagentur, München
Coverabbildung und Illustration im Innenteil: Michaela Spatz
Entenfoto von Mathilda Vossius
Satz: Sandra Hacke
Druck und Bindung: CPI books GmbH, Leck
ISBN 978-3-426-52214-1

2 4 5 3 1

Für Gertrude

Prolog

Angehörige hatte das Mädchen offenbar nicht gehabt. Die ersten beiden Reihen in der Grabkapelle waren leer. In der dritten Reihe links saßen die Freunde von Gertrude, Britt-Ingrid wie immer auf dem Ehrenplatz direkt am Gang. Auf der rechten Seite saß nur Simon, keiner der Freunde von Gertrude, sondern der Bruder des Bestatters. Das war's. Die übrigen Plätze blieben leer.

»Wir sind heute hier zusammengekommen, um« – Pfarrer Holm sah auf seinen Zettel – »um von Margrete Aurora Ellingsen Abschied zu nehmen.«

Er wusste, dass er leierte, aber es war schwierig, eine gute Grabrede zu halten, wenn nur die Freunde von Gertrude anwesend waren und niemand, der die Tote persönlich gekannt hatte. Außerdem war das Mädchen so jung gewesen, gerade mal zwanzig. Zu wenig Zeit für einen Menschen, um Spuren zu hinterlassen. Um etwas zu tun, von dem er hier berichten könnte. Was also sollte er sagen?

Pfarrer Holm räusperte sich umständlich und fing noch einmal von vorne an: »Wir sind heute hier zusammengekommen, um von Margrete Aurora Ellingsen Abschied zu nehmen. Margrete ist sehr früh verstorben. Eine Krankheit, ein Fieber, hat sie innerhalb weniger Tage dahingerafft. Selten, dass hier bei uns in Norwegen so junge Menschen sterben, und umso tragischer, wenn es geschieht.«

Die kleine Trauergemeinde horchte auf. Ungewöhnliche Todesarten waren immer willkommen.

Wenn man zu den Freunden von Gertrude gehörte, ging man aus drei Gründen zu Beerdigungen: Erstens natürlich aus christlicher Nächstenliebe. Kein Mensch sollte diesen letzten, schweren Weg alleine gehen müssen. (Aber geschenkt. Nächstenliebe, das war so ähnlich wie *world peace,* das gehörte sich einfach.) Zweitens, weil es hinterher Kaffee und Kuchen auf Vereinskosten gab. Und drittens wegen der guten Geschichten. Meistens waren die Toten ja alte, einsame Individuen, die man erst nach Wochen in ihrer Wohnung gefunden hatte, wenn der Verwesungsgestank allmählich ins Treppenhaus sickerte und die Polizei die Tür aufbrach. Junges, unverbrauchtes Fleisch, das einer mysteriösen Krankheit erlag, das war die Ausnahme. Das war fast so gut wie Opfer einer Gewalttat. Britt-Ingrid setzte sich aufrecht hin und ließ für einen Moment das Strickzeug sinken, und Babette am anderen Ende der Reihe nahm verstohlen einen Schluck aus einer kleinen Flasche ohne Etikett. Selbstgebrannter wahrscheinlich, wusste der Himmel, wo sie den wieder herhatte. Es war ein Wunder, dass Babette noch nicht blind war.

»Der Tod eines so jungen Menschen macht uns immer betroffen.« Pfarrer Holm unterdrückte ein Gähnen.

Zu seinen vielen Aufgaben gehörte auch die Leitung dieses eigenartigen Vereins, die *Freunde von Gertrude,* der es sich zur Aufgabe gemacht hatte, ehrenamtlich Beerdigungen von Verstorbenen beizuwohnen, »die außer uns ja niemanden mehr haben auf dieser Welt, die armen Wuschel«, wie Britt-Ingrid es ausdrückte. Früher war er in solchen Fällen mit dem Friedhofspersonal allein gewesen. Da hätte er die Sache mit einem Vaterunser abtun können und einer halben Stunde ehrlich empfundener Trauer. Jetzt musste er sich zwanzig Minuten Predigt aus den Rippen leiern, um sein Publikum zufriedenzustellen.

Gottes Wege sind unergründlich ... Zum Menschsein gehört auch der Abschied ... Vertrauen in das ewige Leben und in die Liebe Jesu ... Wir singen gemeinsam *Befiehl du deine Wege*.

Die beiden Friedhofsangestellten schoben die Rollbahre mit dem Sarg aus der Kapelle und über die gekiesten Wege des Friedhofs zu dem vorbereiteten Grab, hoben den Sarg mit einer routinierten Bewegung auf das Gestell über der ausgehobenen Grube – er wog ja nicht viel – und drückten auf den Knopf. Leise ratternd senkte er sich hinab. Alle sahen geduldig zu, wie der Blumenschmuck auf dem Deckel langsam verschwand, bis die Maschine mit einem Klack zum Halt kam. Pfarrer Holm sprach ein letztes Gebet und warf ein bisschen Erde hinterher, ehe er die Schaufel an Britt-Ingrid weitergab.

Aus dem Augenwinkel sah er plötzlich Frau Ödegaard. Sie stand ein Stück entfernt, halb hinter einem Baum versteckt, und beobachtete das Geschehen. Als sie Pfarrer Holms Blick bemerkte, drehte sie sich um und entfernte sich rasch, so als wäre sie nur zufällig hier. Über ihr flogen kreischend zwei Möwen aus der Baumkrone. Die Freunde von Gertrude blickten unbehaglich nach oben. Sie kannten die beiden Möwen nur zu gut. Riesige, bösartige Viecher. Es wäre nicht das erste Mal, dass sie eine Trauerfeier störten, indem sie Scheinangriffe auf die Besucher flogen, bis die Versammlung sich in Panik auflöste. Doch diesmal kreisten die Möwen nur eine Zeit lang über dem Friedhof und folgten dann ihrer Herrin.

»Das sind Frau Ödegaards Möwen«, erklärte Edith. »Und das hier war Frau Ödegaards Mädchen. Angeblich hat sie für die Beerdigung bezahlt. Deswegen gibt es diesmal auch ein richtiges Grab und nicht nur eine Feuerbestattung.« Edith warf eine zweite Schaufel Erde auf den Sarg. »Stimmt doch, Herr Pfarrer, oder?«

»Dazu darf ich nichts sagen.«

Aber Edith hatte natürlich recht. Die alte Frau kannte allen Klatsch. Frau Ödegaard hatte Pfarrer Holm in der letzten Woche angerufen und ihn beauftragt, die Beerdigung mit allem Drum und Dran zu organisieren.

»Machen Sie das mit dem Beerdigungsinstitut aus. Ich habe nicht die Kraft dazu. Außerdem wissen Sie als Pfarrer am besten, wie das geht. Es soll an nichts fehlen, aber auch kein übertriebener Schnickschnack. Diese Institute wollen einem immer alles Mögliche andrehen. Ach ja: Und lassen Sie diese lächerliche Truppe kommen.«

»Aber werden Sie denn nicht selbst da sein? Das Mädchen war immerhin Ihr – nun – eine Art Patenkind von Ihnen. Eine Schutzbefohlene. Da wäre es doch …«

»Ich bin derzeit nicht gut zu Fuß und kann keinesfalls an der Beerdigung einer Hausangestellten teilnehmen.«

Damit hatte Frau Ödegaard aufgelegt, und obwohl es Pfarrer Holm ärgerte – das gehörte nun wirklich nicht zu seinen Aufgaben –, hatte er Sarg und Blumenschmuck bestellt. Der Toten zuliebe. Und weil Frau Ödegaard ihm Angst machte.

Edith warf noch mehr Erde in das Grab. Diese kleine, abgegriffene Gartenschaufel lag einfach zu gut in der Hand. Genau richtig zum Setzen von Tulpen. Vielleicht könnte sie sie bei Gelegenheit unbemerkt gegen eine neue austauschen.

»Bist du so weit?«, fragte Britt-Ingrid spitz. »Fein, dann können wir ja gehen. Bitte alle kurz herhören! Wir gehen wie sonst auch in das Café am Eiganes-Weg. Und damit wir das später nicht wieder im Café diskutieren müssen: jeder nur *entweder* ein belegtes Brötchen *oder* ein Stück Kuchen. Nicht zwei – und auch nicht von jedem eines. Simon, wie du weißt, kann der Verein lediglich die Unkosten von Mitgliedern übernehmen. Falls du also mitkommen möchtest, musst du …«

Doch Simon hatte sich längst umgedreht und war bereits auf dem Weg zum Ausgang. Babette lief ihm hinterher: »Simon, he, Simon! Kannst du mir Geld für den Bus leihen?« Sie hielt ihn am Ärmel fest.

»Nein!«, knurrte er.

»Nein? Willst du etwa, dass ich den ganzen Weg nach Hause laufen muss?«

»Ich habe dir schon letzte Woche Geld für den Bus gegeben.«

»Ach komm schon, ein paar Kronen. Sonst besuche ich dich morgen in deinem Maklerbüro. Komme extra aus Kvernevik, um dich zu besuchen. Wäre das nicht nett?«

Sie lachte keckernd und versuchte, den jungen Mann in die Wange zu kneifen. Simon zog angewidert den Kopf weg.

»Morgen und übermorgen und überübermorgen. Jeden Tag komme ich dann. Fünfzig Kronen. Oder wenigstens zwanzig. Nun sei nicht so.«

Simon nahm seine Brieftasche aus dem Jackett und kramte eine Weile darin herum, erst im Fach mit den Scheinen, dann im Kleingeld, dann wieder bei den Scheinen.

»Das Kleinste, was ich habe, ist ein Zweihunderter. Du kannst wohl nicht wechseln?«

Babette schnappte nach dem Schein. »Ich wusste doch, dass du mich liebst. Bis bald, mein Süßer.«

Sie trank einen Schluck aus ihrer Flasche und sah sich nach weiteren Opfern um. Aber der Friedhof war mittlerweile menschenleer. Auch Pfarrer Holm war offenbar schon gegangen. Nun, dann eben zu den anderen ins Café. Wenn sie schnell genug aß, schaffte sie trotz Britt-Ingrids Verbot zwei Stücke Kuchen.

Kapitel 1

Als der Bus in Stavanger hielt, war es schon lange dunkel. Außer Inger war nur eine Handvoll Personen bis zur Endstation gefahren, und die zerstreuten sich jetzt rasch. Offenbar wussten alle anderen, wo sie hinsollten. Das Mädchen setzte ihre Ente auf den Boden. Petronella durchforstete sofort mit dem Schnabel die Pfützen im Rinnstein, froh, nach der trockenen Wärme im Bus endlich wieder Feuchtigkeit um sich zu haben. Feiner Nieselregen fiel. Genau richtig für eine Laufente. Inger zog einen Zettel aus der Tasche, studierte erneut die Wegbeschreibung und schulterte dann entschlossen ihren Rucksack.

»Komm, komm, komm«, lockte sie die Ente.

Petronella warf einen verlangenden Blick auf den kleinen See gegenüber dem Bahnhof, doch alleine unter fremden Stockenten und Schwänen zurückbleiben wollte sie dann doch nicht. Sie folgte Inger wackelnd und so schnell sie konnte über den Bahnhofsvorplatz und nach links den Berg hinauf in den Westteil der Stadt.

Sie waren seit dem frühen Morgen unterwegs. Dreimal hatten sie umsteigen müssen, doch Inger hatte die Fahrt genossen. Es kam nicht oft vor, dass sie alleine war, ohne dass ihr gleich wieder jemand sagte, was sie als Nächstes zu tun hatte. Vor dem Fenster schob sich die herbstliche Landschaft vorbei. In den Bergen waren die Bäume bereits vollständig kahl, und selbst unten am Meer riss der Wind die letzten Blätter von den Ästen. In der frühen Dämmerung waren sie die Küste von Kristiansand heraufgekommen, während der Regen unaufhörlich auf das Dach des Busses prasselte und vom Wind getrieben gegen die Scheiben schlug. Erst kurz vor Stavanger hatte sich das Wetter etwas beruhigt.

In dem trüben Licht der Straßenlaternen glänzte die Straße, und die Pfützen warfen kleine Wellen, auf denen welkes Laub tanzte. Mit einem Mal wurde das Licht abgeschaltet, und die Straße blieb schwarz und leer zurück. Sparmaßnahmen der Stadt, hier wie überall. Inger bückte sich und nahm die Ente auf den Arm, die sich in so tiefer Dunkelheit nicht orientieren konnte. Vorsichtig ging sie weiter, immer tiefer in den Stadtteil Eiganes hinein, vorbei an einem Park mit alten, hohen Buchen und entlang menschenleerer Straßen, die von ehrwürdigen Villen und großen, verlassenen Gärten gesäumt waren.

Hier irgendwo musste es sein.

Petronella auf ihrem Arm wurde schnell schwer. Gut, dass Inger sonst nicht viel Gepäck bei sich hatte. Sie suchte nach Straßenschildern und Hausnummern und zog immer wieder ihren Zettel zurate.

Endlich stand sie vor dem richtigen Tor. Zumindest nahm Inger das an, denn das Haus rechts davon trug deutlich die Nummer 71, ein moderner, viereckiger Klotz mit riesigen Fenstern und der Hausnummer in großen, beleuchteten Ziffern neben dem Eingang, und das links war eindeutig die 75, auch wenn die Hausnummer nur bescheiden auf dem Briefschlitz stand. Das Haus dazwischen trug gar keine Nummer, auch keinen Briefkasten mit einem Namen daran, aber hinter den Fenstern im ersten Stock sah sie Licht, und falls das nicht die Villa Ödegaard war, könnte sie immerhin fragen.

Inger öffnete das Gartentörchen und ging den Kiesweg zur Haustür hinauf. Sie wollte schon läuten, doch dann erinnerte sie sich an ihre Ente und ließ die Hand wieder sinken.

Petronella war ihr im letzten Frühjahr zugelaufen. Plötzlich hatte die Ente im Gemüsebeet gestanden und nach den Regenwürmern geschnappt, die die Klasse beim Graben an die Oberfläche beförderte. Gartenbau-Unterricht. Unkraut jäten und Kartoffeln setzen. Bei allen unbeliebt außer bei Inger, die gerne im Freien war, selbst wenn sie sich die meiste Zeit bücken musste. Petronella war noch ein Entenküken gewesen, das nicht quakte, sondern nur piepste, anfangs sehr scheu, aber auch sehr hungrig. Inger brachte ihr Brot oder Reis, der vom Mittagessen übrig geblieben war. Und manchmal grub sie ihr ein Stück Beet auf, wenn keiner der Lehrer sah, dass sie schon wieder unreife Kartoffeln aushob, damit Petronella mit ihrem Schnabel in der lockeren Erde wühlen konnte. Das liebte sie. Den gesamten Sommer über war es Inger gelungen, die Ente in dem großen Garten des Internats zu verstecken, der nahtlos in die umliegenden Felder überging. Inger hatte ständig irgendwelches Viehzeug um sich. Und ständig irgendwelchen Ärger, denn Tierhaltung war den Schülern strengstens verboten. Tiere brachten nur Allergien, ansteckende Krankheiten und Disziplinlosigkeit mit sich.

Inzwischen war Petronella ausgewachsen. Inger hatte nie herausgefunden, woher sie kam. Soweit sie wusste, vermisste niemand in der Nähe eine Laufente, und das war Inger nur recht, denn die Ente war sehr zahm geworden. Sie fraß aus der Hand und ließ sich sogar streicheln, selbst wenn Inger den Eindruck hatte, dass sie dies nur aus Zuneigung zu Inger gestattete. Die wenigsten Vögel mochten Körperkontakt.

Heute Morgen beim Aufbruch war Petronella ihr wie selbstverständlich zur Bushaltestelle gefolgt. Die Einzige übrigens, die sie begleitete. Abschiede waren etwas, das man im Internat ohne Aufheben und ohne Kummer überstand, vor allem Abschiede zu nachtschlafender Zeit. Der Bus hatte gehalten, die Tür sich zischend geöffnet, Inger stieg ein und zahlte. Draußen trippelte die Ente ungeduldig von einem Bein aufs andere, kackte einen Entenklecks, trippelte wieder und quakte schließlich ungeduldig und laut. Inger war noch nie irgendwo ohne ihre Ente hingegangen – zumindest nicht, soweit Petronella zurückdenken konnte. Der Busfahrer schloss die Tür und legte den Gang ein. Petronella quakte noch einmal, dringlicher. Und im letzten Moment rief Inger: »Meine Tasche! Die hätte ich fast vergessen. Bitte noch mal die Tür aufmachen.«

Sie sprang auf die Straße zurück, schnappte sich Petronella, wandte dem Fahrer beim Einsteigen geschickt den Rücken zu und suchte sich einen Platz ganz hinten, während der Bus endlich losfuhr.

Die Ente hatte aus dem Fenster gesehen und leise vor sich hin geschnattert. Sie war ganz einer Meinung mit Inger: Was hätte sie auch alleine im Internat gesollt? Entweder wäre sie dort verhungert – morgens lag schon Frost über den Hügeln, und es gab kaum noch Schnecken und Würmer. Oder jemand hätte *sie* gegessen, um den eigenen Hunger zu stillen.

Doch jetzt, vor der Haustür der Villa Ödegaard, kamen Inger mit einem Mal Zweifel. Die Bestellung war ein Mädchen gewesen. Nicht ein Mädchen mit Geflügel. Falls diese Frau Ödegaard nett war, hatte sie sicher nichts gegen ein Haustier einzuwenden. Aber falls nicht, wäre es unmöglich, die Ente im Nachhinein zu verbergen. Besser, Petronella blieb fürs

Erste inkognito. Inger sah sich suchend um und ging dann links um das Haus herum in den Garten. Inzwischen hatte es aufgehört zu regnen, und ab und zu gaben die Wolken den Mond frei, doch viel konnte man nicht erkennen. Hier Büsche und dort Bäume und da eine Hecke. Reichlich regennasses Grün auf jeden Fall, und es roch nach feuchter Erde und Laub. Petronella strampelte und versuchte, sich zu befreien. Inger tastete sich tiefer in den Garten hinein und setzte die Ente unter einer Eibe ab, deren Zweige direkt über dem Boden begannen, dicht wie ein Dach. Hoffentlich gab es hier weder Katzen noch Marder, die nachts auf Entenjagd gingen. Aber für heute musste es einfach reichen. Morgen würde sie sehen, ob sich nicht irgendetwas fand, das als Stall dienen könnte.

Inger kehrte zur Haustür zurück, diesmal alleine, und läutete. Drinnen blieb es still. Sie läutete noch einmal. Hatte die Heimleitung nicht mit Frau Ödegaard telefoniert? Ankunft am 27. Oktober gegen 21 Uhr? Natürlich war es für eine alte Frau zu beschwerlich gewesen, Inger vom Bahnhof abzuholen. Oder zu spät. Oder zu nebensächlich. Aber wenigstens die Tür öffnen? Inger klingelte ein drittes Mal, während sie überlegte, ob Frau Ödegaard vielleicht gerade heute Nachmittag verstorben war und jetzt tot hinter ihrem erleuchteten Fenster lag. Für diese Nacht würde Inger sicher einen Winkel bei der Ente im Garten finden, wo sie einigermaßen trocken und windgeschützt wäre. Doch wohin morgen früh? Zurück ins Internat sicher nicht. Inger war froh, dass sie die Schulzeit hinter sich hatte. Nach Hause zu den Eltern nach Klepp? Unwillkürlich zog Inger die Schultern hoch und schlang die Arme um den Körper. Vater und Mutter waren so stolz gewesen, dass Inger gerade bei Frau Ödegaard eine Stelle bekommen hatte. Frau Ödegaard war eine *Märtyrerin der Mission,* denn sie hatte ihren Mann in Afrika verloren, den Doktor Ödegaard, und selbst wenn das nun schon lange her war, »leuchtet sein Stern doch immer noch in unseren Herzen«, wie die Mutter vor ein paar Tagen am Telefon gesagt hatte. »Mach uns diesmal bitte keine Schande, hörst du, Inger? Gott schickt dich nach Stavanger, damit du dich läuterst, das verstehst du doch, oder? Frau Torkelsen ...« – das war die Leiterin des Internats – »Frau Torkelsen sagt, dass ein guter Kern in dir steckt, Inger, ein Samenkorn für den rechten Glauben. *Gott widersteht den Hoffärtigen, den Demütigen aber gibt er Gnade.* Denk daran!« Dann hatte sie aufgelegt. Sowieso war es das längste Telefongespräch gewesen, das Inger je mit ihrer Mutter geführt hatte. Bei sieben Geschwistern, die meisten davon jünger als Inger, war eben immer viel zu tun.

Auf jeden Fall, wenn Inger sich vorstellte, wie sie mit einer verbotenen Ente auf dem Arm die Auffahrt des Elternhauses hochgestiefelt kam, weil Frau Ödegaard just in dem Moment gestorben war, in dem Inger an der Tür klingelte – freuen würde sich da niemand.

Sie läutete noch ein viertes Mal, hartnäckiger und länger, und diesmal hörte sie auch aus dem Haus ein gedämpftes Ding-Dong. Offenbar war die Klingel nicht ganz in Ordnung. Eine Tür klappte weit entfernt, Schritte kamen die Treppe herunter, in der Diele wurde Licht gemacht, und endlich öffnete sich die Haustür. Im Eingang stand Frau Ödegaard. Sie war groß und breit und befahl Inger mit einem Kopfnicken hinein.

Die alte Frau trat gerade weit genug von der Tür zurück, um Inger in den Flur zu lassen. Dort blieb das Mädchen stehen und wusste nicht recht, was tun. Die Schuhe ausziehen oder lieber nicht? Rucksack in der Hand behalten oder absetzen? Ihrer Patin und zukünftigen Dienstherrin vielleicht sogar die Hand schütteln und sich vorstellen? Frau Ödegaard musterte sie ohne ein Lächeln, ohne ein Wort. Schließlich entschloss Inger sich, den Rucksack auf den Boden zu stellen. Sie verschränkte die Hände hinter dem Rücken, senkte den Blick, so wie sie es gelernt hatte, und ließ die Musterung ergeben über sich ergehen, von den abgetretenen Schuhen über die Jacke, die vom Regen durchweicht war, bis zu den Haaren, die ihr feucht am Kopf klebten. Bei den Haaren blieb Frau Ödegaards Blick hängen. Ingers Haare waren blau. Kobaltblau eigentlich, aber nass wirkten sie natürlich dunkler. Eher marineblau.

»Was soll denn das sein?«, fragte sie unfreundlich.

Inger fasste sich an den Kopf und lächelte unwillkürlich. Selbstverständlich war Haarefärben im Internat genauso verboten gewesen wie Tierhaltung (und aus dem gleichen Grund: Gefährdung der Disziplin), doch Inger hatte dafür ihre letzte Nacht in der Anstalt gewählt. Zur Feier ihres neuen Lebens in der Stadt hatte sie sich die langen Haare abgeschnitten und die Stoppeln blau gefärbt. Als sie heute Morgen zum Bus ging, war sie eine völlig neue Person gewesen. Immer noch klein und dünn, doch statt der Zöpfe, die schwer über den Rücken hingen, so wie bei allen weiblichen Mitgliedern der Gemeinde des Wahren Wortes, war es auf ihrem Kopf von nun an leicht und luftig und bunt.

»Das kommt aber weg. Du siehst ja aus wie vom Jahrmarkt!«, sagte Frau Ödegaard.

Inger hörte auf zu lächeln und murmelte: »Ja.«

Aus langer Erfahrung wusste sie, dass dies die beste Antwort bei Vorhaltungen war: ein Ja und den Kopf noch weiter senken. Obwohl sich an der Haarfarbe natürlich so schnell nichts ändern würde. Im Gegenteil, Inger hatte noch eine weitere Packung von *Magic Blue* im Rucksack, zum Nachfärben nach den ersten Haarwäschen.

»Ja, Frau Ödegaard«, wiederholte sie.

Die alte Frau schnaubte durch die Nase, sie glaubte offenbar kein Wort.

Verstohlen musterte Inger sie ihrerseits. Wie eine *Märtyrerin der Mission* sah sie nun nicht gerade aus. Dafür wirkte Frau Ödegaard viel zu rüstig. Sie war groß gewachsen und hielt sich sehr aufrecht, sodass ihr Busen genau auf Ingers Augenhöhe war, ein mächtiger Vorbau in einem altmodischen, lavendelfarbenen Twinset. Die freundliche Farbe passte so gar nicht zu dem Blick, mit dem die alte Frau Inger immer noch anstarrte, als wäre sie im Zweifel, ob sie sie wirklich hereinlassen sollte. Wie alt mochte sie wohl sein? Das Gesicht war von Falten durchzogen. Keine Runzeln, sondern tiefe, scharfe Furchen, so als trüge sie schon seit Jahren nur diesen einen Gesichtsausdruck: Missbilligung und Verachtung. Aber ein Urteil stand Inger nun wirklich nicht zu. Die alte Dame war sicher müde, schließlich war es spät am Abend. Doch insgeheim war Inger froh, dass sie Petronella im Garten gelassen hatte. Eine Ente, das spürte Inger deutlich, wäre hier noch weniger willkommen als sie selbst.

»Warte hier!«, befahl Frau Ödegaard schließlich. Nach kurzer Zeit kam sie mit einer kleinen Schüssel zurück, die mit Frischhaltefolie abgedeckt war und nach Fisch roch. Fischbrocken, erkannte Inger. Rohe Fischbrocken. Dorsch, wie es aussah. In der anderen Hand trug die alte Frau ein schwarzes Lederfutteral, das sie Inger reichte.

»Das ist dein Handy«, erklärte sie. »Ich kann ja wohl kaum die ganze Zeit durchs Haus rufen, wenn ich dich brauche, oder? Das Ladegerät liegt in der Küche. Los, los! Es ist spät, und wir wollen alle ins Bett«, kommandierte sie und stieg Inger voraus die Treppe hinauf. Doch nach ein paar Stufen drehte sie sich wieder um. »Ich habe vergessen, dir das Klo zu zeigen.« Frau Ödegaard stieß die Tür zum Keller auf und schaltete das Licht ein. »Unter der Treppe«, sagte sie nur.

Vorsichtig tastete sich Inger die steilen Stufen hinunter, die selbst unter ihrem geringen Gewicht knarrten und knacksten, und besuchte gehorsam den kleinen Verschlag unter der Treppe, gerade groß genug für eine Toilette und ein winziges Waschbecken.

»Das ist dein eigenes Badezimmer. Nur für dich«, verkündete Frau Ödegaard großspurig, als Inger wieder auftauchte. »Ich habe mein eigenes im ersten Stock.«

Als sie nun endgültig die Treppe hinaufstiegen, stellte Inger fest, dass die alte Frau offenbar Schmerzen beim Gehen hatte, denn bei jedem zweiten Schritt zog sie sich am Geländer hoch und stöhnte leise. In der ersten Etage hielt Frau Ödegaard an, zeigte auf die Tür zum Dachgeschoss und sagte: »Entschuldige, dass ich nicht mitkomme, aber du siehst ja, dass mir das Laufen Mühe macht. Du wirst dein Zimmer da oben schon finden. Es ist das mit dem Bett. Für heute gebe ich dir den restlichen Tag frei. Aber ich erwarte, dass du mir von morgen an zur Verfügung stehst. Gute Nacht.«

Sie verschwand mitsamt ihrem Fisch hinter einer der anderen Türen. Vermutlich ihr Schlafzimmer, dachte Inger, doch dann hörte sie es in dem Zimmer plötzlich kreischen, als wären dort Vögel. Vielleicht eher ein Hobbyraum? Oder eine Voliere? Wie Möwen hörte es sich an, die sich um Futter stritten. Schrille Vogelschreie. Schwere, schlagende Flügel. Schließlich ein letzter Schrei – und ein allerletzter. Nach ein paar Minuten war wieder Ruhe eingekehrt.

»Steh nicht dort draußen herum wie ein Idiot!«, rief Frau Ödegaard durch die geschlossene Tür. »Geh schlafen, habe ich gesagt!«

Inger wurde rot. Die erste Lehre aus dem Internat: Man lauschte nicht. Und wenn, dann ließ man sich nicht dabei erwischen. Leise öffnete sie die Tür zur Dachbodentreppe, tastete nach dem Lichtschalter und machte sich auf die Suche nach ihrem Schlafraum.

Der Dachboden war groß und zugig und vollgestellt mit Gerümpel. In dem Licht der schwachen Glühbirne, die von der Decke baumelte, konnte Inger gerade noch erkennen, dass im hinteren Teil zwei Kammern abgeteilt waren. Vorsichtig tastete sie sich durch den schmalen Gang zwischen alten Möbeln und unförmigen Bündeln hindurch. In dem ersten Raum standen Kisten und ein Stuhl mit zerbrochener Lehne. Im zweiten fand sie das versprochene Bett. Außerdem gab es einen Tisch, einen weiteren Stuhl und ein kleines Fenster, durch das etwas Licht hereinfiel, ehe sich die nächste Wolke vor den Mond schob. Insgesamt erinnerte die sparsame Einrichtung an ihre Schule, nur dass sie sich dort zu zweit ein Zimmer hatten teilen müssen. Dafür hatte es ausreichende Beleuchtung gegeben. Behutsam ging sie weiter in die Kammer hinein, setzte sich auf die Bettkante und wartete, bis ihre Augen sich an die Dunkelheit gewöhnt hatten. Auf dem Tisch stand ein Teller mit zwei Brotscheiben darauf. Daneben ein Glas Wasser. Ihr Abendessen. Wer mochte das hier hingestellt haben? Die alte Frau selbst war wohl kaum hier oben gewesen. Vielleicht eine gemietete Haushaltshilfe?

Fragte sich nur, wann. Im Mondlicht glänzten die Brotscheiben trübe, als wäre altes Fett darauf, Butter wahrscheinlich, und das Brot war so trocken, dass sich die Ränder bereits nach oben wellten. Hier und dort war es von Mäusen angeknabbert. Jeder mit ein bisschen Verstand hätte das Essen wenigstens abgedeckt. Seufzend stellte Inger den Teller unter das Bett. Sollten die Mäuse ruhig auch den Rest haben. Dann trank sie das Wasser, hängte die nasse Jacke zum Trocknen über den Stuhl und kroch in den restlichen Kleidern unter die dünne Decke. Willkommen im neuen Heim.

Kapitel 2

Aufwachen war jeden Morgen eine Zumutung für Renate Ödegaard. In ihrem Alter. Und dann auch noch an der norwegischen Westküste. Was sollte man mit einem neuen Tag in einer Stadt, wo es ständig regnete? Wochenlang sah man die Sonne nicht. Dazu der ewige Wind. Jetzt im Spätherbst ging die Dunkelheit nur zögernd in eine feuchte, wolkenverhangene Dämmerung über, verweilte dort ein paar Stunden und sank dann in die Nacht zurück, wie eine verwöhnte Frau, die zu faul war, sich vom Sofa zu erheben, und am Ende einfach weiterschlief.

Renate Ödegaard seufzte. Wie gerne wäre sie ... wäre sie ... ja: wie gerne wäre sie Karen Blixen in *Jenseits von Afrika*. Stell dir vor, du würdest in einem Himmelbett aufwachen. Nicht nur wegen der Schönheit eines solchen Möbelstücks, sondern auch, damit nachts keine Spinnen oder Schlangen und sonst irgendein Ungeziefer auf dich fallen. An allen vier Seiten wolkiger Musselin. Aus dem gleichen Grund. Der Stoff bricht die grelle Morgensonne auf angenehme Weise. Noch angenehmer ist der Boy, der mit einer Tasse Tee neben dem Bett steht und auf deine Befehle wartet. Später wirfst du dir ein weißes Kleid über und trittst hinaus auf die Veranda, um über die Farm zu blicken. So weit das Auge reicht – alles deins. Die Kaffeebauern sind fleißig bei der Arbeit mit den Kaffeesträuchern. Sie lieben und ehren dich, denn vor hundert Jahren war der Kolonialismus noch in Ordnung. Nicht dieses dumme Geschwätz über Ungleichheit und Ausbeutung von Leuten, die keine Ahnung haben, aber alles besser wissen. Dein Mann ist weg, geschieden, Gott sei Dank, aber nachher kommt vielleicht Robert Redford zum Tee. Karen Blixen war wirklich eine glückliche Frau, mit einem Liebhaber, der selten zu Hause war und der einem nicht auf die Nerven ging. Und der zuvorkommenderweise mit dem Flugzeug abstürzte, ehe er Gelegenheit hatte, alt und lästig zu werden.

Wahrscheinlich war sie selbst einfach fünfzig Jahre zu spät geboren worden, um das zu erleben, dachte Renate. Denn ihre eigenen Jahre in Afrika waren sehr viel weniger romantisch gewesen. Ein Himmelbett hatte es schon mal nicht gegeben. Nur Moskitonetze, in die man sich nachts ständig verhedderte und an denen die blutigen Leichen zerquetschter Mücken klebten. Und Jens Ödegaard war ganz bestimmt kein Denys Finch Hatton gewesen, weder vom Aussehen noch vom Charakter her.

Obwohl sie das anfangs geglaubt hatte. Meine Güte, was war sie damals jung und dumm gewesen. Und so verliebt.

Jens war ihr wie ein nordischer Gott erschienen, als sie ihn in Heidelberg kennenlernte. Zugegeben, ein Gott mit etwas wenig Kinn und etwas wenig Haar, aber dafür mit einem bezaubernden skandinavischen Akzent und einer Fremdheit, die allen Mädchen die Knie weich werden ließen. Im Nachhinein konnte man sich natürlich fragen, ob das nicht der Hauptgrund für Renates Eifer gewesen war: Liebe aus Gier. Nur damit keine andere mit dem Norweger abzog. Nun, wen die Götter strafen wollen, dem erfüllen sie seine Wünsche. Renate hatte ihren Jens bekommen und damit ein Leben in Stavanger, einer Stadt, die man in den Sechzigerjahren bestenfalls als Provinz bezeichnen konnte. Vor fünfzig Jahren war ganz Norwegen tiefste Provinz, wenn man aus Deutschland kam, aber die südliche Westküste war die Provinz der Provinz. Rund um Stavanger hatte es nichts gegeben, was man der westlichen Zivilisation zurechnen konnte. Östlich der Stadt lag der Fjord, im Westen das offene Meer und nach Norden und Süden hin Felder voller Steine und Schafe. Da half es wenig, dass Renate jetzt Frau Doktor war und in den besten Kreisen der Gesellschaft verkehrte, denn selbst die besten Kreise waren miefig und provinziell, und das Wetter war hier noch schlechter als in Heidelberg, wo sich Regen und Nebel gerne in den Ausläufern des Odenwalds verfingen. Während in Deutschland das Wirtschaftswunder vom Stapel lief, schlossen in Stavanger die Werften und die Sardinenfabriken. Das Einzige, woran die Stadt damals reich war, war Glaube. Hier gab es wirklich alles: Zeugen Jehovas. Pfingstgemeindler. Adventisten. Die Heiligen der Letzten Tage. Noahs Arche. Innere Mission. Gemeinde des Wahren Wortes. In jedem kümmerlichen Wohnzimmer schienen irgendwelche Sekten Gottesdienste abzuhalten. Leute spendeten ihre letzten Kronen, sangen aus vollem Hals und sprachen öffentlich von ihrer Liebe zu Jesus. Renate war als anständige Katholikin aufgewachsen. Selbstverständlich ging sie an Weihnachten und Ostern in die Kirche und manchmal auch zur Beichte. Aber diese Zurschaustellung innerster Gefühle fand sie peinlich und anachronistisch. Man lebte doch nicht mehr im Mittelalter! Und hätte sie damals gewusst, dass auch ihr Jens sich einmal zum Missionar berufen fühlen würde, wäre sie noch vor dem Altar umgekehrt und hätte stattdessen ihre Ausbildung zur Bürokauffrau abgeschlossen.

Aber hinterher war man immer klüger.

Renate Ödegaard versuchte, eine bequemere Stellung im Bett zu finden. Alt werden war ein beschwerlicher Vorgang und sehr viel schmerzhafter, als sie sich das als junge Frau vorgestellt hatte. Unsinn. Ach, als junge Frau hatte sie gar nicht über das Alter nachgedacht. Junge Menschen waren immer nur mit dem Hier und Jetzt und mit sich selber beschäftigt. Renate schob sich das zweite Kissen unter den Kopf. Draußen regnete es schon wieder, und der Wind schlug in Böen gegen das Haus.

Seit bald zwanzig Jahren lebte sie nun schon wieder in Stavanger. Allerdings ohne ihren Jens. Der war in Afrika geblieben, mit einem hübschen Holzkreuz und sogar einem kleinen Zaun um die Grabstätte herum. Na, besser die Witwe eines ehemaligen Missionars als die Ehefrau eines mäßigen Hausarztes, denn Dr. Ödegaard hatte vielleicht den rechten Glauben besessen, aber ein guter Arzt war er leider nicht gewesen. Außerdem war es alleine friedlicher im Haus. Stiller. Irgendwie homogener, seit Jens ihr nicht mehr ständig widersprach.

Das einzige Problem war, anständiges Personal zu finden, aber das hatte nichts mit ihrem toten Ehemann zu tun, sondern mit der Wirtschaftslage. Natürlich waren gute Hausangestellte auch in der Mission eine immerwährende Herausforderung gewesen. Bis man sie endlich angelernt hatte, waren die meisten Mädchen ja schon wieder weg, dem Ruf ihrer Triebe gefolgt, die kleinen Nutten. Aber hier in Stavanger gab es überhaupt kein Dienstpersonal. Durch den Ölboom ging es den Leuten einfach viel zu gut. Im besten Fall fand man jemanden zum Putzen. Aus Polen kamen die, der Ukraine, Vietnam – ein internationales Potpourri aus unzuverlässigen, schlampigen Weibern, die weder der norwegischen noch der englischen Sprache mächtig waren. Aber ihren Arbeitgeber betrügen und bestehlen, das konnten sie allemal. Was für Gestalten hier schon aufgetaucht waren! Und alles andere außer putzen musste man sowieso selber tun: waschen, bügeln, Gartenarbeit, Essen kochen und hinterher die Küche aufräumen – es nahm kein Ende. In den letzten Wochen seit Margrete Ellingsens Ableben hatte Renate sich mühsam mit den Haushaltshilfen über Wasser gehalten, die eine Agentur in Kopenhagen vermittelte. Zu Preisen jenseits ihres Vorstellungsvermögens. Aber immerhin boten die Däninnen einen gewissen Allround-Service. Nein, hier in Stavanger, das war nicht das Leben, zu dem Renate Ödegaard geschaffen war. Außerdem wurde sie ja auch nicht jünger. Inzwischen wusste sie nur allzu gut, was mit dem Ausdruck »einsames Alter« gemeint war. Nicht die Witwenschaft – Jens konnte bleiben, wo der Pfeffer wuchs –, sondern diese Nächte, in denen einem alles wehtat und in denen die schlechten Erinnerungen den Bettpfosten hinaufkrochen wie Ungeziefer: Angst, Scham, Vergeblichkeit – ein Leben war eben lang, und alle machten Fehler, oder? Aber morgens zwischen drei und vier half einem diese Erkenntnis gar nichts, da war man alleine mit sich und seiner Reue. Wie gut wäre es da, wenn man jemanden hätte, mit dem man – nein, nicht seine Gedanken teilen. Renate Ödegaards Erinnerungen gingen niemanden etwas an. Aber jemanden, der einem einen Becher heiße Milch brachte oder eine Wärmflasche. Jemanden, den man ein bisschen beschimpfen konnte, bis es einem besser ging in dieser elenden, feuchten Stadt, die schon viel zu lange ihre Heimat war. Nun, Gott sei Dank, gestern Abend hatte endlich die Neue vor der Tür gestanden. Von heute an würde sie den Haushalt übernehmen mit allem Drum und Dran.

Ein bisschen dünn war sie, und sie trug eine eigenartige Frisur. Aber Renate Ödegaard hatte schon ganz andere Mädchen gemeistert.

Die beiden Möwen am Fußende wurden allmählich unruhig. Sie schlugen mit den Flügeln und wollten ins Freie gelassen werden. Renate Ödegaard vergewisserte sich, dass der kleine Lederbeutel unter ihrem Kopfkissen noch an seinem Platz war, dann griff sie nach dem Handy auf ihrem Nachttisch, wählte, und als Inger sich endlich meldete, rief sie in das Gerät: »Hallo, Mädchen. Äh - Inger. Sofort kommen, hörst du? Sofort kommen!«

Kapitel 3

Ingers erster Gedanke am nächsten Morgen galt der Ente. Ob es ihr gut ging? Draußen dämmerte es allmählich, doch die Sonne würde erst in einer guten Stunde aufgehen. Erleichtert hörte sie, dass Petronella unten im Garten schnatterte, wahrscheinlich hatte sie gerade ihr morgendliches Ei gelegt, aber im Haus selbst war es noch totenstill. Am besten, Inger schliche sich hinunter, ehe jemand das Ei entdeckte. Von Petronella brauchte hier niemand etwas zu wissen.

In dem fahlen Licht, das durch das kleine Fenster in ihren Verschlag fiel, blieb die Kammer genauso schlicht wie am Abend zuvor. Das einzig Neue, was sie entdeckte, war ein schmaler Spind direkt hinter der Tür, in der dunkelsten Ecke, eingeklemmt zwischen Bett und Wand. In dem Spind fand Inger einen dunkelbraunen Rock und eine etwas hellere Bluse. Offenbar ihre Dienstkleidung, denn an einem Haken an der Innenseite der Schranktür hingen dazu noch eine weiße Schürze und ein kleines Häubchen. Inger schlüpfte aus Jeans und Pullover und stieg in die Uniform. Dann sah sie unglücklich an sich herunter. Nicht nur, dass die neuen Kleider kalt und klamm waren und ihr Gänsehaut verursachten, sie waren vor allem zu weit und zu lang. Wer immer diese Sachen vor ihr getragen hatte, war ein gutes Stück größer als Inger gewesen und außerdem kräftiger. Inger krempelte die Blusenärmel nach oben, band sich die Schürze fest um den Bauch, damit der Rock nicht rutschte, und steckte das Handy in die Schürzentasche. Sie drehte und wendete das Häubchen eine Weile, ehe sie es zurückhängte. Eine Uniform war schön und gut. Ihre gesamte Internatszeit über hatte Inger Uniform getragen. Das hatte auch seine Vorteile, denn in einer Schuluniform sahen alle gleich hässlich aus. Aber eine Uniform, die viel zu groß war, zusammen mit Kniestrümpfen und verschossenen Halbschuhen – ausgeschlossen, dazu auch noch ein gestärktes weißes Häubchen zu tragen. Vor allem nicht, wenn man seit Neuestem so schönes Haar hatte.

Inger fischte den Teller mit ihrem gestrigen Abendessen unter dem Bett hervor. Irgendetwas hatte weiter an den Broten herumgenagt. Inger lächelte. Immer schön, wenn man jemandem eine Freude bereiten konnte, selbst wenn es nur eine Maus war. Leise stieg sie die Treppe hinunter.

Im Erdgeschoss war es so still wie im übrigen Haus. Inger öffnete die Tür zur Küche – wo Frau Ödegaard gestern den Fisch geholt hatte – und sah sich um. Der Raum war altmodisch groß und sehr gut ausgestattet mit einem neuen Herd, Kühlschrank mit Gefriereinheit, Mikrowelle, Spülmaschine, Küchenmaschine, Toaster und wahrscheinlich noch viel mehr in den Schränken, aber er war auch sehr dreckig. Nicht nur im Spülbecken, sondern auch auf allen Ablageflächen stand schmutziges Geschirr. Dazwischen Krümel, leere Milchpackungen, angebrochene Joghurtbecher, verschütteter Reis, verstreute Nudeln. In der Mikrowelle war irgendetwas explodiert und die Tür von innen völlig verklebt. Vom Küchentisch sah man nur die Beine, denn die Tischplatte verschwand unter einem Berg von Wäsche, die offenbar zum Bügeln hier abgelegt worden war von jemandem, der keine Lust hatte, das Bügeln selbst zu übernehmen. Kein Wunder, dass Frau Ödegaard darauf gedrungen hatte, Inger so bald wie möglich nach Stavanger zu schicken. Sie machte einen

Schritt in den Raum hinein. Unter ihrem Schuh knirschten Krümel, und etwas Weiches zerplatzte. Eine eingelegte Kirsche? Eine Olive? Nun, die Küche konnte noch ein bisschen warten. Inger würde erst einmal schauen, wie man unbemerkt in den Garten kam.

Auf der anderen Seite des Flurs gab es ein Büro und zur Südseite hin einen riesigen Wohnraum und ein kleineres Speisezimmer mit einer großen Terrasse davor. Im Gegensatz zur Küche wirkten diese Räume völlig unbenutzt. Schwer vorstellbar, dass dieses Haus einmal voller Menschen und Leben gewesen war. Jetzt waren die Zimmer ungeheizt, und die Luft war staubig und dumpf. Inger versuchte, durch das Speisezimmer nach draußen zu kommen, doch die Terrassentür hatte sich durch die Feuchtigkeit im Rahmen verzogen. Inger rüttelte und schob, bis es ihr endlich gelang, die Tür so weit aufzustoßen, dass sie sich durch den Spalt zwängen konnte. Von dort führte eine Freitreppe hinunter in den Garten, wo Petronella bereits ungeduldig auf sie wartete.

Enten konnten nämlich durch Fenster sehen, hatte Inger festgestellt. Während andere Tiere sich nicht um Menschen kümmerten, solange man sie nicht hören oder riechen konnte, erkannte Petronella genau, was in einem Haus vor sich ging. Mit zur Seite gedrehtem Kopf, das eine Auge auf Inger fixiert, hatte sie kritisch verfolgt, wie sich diese mit der Tür abmühte, bis sie sich endlich durch den Spalt zwängen konnte. Jetzt begrüßte die Ente Inger mit einem durchdringenden Quak-quak-quak-quak-quak.

»Psst. Leise!« Inger warf Petronella Brot von dem Teller zu, den sie noch immer in der Hand hielt, und lockte sie dann mit dem Rest tiefer in den Garten hinein, zwischen die Büsche, wo Petronella vor Blicken aus den Fenstern im ersten

Stock geschützt war. Die Ente folgte ihr gierig, und als das Brot aufgebraucht war, stöberte sie mit ihrem Schnabel weiter in dem welken Laub, auf der Suche nach Schnecken und Würmern, und auch weil das Graben mit dem Schnabel etwas war, was Enten so taten, wenn sie nicht gerade eines ihrer vielen Nickerchen hielten. Regen und Wind machten ihr nichts aus. Im Gegenteil, Petronella gefiel die milde, feuchte Luft hier am Meer sehr viel besser als die trockene Kälte östlich der Berge. Doch Inger klebte in dem feinen, ständigen Regen die Bluse bereits an den Schultern. Am besten, sie suchte Petronellas Ei und ging rasch wieder ins Haus. Der Garten war sehr groß mit hohen alten Bäumen und riesigen Rhododendronbüschen, die vor Nässe trieften und tropften, doch schließlich fand Inger das Ei direkt unter ihrem Fenster, an der östlichen Giebelseite des Hauses. Es war sogar noch etwas warm. Rund und angenehm schmiegte es sich in ihre Hand, ein tröstlicher Gruß der Ente, die immer noch schrecklich beschäftigt in der Erde wühlte, als wäre sie aus irgendeinem Grund spät dran. Das erinnerte Inger, dass auch sie sich besser beeilte. Schließlich war sie das neue Hausmädchen, und offensichtlich gab es genug zu tun.

Inger begann ihren Dienst im Hause Ödegaard damit, den Kühlschrank und die Speisekammer zu inspizieren. Den Kühlschrank musste man natürlich mit Essigwasser auswaschen, und die Speisekammer würde Inger bei Gelegenheit komplett ausräumen und neu sortieren müssen. Doch ansonsten war sie angenehm überrascht: Beides war gut gefüllt und von einer Auswahl, die Inger – nun, Inger war es gewohnt, bescheiden zu essen. Zu Hause in Klepp sowieso. Schließlich waren sie acht Kinder gewesen, die ernährt und gekleidet werden mussten, und außerdem war es in der Gemeinde des Wahren Wortes nicht üblich gewesen, zu völlen. Irdische Güter lenkten den Blick nur von der Unendlichkeit Gottes ab, sagte der Vater, und das Geld, um sie zu erwerben, war viel besser in der Gemeindekasse aufgehoben, in die ein jeder spendete, was immer er erübrigen konnte (und wo ein jeder peinlich darauf achtete, was der Nebenmann gab).

Auch im Internat war Mäßigung eines der beliebtesten und meist gebrauchten Worte gewesen. Selbst im Kochunterricht, wenn sie lernten, Sauce Hollandaise an grünem Spargel oder Cordon bleu mit Kroketten zu machen, wurde nur eine einzige Portion zubereitet, die die Schülerinnen sich dann teilen mussten. Für jeden ein Gäbelchen zum Probieren, damit man wusste, wie so etwas schmeckt, und wer sich am besten benommen hatte, durfte den Topf auskratzen.

Doch hier gab es dreierlei Sorten Käse, Butter mit und ohne Salz, Himbeerjoghurt und Erdbeerjoghurt und Joghurt mit Moltebeeren und solchen mit Pflaume, Saft, Sahne, Brot, Knäckebrot, Cracker, Kekse, Schokolade. Außerdem natürlich Wurst, Salami und Hackfleisch (aber Inger aß kein Fleisch, also war ihr das egal), geräucherten Lachs in Scheiben und Krabben in Salzlake und die ersten Mandarinen der Saison. Marmelade, Honig, Schoko-Aufstrich. Inger knurrte der Magen. Schließlich hatte sie seit dem Lunchpaket gestern im Bus – zwei Brote, dünn mit Margarine bestrichen, und dazu ein schrumpeliger Apfel – nichts mehr gegessen. Ob sie sich hier einfach bedienen durfte? Oder sollte sie sicherheitshalber erst einmal nur Petronellas Ei kochen? Das würde niemand vermissen.

Während Inger in den Schränken noch nach einem Topf für ein hartgekochtes Ei suchte, begann es neben ihr schrill zu klingeln. Ein Wecker? Nur wo? Erst dann fiel ihr ein, dass sie ja jetzt ein eigenes Handy besaß. Sie fischte es aus der Tasche und fummelte hektisch an dem Etui herum, bis sie das Gerät endlich in der Hand hielt. Da hatte es bestimmt schon zehnmal geläutet. »Bei Ödegaard. Hier ist Inger«, meldete sie sich atemlos.

»Hallo, Mädchen. Äh – Inger«, hörte sie Frau Ödegaard rufen. »Sofort kommen, hörst du? Sofort kommen!«

Inger stürzte so hektisch aus der Küche, dass sie sich das Schienbein anschlug, als sie die Treppe hinaufrannte.

Frau Ödegaard saß in ihrem Bett und wischte ungeduldig auf einem Tablet herum. Als Inger ins Schlafzimmer stolperte und sich an einem Knicks versuchte, so wie sie es im Internat gelernt hatte, blickte sie auf und sagte unwirsch: »Lass den Unsinn! Mach lieber das Fenster auf, damit Frank und Knut nach draußen können. Und dann räum den Dreck dort weg.« Sie zeigte auf ihr Fußende.

Inger starrte auf das Fußteil, auf dem zwei große Möwen saßen, die die Hälse reckten und nervös mit den Flügeln schlugen, bereit, jederzeit nach dem Mädchen zu hacken, falls es ihnen zu nahe kam. Das mussten die Vögel sein, die sie gestern Abend gehört hatte. Erschrocken wich Inger zurück.

Dabei hatte sie sonst nie Angst vor Tieren. Im Gegenteil. Solange Inger denken konnte, hatte sie sich herrenloser, verwurmter Katzen angenommen oder die Kaninchen, die vom Wurf bei den Nachbarn übrig geblieben waren, mit nach Hause gebracht. Immer wieder hatten die Eltern sie dafür bestraft: Mitleid mit Gottes Kreatur war schön und gut, aber nicht in einem Haus, das ohnehin schon viel zu klein war für zehn Personen. Da langte es, wenn man den Meisen zu Weihnachten eine Korngarbe in den Garten stellte. Doch genützt hatten die Strafen nichts. Auf jeden Fall nie lange.

Und später, im Internat in Telemark, hatte es erst recht Tiere gegeben, schließlich lag die Schule auf dem Land, umgeben von Wald und hügeligen Wiesen. Selbstverständlich herrschte auf Aasen Zucht und Ordnung, schließlich sollten die Mädchen nicht nur Hauswirtschaft, sondern auch Gehorsam und Subordination lernen, aber Inger war inzwischen älter und ließ sich nicht mehr so leicht erwischen.

Aus dem Nest gefallene Jungvögel, verletzte Eichhörnchen, hungrige Haselmäuse, eine Taube, die der Katze entkommen war, aber dann doch nach zwei Tagen ihren Verletzungen erlag, und zuletzt Petronella: Schwierig zu sagen, ob es Inger war, die die Tiere zu sich holte, oder ob es die Tiere waren, die Inger fanden. Einen glücklichen Sommer lang hatte Inger sich sogar mit einem halbwüchsigen Fuchs angefreundet, der nach Stöckchen jagte wie ein junger Hund. Als der Herbst kam, löste sich das Band ihrer Freundschaft plötzlich. Der Fuchs war erwachsen geworden und hatte Wichtigeres zu tun, als zu spielen.

Doch diese beiden riesigen Möwen, die auf Frau Ödegaards Fußende saßen und Inger wachsam beäugten, die waren beängstigend. Das Zimmer stank durchdringend nach Vogelkot, der vor dem Bett auf dem Boden lag, und außerdem nach Fisch. Ein paar der Brocken, die Frau Ödegaard gestern Abend verfüttert hatte, waren offenbar heruntergefallen. Für eine Möwe war es in dem Schlafzimmer viel zu eng, um auf dem Boden zu landen und später wieder zu starten. Umso erstaunlicher, dass die Vögel anscheinend nichts dagegen hatten, die Nacht in einem geschlossenen Raum zu verbringen. Jetzt schlugen sie noch einmal mit den Flügeln und kreischten durchdringend.

»Na los!«, sagte Frau Ödegaard lauernd. »Worauf wartest du?«

Vorsichtig schob sich Inger an den Möwen vorbei, den Blick immer auf die Vögel gerichtet, damit sie bei einem Angriff rechtzeitig ausweichen konnte, und öffnete beide Fensterflügel. Gerade wollte sie sich hastig wieder zur Tür zurückziehen, als ihr auffiel, wie Frau Ödegaard in ihre Kissen gelehnt dalag und schadenfroh grinste. Den Gefallen, ihre Angst zu zeigen, wollte Inger der alten Frau nicht tun. Sie straffte den Rücken, atmete tief durch und wartete neben dem geöffneten Fenster, bis erst der eine und dann der andere Vogel auf das Sims übersetzte und von dort aus ins Freie flog. In aller Ruhe schloss sie das Fenster wieder und ging, um im Erdgeschoss nach einem Eimer und einem Kratzer zu suchen, mit dem sie die Schweinerei vom Fußboden wegputzen konnte.

»Bild dir bloß nichts ein!«, rief die alte Frau ihr hinterher. »Und ich will zum Frühstück Kaffee, ein Brot mit Marmelade, eines mit Käse und ein weiches Ei. Also spute dich gefälligst!«

Kapitel 4

Edith kannte Renate Ödegaard, seit sie vor einem halben Jahrhundert von Deutschland nach Stavanger gekommen war. Jens Ödegaard hatte sie noch viel länger gekannt, schon von Kindheit an, lange bevor Jens der Herr Doktor wurde. Edith war seinerzeit sieben gewesen und kam gerade in die erste Klasse. Jens war dreizehn und in der siebten. Selbstverständlich würde er später einmal das Gymnasium besuchen und dann studieren, denn er kam aus einer der besten Familien in Eiganes. Vorläufig aber kickte er mit den anderen Jungs auf dem Schulhof.

Für Edith war es Liebe auf den ersten Blick gewesen. Nicht nur so eine dumme Kinderschwärmerei, nein, nein, sondern wahre Liebe. Obwohl Jens natürlich unerreichbar für sie blieb, schon allein wegen des Altersunterschieds. Die gesamte Schulzeit über wechselten sie kein Wort miteinander, aber Edith träumte trotzdem davon, einmal Frau Ödegaard zu werden. Als sie hörte, dass Jens nach Abitur und Militärdienst nach Deutschland gehen würde, um Medizin zu studieren, war sie gerade fünfzehn geworden. Damals brach eine Welt für sie zusammen. Unmöglich konnte sie mit ihm gehen, dafür war sie einfach noch zu jung. Aber ihn einfach aufgeben, das konnte sie auch nicht. Edith nahm all ihren Mut zusammen und schrieb Jens einen Brief, in dem sie ihm ihre Zuneigung gestand und versicherte, dass sie warten würde, bis er zurückkäme. Sechs Jahre. Versprochen. Bis dahin wäre sie auch endlich im heiratsfähigen Alter.

Jens hatte ihr nie geantwortet, doch gewartet hatte Edith trotzdem. Erst mit tränennassen Kissen am Abend, dann in stillem Leiden, das auch die Frauen von Seefahrern oder von Soldaten oder von Entdeckern kannten, alle Frauen eben, deren Liebste in der Ferne weilten. Schließlich war es mehr ein theoretisches Warten gewesen, denn es war immer gut, den Freundinnen gegenüber einen Namen parat zu haben. Und nach zwei Jahren, mit siebzehn und jenseits der Pubertät, war Jens Ödegaards Bild in Ediths Herzen langsam verblichen. Zumal sie damals Aksel Haaland kennenlernte, einen Mann aus Fleisch und Blut, der sie am Wochenende zum Tanzen ausführte und auf dem Heimweg küsste.

Was zurückblieb, waren Erfahrung in verschmähter Liebe und die Hoffnung, dass der Brief, den Edith mit fünfzehn geschrieben hatte, nicht noch irgendwo in der Villa Ödegaard herumlag.

Jens kehrte Anfang der Sechzigerjahre nach Stavanger zurück, und zu dem Zeitpunkt wusste Edith nicht mehr, was sie je an ihm gefunden hatte. Doktortitel hin oder her, Jens war blass, humorlos und alles andere als gut aussehend. Obwohl gerade erst Ende zwanzig, begann er bereits kahl zu werden, und zusammen mit dem fliehenden Kinn und dem Überbiss erinnerte er an eine Schildkröte. Dazu hatte er auch noch seine Renate dabei, Frau Doktor Ödegaard, geborene Schmidt. Nun, das Eheleben mit einer Frau, die überall nur *der Deutsche Schäferhund* genannt wurde, konnte unmöglich einfach sein. Und obwohl Edith jetzt ihren Aksel hatte, genoss sie die Freuden einer späten Rache. Kein Wunder, dass Jens irgendwann zum religiösen Eiferer wurde, der nur noch mit Gott sprach – bei der Frau.

Dr. Ödegaard öffnete nach seiner Rückkehr aus Heidelberg eine Praxis als Hausarzt, und Renate half dort als Sprechstundenhilfe aus. Natürlich nur, bis Kinder kommen, hieß es zuerst. Aber es kamen keine Kinder. Stattdessen hangelte sich die Praxis mühsam von Jahr zu Jahr. Obwohl es viel zu wenige Ärzte in Stavanger gab und man bei Dr. Ödegaard immer einen Termin bekam, mochte keiner zu ihm gehen. Erstens, weil der Doktor sich so oft in der Diagnose irrte – eine Lungenentzündung war nur ein harmloser Husten und ein gebrochenes Handgelenk eine Verstauchung –, und zweitens, weil seine Frau so unglaublich unfreundlich war. Immer gab sie einem das Gefühl, man stehle ihr nur die Zeit, und sie sprach mit diesem harten Akzent. »Entweder, Sie kommen morgen oder gar nicht«, sagte sie. Oder: »Name, Geburtsdatum, Grund für den Anruf – das ist alles, was ich brauche.« Ehe sie den Hörer wieder auf die Gabel warf.

Dann war das Ehepaar nach Afrika gegangen, und irgendwann kam Renate alleine zurück. Edith hatte es in der Zeitung gelesen. Ein langer Artikel, der den Opferwillen der Missionare im Allgemeinen und von Jens Ödegaard im Besonderen beschrieb. Zu seiner Frau eine kleine Notiz: die Missionarswitwe, die aus dem Dunklen Kontinent nach Stavanger zurückkehrte, um hier Frieden und ein gemäßigtes Klima zu finden.

Das war auch schon wieder ewig her. Bestimmt zwanzig Jahre.

Was Renate Ödegaard seitdem in ihrem großen Haus trieb, wusste kein Mensch, und um die Lücke zu füllen, gab es jede Menge Gerüchte. Die meisten davon nicht gerade freundlich. Wie zum Beispiel diese beiden Möwen, Frank und Knut: Angeblich hatte Renate Ödegaard sie selber ausgebrütet. Die

Eier aus dem Nest geklaut, fünf Wochen lang zwischen ihren Brüsten herumgetragen, bis die Möwenjungen schlüpften, und dann mit der Hand aufgezogen. Angeblich. Genau wusste das natürlich niemand. Aber einen mächtigen Vorbau hatte die Frau Doktor immerhin. Sicherlich Platz genug für zehn Eier. Auf jeden Fall hatte Frau Ödegaard die beiden Biester schon seit vielen Jahren. Edith hätte nicht gedacht, dass Möwen so alt werden konnten. Aber dass eine Frau lieber mit zwei garstigen Vögeln zu tun hatte als mit ihren Mitmenschen – das sagte doch einiges über einen Charakter.

Und dann tauchte vor einigen Jahren das erste Mädchen in der Villa Ödegaard auf. Das, das sich später im Garten erhängte und gerade noch rechtzeitig gefunden wurde. Soweit Edith gehört hatte – und sie hörte das meiste –, nahm es mit keinem dieser Mädchen ein gutes Ende. Das eine kehrte nie aus dem Krankenhaus zurück. Das zweite war eines Tages einfach weg. Nur bei dem dritten wusste man ganz sicher, dass es gestorben war. Da waren die Freunde von Gertrude ja sogar auf der Beerdigung gewesen, das war erst vier Wochen her. Und seit ein paar Tagen war wieder eine junge Frau in der Villa Ödegaard. Als gäbe es da eine nie versiegende Quelle an Hausmädchen. Ob man sich um die Neue kümmern sollte? Wahrscheinlich schon. Nur war das bestimmt nicht Ediths Aufgabe. Sie hatte mit ihren drei Söhnen und der Enkelschar wahrlich schon mehr als genug Menschen, die ihr Kummer und Sorgen bereiteten.

Doch wie zufällig war Edith auf ihrem Spaziergang bis nach Eiganes gekommen. Jetzt war sie ohnehin schon in der Nähe der Villa Ödegaard. Sie würde einfach mal kurz schauen, nicht aus Neugierde, nein, nein, sondern um ihr Gewissen zu beruhigen. Edith bog um die nächste Ecke und blickte über den Zaun der Nummer 73. Nichts zu sehen. Aber von hinter dem Haus kam eine Stimme.

»Danke für das Ei«, hörte Edith, »aber du darfst nicht so viel quaken, Petronella. Ich kenne Frau Ödegaard erst so kurz. Ich weiß, dass sie Möwen mag, aber bei Enten bin ich mir nicht sicher.«

Edith sah sich kurz um – es sollte sie keiner für aufdringlich halten, doch die Straße war zum Glück leer –, dann klinkte sie das Törchen auf und ging nach hinten in den Garten durch.

Auf der Wiese zwischen den uralten Rhododendronbüschen stand ein Mädchen, das streng mit einer Laufente sprach, die aber unbeeindruckt weiter im Gras stöberte. Das Mädchen trug diese Uniform, die Frau Ödegaard bei ihren Dienstmädchen verlangte – ein dunkelbrauner Rock und darüber eine Schürze –, aber beides hing ihr bis fast auf die Knöchel herunter. Dazu eine verschossene Cordjacke, die ebenfalls zu groß war, und blaue Haare. Thorwald, ihr ältester Enkel, hatte auch einmal so eine Phase mit gefärbten Haaren gehabt, rosa, grün, lila, jede Woche anders. Aber Thorwald war wenigstens zum Friseur gegangen. Dieses Kind hier sah aus, als hätte sie sich die Haare selbst geschnitten. Und dazu noch mit einer stumpfen Schere.

»Guten Tag«, sagte Edith. »Ist Frau Ödegaard denn zu Hause?« Falls Renate Ödegaard im Haus war, würde Edith schnell wieder gehen.

Das Mädchen fuhr erschrocken herum. »Nein, sie ist ausgegangen«, stotterte sie. »Ich weiß nicht, wann sie zurückkommt.« Sie machte einen halbherzigen Versuch, sich vor die Ente zu stellen, um sie mit ihrem Rock zu verdecken.

»Keine Angst. Ich werde niemandem von deiner Ente erzählen. Ich bin übrigens die Edith.« Edith lächelte so freundlich wie möglich und streckte die Hand zur Begrüßung aus.

Doch das Mädchen lächelte weder zurück noch nahm sie Ediths Hand. Sie machte einen Knicks und antwortete förmlich und ernst: »Inger Haugen.« Eilig fügte sie hinzu: »Ich darf im Garten sein, wenn ich hier zu tun habe.«

Edith unterdrückte ein Kichern. Einen Knicks hatte sie seit ihrer Schulzeit nicht mehr gesehen. »Warum solltest du denn nicht im Garten sein dürfen?«, fragte sie stattdessen.

Inger wurde rot. »Ich ... ich weiß nicht. Frau Ödegaard möchte nicht, dass ich mich herumtreibe. Aber ich habe das Holz umgestapelt.« Inger zeigte auf einen kleinen Schuppen hinter sich, in dem offenbar das Brennholz aufbewahrt wurde. »Damit sich dort keine Ratten einnisten«, erklärte sie.

»Oh ja. Und waren Ratten da?«

»Nein.«

»Gefällt es dir hier in der Villa Ödegaard?«

»Ja?«, sagte Inger vorsichtig.

Es war nicht einfach, mit dem Mädchen ins Gespräch zu kommen, stellte Edith fest. Wahrscheinlich wartete sie nur darauf, dass Edith wieder ging. Aber jetzt hatte Edith ja auch ihre Pflicht getan. Das neue Hausmädchen war augenscheinlich unversehrt, wenn auch etwas ängstlich. Und es hielt sich heimlich eine Ente, die Eier legte. Junge Frauen mit Haustier und ausreichend Proteinzufuhr starben wahrscheinlich nicht so schnell, oder?

»Tja, ich muss dann mal weiter«, verkündete Edith.

Inger nickte erleichtert.

Edith stapfte über den Rasen zurück zum Gartentor. Kurz bevor sie um die Hausecke bog, drehte sie sich noch einmal um. Inger stand noch immer neben dem Schuppen. In der Jacke mit Kunstfellkragen und mit dem geschorenen, blauen Kopf sah sie aus wie ein Schaf, das man zum Impfen markiert hatte. Ob das Mädchen wohl wusste, dass sie die Nachfolgerin einer Toten war?

»Pass gut auf dich auf«, rief Edith ihr zu. »Und wenn du Probleme hast, dann kommst du zu mir. Hörst du? Einfach bei mir klingeln.«

Erst als sie schon fast zu Hause war, fiel ihr ein, dass Inger ja keine Ahnung hatte, wo Edith eigentlich wohnte.

Kapitel 5

Anfangs war Inger entzückt über ihr eigenes Handy gewesen, dazu noch mit Gürteltasche, die man mit einem Clip am Rockbund einhängen konnte. Ein Handy hatte sie sich schon immer gewünscht, aber in der Gemeinde des Wahren Wortes machte man keine Geschenke – Weihnachten diente der Besinnung, und Geburtstage wurden überhaupt nicht gefeiert –, und Geld besaß Inger nicht, auf jeden Fall nicht genug für ein Telefon. Das Diensthandy von Frau Ödegaard war nichts Besonderes. Frau Ödegaard selbst benutzte das neueste Smartphone, auf dem sie ständig wischte und tippte, während Ingers Handy ein abgelegtes Modell war, mit dem man lediglich telefonieren oder Textnachrichten versenden konnte. Aber das war egal. X-mal am Tag öffnete Inger das schicke Etui an ihrem Rock, nahm das Handy heraus, ließ es mit einem Schnicken des Handgelenks aufklappen, klappte es wieder zu, steckte es zurück in die Gürteltasche und schloss den Druckknopf mit einem satten Plopp. Wunderbar. Pock-auf-zu-plopp. Pock-auf-zu-plopp.

Doch nach ein paar Tagen wurde Inger klar, dass das Gerät eine sehr zweischneidige Segnung war, denn für Frau Ödegaard war sie dadurch immer und überall erreichbar. »Sofort kommen!«, war Frau Ödegaards Standardbefehl, und Inger rannte dann – die Treppen vom Keller hinauf und vom Dachboden hinunter –, um so schnell wie möglich bei ihrer Dienstherrin vorstellig zu werden und neue Befehle entgegenzunehmen. Mit dem Handy am Rockbund stand sie wirklich jederzeit zur Verfügung. Pock-auf-JaFrauÖdegaard-zuplopp.

Ingers erste Aufgabe eines jeden Tages war, die Möwen hinauszulassen und anschließend die Vogelkacke vom Boden zu kratzen, während Frau Ödegaard ihr vom Bett aus zusah. Dann Frühstück bringen, beim Ankleiden helfen, putzen, kochen, Gartenarbeit und noch mehr putzen.

Die Villa Ödegaard war ein altes, ehrwürdiges Holzhaus, doch ihre besten Tage hatte sie lange hinter sich. Außen blätterte die Farbe von der Hauswand, besonders auf der Westseite, die am meisten dem Wetter ausgesetzt war, und der Gartenschuppen, in dem das Brennholz lagerte, wirkte, als würde er beim nächsten Windstoß auseinanderfallen. Sobald es einmal aufhörte zu regnen und die Sonne durchbrach, sah man, wie abgewetzt das Parkett war, die Tapeten waren ausgeblichen und das Sofa so durchgesessen, dass man direkt auf den Sprungfedern zu sitzen kam. Das Treppengeländer hinunter in den Keller war lose, und die Elektrik im gesamten Haus musste noch aus der Zeit vor dem Ersten Weltkrieg stammen, mit Kabeln, die mit Stoff statt mit Plastik ummantelt waren und an kleinen Porzellanisolatoren durch das Treppenhaus geführt wurden. Am besten, man berührte sie nicht. Dazu kam, dass die alten Stromkreise für ein paar Glühbirnen ausgelegt waren und nicht für die vielen neuen Geräte in Frau Ödegaards Haushalt. Ständig brannten die Sicherungen durch, weil Inger die Waschmaschine zu heiß waschen ließ oder den Herd auf mehr als zwei Kochplatten betrieb oder die Mikrowelle auf höchste Stufe stellte. Lediglich das Internet war up to date, an das Glasfasernetz der Stadt angeschlossen und dann WLAN bis in die letzten Winkel des Hauses. Nur hatte Inger leider nichts davon, denn alle Geräte, die dazu Zugang hatten – der Computer, das Tablet und das Smartphone –, durften ausschließlich von Frau Ödegaard benutzt werden, und statt mit einem Code waren sie mit ihrem Fingerabdruck gesichert. Ingers Dienstherrin war ständig mit einem ihrer Geräte zugange, denn sie führte eine intensive Korrespondenz mit der Stadtverwaltung, mit der sie über Grundsteuer, Abwassergebühren, Müllabfuhr und den Rasenmäher des Nachbarn stritt, den sie für zu laut hielt, selbst jetzt im Winterhalbjahr, wo gar nicht gemäht wurde. Und außerdem – aber das sollte Inger nicht wissen – liebte sie Minecraft und konnte stundenlang auf dem Tablet herumklopfen, um kleine, niedliche Bauernhäuser zu bauen, mit Blumen vor den Fenstern und Hühnern im Hof.

Auf den ersten Blick hatte die Villa Ödegaard auch ziemlich schmutzig gewirkt. Dabei hatte es in den Wochen vor Ingers Ankunft bestimmt irgendwelches Personal im Haus gegeben, denn es war höchst unwahrscheinlich, dass Frau Ödegaard ihre eigene Wäsche wusch oder das Toilettenpapier auffüllte oder sich bückte, um hinter ihren Möwen herzuwischen. Aber offensichtlich hatte sich derjenige nicht sonderlich Mühe gegeben. Die Küche völlig verdreckt und die Kacheln im Flur voller Fußtapsen, und in den ungenutzten Räumen im Erdgeschoss lag der Staub auf Teppichen und Möbeln. Doch das war nur Gebrauchsdreck gewesen, wie Inger es für sich nannte. Dreck, der schnell kam und genauso schnell wieder beseitigt war. Aber in all den Ecken, die sonst im Laufe der Zeit verwahrlosten – oben auf den Schränken, ganz hinten in der Besenkammer, unter den Kellerregalen –, war es tipptopp sauber. Inger wusste das, weil Frau Ödegaard sich nicht mit einem wöchentlichen Hausputz zufriedengab.

Nein, Putzen war etwas, das man nach Frau Ödegaards Meinung jeden Tag tun sollte – und zwar ausgiebig, schon weil es dem Müßiggang ihrer Hausmädchen vorbeugte und damit allen schlechten Angewohnheiten. Sie schickte Inger in den Keller zum Wischen und auf den Dachboden zum Abstauben, den Holzschuppen kehren oder unter der Veranda aufräumen, wo es einen Kriechkeller gab, in dem man sich nur auf Händen und Knien fortbewegen konnte. Und überall war offenkundig, dass vor gar nicht so langer Zeit schon jemand da gewesen war, ein anderes Mädchen, und zwar ebenfalls mit Putzeimer und Feudel. Selbst der zerbrochene Stuhl in dem Verschlag neben Ingers Schlafkammer war sorgfältig abgestaubt. Und Inger staubte ihn noch einmal ab, wischte sogar mit einem feuchten Tuch darüber, nur um Frau Ödegaard keinen Anlass für Klagen zu geben.

Dabei verließ die alte Frau den ersten Stock so selten wie möglich. An den meisten Tagen hielt sie sich entweder in ihrem Schlafzimmer oder in dem angrenzenden Wohnraum auf, wo auch ihr Schreibtisch stand und von wo man auf die umliegenden Gärten blickte. Obwohl die Aussicht nicht viel hergab, jetzt im November. Die Treppe hinunter kam Frau Ödegaard nur, wenn sie das Haus verlassen wollte. Wohin die alte Dame dann ging, wusste Inger nicht, aber die paar Stunden alleine im Haus waren jedes Mal eine Befreiung.

»Sie ist jetzt deine neue Familie«, hatte die Mutter bei ihrem letzten Telefonanruf gesagt. Jeden Sonntag, wenn sie vom Gottesdienst noch ganz erfüllt war, rief sie Inger an. »Sie ist deine Patin, die sich um dich und dein Seelenheil kümmern wird. Also danke es ihr, Inger. Jeden einzelnen Tag!«, hatte sie gemahnt. »Frau Ödegaard ist zwar schon alt, doch lass uns hoffen, dass es noch viele Tage sein werden. Ich möchte keine Klagen hören – weder von dir über Frau Ödegaard und erst recht nicht von Frau Ödegaard über dich. *Ich aber will mit lautem Danke dir opfern, will erfüllen, was ich gelobte. Beim Herrn nur ist Rettung!* Jonas 2, Vers 10.«

Inger kannte niemanden, der so bibelfest war wie die Mutter. Und sie bemühte sich ja auch wirklich, dankbar zu sein, obwohl es ihr nicht leichtfiel. Manchmal dachte sie, wenn die Mutter Frau Ödegaard persönlich kennen würde, hätte sie vielleicht ein bisschen mehr Verständnis für ihre Tochter. Schön und gut, ihre neue Patin hatte ihre besten Jahre der Mission gewidmet. Mission – das war immer der Traum der Eltern gewesen. Am liebsten Madagaskar, wo es noch Gegenden gab, die von der westlichen Kultur völlig unberührt waren und wohin man das Licht Gottes wie eine Fackel tragen konnte. Jetzt war Frau Ödegaard alt und verwitwet, und sie hatte Schmerzen beim Gehen. Aber musste sie deswegen dermaßen unfreundlich sein?

Dass Inger in einer zugigen Dachkammer schlief, während mehrere Räume im ersten Stock leer standen, das konnte sie noch verstehen. Schließlich war sie das Hausmädchen, dem wollte man nicht im Schlafanzug begegnen. Sie verstand auch, dass Frau Ödegaard keine gemeinsame Benutzung des Badezimmers wünschte, denn man war ja keine Wohngemeinschaft in einem Studentenhaushalt. Im Keller gab es zwar leider kein warmes Wasser, aber Inger konnte sich am Spülstein in der Küche waschen, kein Problem. Und auch dass Frau Ödegaard gemeinsame Mahlzeiten ablehnte, störte sie nicht. Im Gegenteil. Seinen Hunger zu stillen war ja doch eine sehr private Angelegenheit, und Inger aß gerne alleine in der Küche, wo sie sich zum Nachtisch Kekse dick mit Schokoladencreme bestrich und Milch direkt aus der Packung trank. Gott sah alles. Aber Frau Ödegaard nicht.

Schlimm jedoch waren ihr Jähzorn und die Wutanfälle.

Der geringste Anlass reichte, um Frau Ödegaard in Rage zu bringen. Dann warf sie mit Schimpfwörtern um sich, erst auf Norwegisch und später, während sie sich mehr und mehr in ihre Wut hineinsteigerte, auch auf Deutsch, mit vielen zornigen Zischlauten. Besserwisser! Faulpelz! Spitzbube! Missgeburt! Habenichts! Parasit! Oder sie schlug nach Inger mit der Haarbürste. Manchmal nahm sie auch den Schuhlöffel oder ein Buch. Einmal stach Frau Ödegaard sogar mit der Gabel nach Inger, weil sie fand, dass das Kartoffelpüree zu klumpig geraten sei.

Im Nachhinein tat es Inger leid, dass sie Petronella mitgebracht hatte, denn es war klar, dass sie sie weiterhin verstecken musste. Bislang war ihr Geheimnis zwar unentdeckt geblieben, aber die Ente hatte leider wenig Sinn für Diskretion. Wenn sie sich einsam fühlte, spazierte sie auf dem Rasen auf und ab und rief laut quakend nach Inger, bis diese mit einem Stück Brot nach draußen rannte, ein paar freundliche Worte mit Petronella sprach und sie wieder unter die Büsche trieb. Inger lebte in ständiger Sorge. Bei jedem Quaken, bei jedem Geräusch von draußen zuckte sie zusammen. Nicht auszudenken, was passieren würde, wenn die Ente und einer von Frau Ödegaards Wutanfällen aufeinandertrafen.

Oder doch – leider konnte Inger es sich nur zu gut denken.

Neulich hatte sie geträumt, dass Frau Ödegaard sie zwang, Petronella mit dem Holzbeil den Kopf abzuschlagen, sie zu rupfen, auszunehmen und dann zum Abendessen zuzubereiten, mit einer Füllung aus trockenem Brot und Rosinen und außen knusprige, braune Haut. Ein weißes Tischtuch musste Inger auflegen und das Silberbesteck, das sonst im Buffet unter Verschluss war, damit Inger es nicht stahl – jeder wusste schließlich, dass Dienstmädchen schlimmer als Elstern waren. Inger musste Wein eingießen und eine Kerze anzünden und dann hinter dem Stuhl stehen und zusehen, wie ihre Herrin mit mäßigem Appetit das Fleisch zerteilte und am Ende das meiste auf dem Teller zurückließ.

»Du kannst abräumen«, sagte Frau Ödegaard nach ein paar Bissen und winkte Inger mit einer Handbewegung fort. »Oder nein. Nimm den Teller und füttere die Möwen mit dem Rest. Wäre doch schade, wenn's umkommt, oder?«

Und dann hatte sie gelacht.

Kapitel 6

Das neue Mädchen war ein Fehlgriff. Das war klar.
Gleich schon am ersten Morgen: immer noch blaue Haare, aber kein Häubchen auf. Behauptete steif und fest, dass es kein Häubchen gäbe. Wurde nicht einmal rot. Am liebsten hätte Renate ihr die beiden Möwen auf den Hals gehetzt, so wie sie es manchmal bei den Hunden der Nachbarschaft tat, wenn sie ihr Haufen vors Haus setzten. Aber sie hatte sich beherrscht, und dann waren Frank und Knut auch schon nach draußen verschwunden und kreisten kreischend über dem Garten. Was es da wohl zu sehen gab? Vielleicht eine fremde Katze? Wie auch immer. Auf jeden Fall kam das neue Mädchen mit Eimer, Kratzer, Wischlappen und Gummihandschuhen zurück, hatte ja seine Zeit gedauert, bis sie alles gefunden hatte, und machte sich gehorsam ans Putzen. Viel sehen konnte Renate Ödegaard leider nicht, das Fußteil des Bettes war im Weg. Selbst als sie sich aufsetzte, tauchte nur ab und zu der Hintern über der Kimme auf. Renates Erfahrung nach war Bücken übrigens eine nützliche Übung, die den meisten Problemen vorbeugte. Solange der Hintern höher war als das Hirn, kamen die Mädchen auf keine dummen Gedanken.

In diesem Fall war sie sich allerdings nicht sicher. Sobald Inger sich aufrichtete, hatte sie schon wieder diesen Blick. Nicht direkt herausfordernd. Auch nicht frech. Am ehesten herablassend. Stand da in Margretes Uniform, die ihr drei Nummern zu groß war, ein Strumpf war auf den Knöchel heruntergerutscht, die Schuhe sahen aus, als würden sie demnächst auseinanderfallen, aber dieser Blick. Ehe sie ihn senkte. Eine weitere Haushaltshilfe, die glaubte, dass sie tief in ihrem Innern nur sich selbst gehörte? Lächerlich und ermüdend. Früher oder später begriffen alle Mädchen, dass ihnen gar nichts anderes übrig blieb, als zu gehorchen. Man brauchte als Dienstherrin nur den nötigen Willen und etwas Geduld.

Doch je älter Renate wurde, desto weniger Geduld hatte sie, denn Geduld bedeutete Zeit, und im Alter zerrann einem die Zeit zwischen den Fingern. Ein paar Jahre noch, vielleicht auch nur noch wenige Monate, während diese jungen Dinger ein ganzes Leben vor sich hatten, und sie trugen dieses Wissen vor sich her wie eine Trophäe. Renate Ödegaard besaß ein Haus, sie hatte Geld, und sie hatte Macht über diese Mädchen. Nur eine Zukunft, die hatte sie nicht mehr.

Es war erstaunlich, woher jede neue Generation ihren Optimismus nahm. Renate selbst war in dem Alter nicht anders gewesen: voller lächerlicher Hoffnungen. Die ganze Welt hatte nach dem Krieg in Trümmern gelegen, aber Renate war überzeugt gewesen, dass das Leben gerade für sie, Renate Schmidt aus Nußloch, die wunderbarsten Möglichkeiten bereithielt. Sie musste nur danach greifen. Im Nachhinein wurde man rot, wenn man daran dachte. Immerhin war sie damals eine attraktive junge Frau gewesen, sehr viel hübscher als die kümmerlichen Gestalten, die ihr da ins Haus geschickt wurden. Nicht als Kind. Im Krieg und in den Jahren direkt danach war sie natürlich genauso mager wie alle anderen auch. Aber als die Zeiten besser wurden und es wieder anständig zu essen gab, hatte sie Formen bekommen und glänzendes Haar, das in üppigen Locken über den halben Rücken fiel. Ja, als junge Frau war Renate eine echte Schönheit gewesen. Ganz anders als diese mickrige Spitzmaus, die sie derzeit als Hausmädchen hatte. Ihr Aussehen war ihr Kapital gewesen, denn Renate wollte mehr als nur Steno und Schreibmaschine lernen und irgendwann Hausfrau und Mutter von vier Kindern werden. Nein. Sie wollte weg. So weit weg wie möglich. Etwas erleben wollte sie. Etwas sehen von der Welt. Deshalb hatte ihr ja auch Jens Ödegaard so gut gefallen. Ein bisschen zu steif, ein bisschen zu ernsthaft vielleicht, aber dafür mit einem niedlichen Akzent, weil er das weiche S nicht sprechen konnte. »Achsso«, sagte er oder »SSonntag« oder »Ordnung muss ssein«, weil er wie alle Ausländer dachte, dass die Deutschen es lustig fänden, an ihr Deutschsein erinnert zu werden. Vor allem aber wollte er nach seinem Medizinstudium nach Skandinavien zurückkehren, Europas geheimnisvollem Norden. Jens wiederum bewunderte Renates kastanienbraunes Haar und die rehbraunen Augen, blond und blauäugig konnte er zu Hause jederzeit haben, und er ließ sich nur zu gerne von ihrem Lebenshunger mitreißen. Wie die lachen konnte! Und feiern! Renate schien alle und jeden zu kennen. Wenn man mit ihr durch die Kneipen zog, war immer was los. Als Jens sein Studium abschloss, waren die beiden schon seit bald drei Jahren ein Paar, da jeder in dem anderen seine Ergänzung fand: Renate das Fremde, das ihr hier in Nußloch fehlte, und Jens einen Überschwang an Gefühlen, den er an sich selbst nicht kannte. Die Trauung wurde ganz schlicht im Rathaus vollzogen, weil es mit den zwei verschiedenen Konfessionen – sie Katholikin, er Protestant – in der Kirche doch zu kompliziert war, und 1961 zogen sie endlich nach Stavanger: der frischgebackene Doktor Ödegaard und seine junge, glückliche Frau.

»Wir wohnen in einem schnuckeligen Holzhaus, und abends macht Jens uns ein gemütliches Feuer im Kamin«, schrieb sie in ihrer ersten Weihnachtskarte an die Familie.

Natürlich waren in Deutschland Zentralheizungen der letzte Schrei. Wer lebte schon gerne in einem Haus, in dem nur das Wohnzimmer geheizt war?

»Ich entdecke hier eine völlig neue Welt«, schrieb sie deswegen im nächsten Jahr. »Das Meer liegt direkt vor der Tür und beschenkt uns mit seinem Reichtum. Kartoffeln isst man hier übrigens genauso gerne wie bei uns.«

Das war so ungefähr das Beste, was sie zum norwegischen Essen zu sagen hatte. In Wirklichkeit konnte Renate Fisch nicht mehr sehen. Dorsch pochiert mit Salzkartoffeln. Lachs mit Bratkartoffeln. Klöße aus Seelachs und Kartoffeln in Soße. Schellfisch als Boulette mit Kartoffelbrei. Fischreste im Kartoffelauflauf. Und dann wieder von vorne.

»Jetzt im Winter tanzt das Nordlicht über den Himmel und verzaubert uns«, schrieb sie folgende Weihnachten.

Na ja, das war gelogen. So weit südlich des Polarkreises trat Nordlicht höchstens ein paarmal im Jahr auf, und da es in Stavanger viel regnete, besonders im Winter, sah man gewöhnlich nur Wolken. Doch das wusste zu Hause ja niemand. Und außerdem wollten die Leute lieber Geschichten hören, die an Roald Amundsen erinnerten, und nicht Klagen über Regenwetter von September bis Mai.

»Mussten heute Morgen zwei Eisbären vom Auto vertreiben, ehe wir zur Arbeit fahren konnten«, verkündete sie Weihnachten darauf.

Zu Hause stellten sie sich ja immer Berge von Schnee vor.

Inzwischen lebte Renate schon vier Jahre in Stavanger. Seit einiger Zeit half sie in der Arztpraxis als Sprechstundenhilfe aus. Auch wenn es zugegebenermaßen nett war, tagsüber unter die Leute zu kommen, wusste doch die ganze Stadt, dass Frau Doktor nur hinter dem Tresen saß, um Geld für eine weitere Angestellte zu sparen, denn Jens' Praxis kam einfach nicht in Schwung.

»Die Pinguine sind für den Winter nach Stavanger gekommen. Am Nordpol ist es jetzt zu kalt. Sie leben mitten im Stadtzentrum. Beim Einkaufen werfe ich ihnen Fischreste zu.«

Das war die letzte Karte, die Renate schrieb. Danach hatte sie selbst zum Lügen keine Lust mehr. Die traurige Wahrheit war, dass die Ehe sich zu einer Katastrophe entwickelte, selbst wenn Renate Jahre brauchte, um es sich einzugestehen.

Zum einen war es ein großer Unterschied, ob Renate in Heidelberg einen Verlobten hatte, den alle exotisch und interessant fanden, oder ob derselbe Mann zu Hause in Norwegen genauso ein Stoffel war wie alle anderen mit ihren Wollpullovern und den ewigen Unterhaltungen über das Wetter. Zum anderen war es unerwartet unangenehm, plötzlich selbst die Ausländerin zu sein. Die Fremde. Die Andere. Jetzt sprach Renate mit Akzent und rang um Worte. Nur dass in Stavanger das keiner für charmant hielt. Und plötzlich war sie diejenige, die nicht wusste, wie man sich benahm. Bei der ersten Abendgesellschaft, zu der das Ehepaar Ödegaard ein paar Wochen nach ihrer Ankunft eingeladen war, hatte Renate ihr Weinglas mit ein paar Schlucken geleert. Ein widerlich süßlicher Müller-Thurgau übrigens, eine richtige Plörre, aber sie war durstig gewesen. Als sie das Glas absetzte, bemerkte Renate, dass alle Blicke auf sie gerichtet waren. Zehn pikierte Augenpaare und dazu Jens, der vor Scham über seine junge

Frau am liebsten im Boden versunken wäre, bis der Hausherr ihr mit säuerlicher Miene nachschenkte und die Gespräche zögerlich wieder in Gang kamen. Damals wusste Renate ja noch nicht, zu welch horrenden Preisen Wein in Norwegen gehandelt wurde und dass man Alkohol nur im staatlichen Weinladen kaufen konnte, wo man wie ein Bittsteller dem gestrengen Angestellten hinter der Theke seine Wünsche vortragen musste. Eigenartiges Geschäftsmodell: ein Laden, der die Kunden vom Kaufen abhalten sollte.

Außerdem war Jens als Herr Doktor so ganz anders als der junge Mann, der begeistert in ihrem langen Haar gewühlt hatte oder das Gesicht in ihren üppigen Busen drückte und murmelte: »Hier bleib ich für immer. Ich komme nie wieder ssurück.«

In Deutschland war Jens unternehmungslustig und mitunter sogar ausgelassen gewesen. Also, als Festbombe hatte man ihn natürlich nie bezeichnen können, aber wenigstens hatte er anständig getrunken, und dann war er einigermaßen lebhaft geworden. Aber zurück in Stavanger wurde Jens von einem stillen, etwas linkischen Studenten zu einem strengen, verkniffenen Mann, und Renates lebhafte Art, die er in Heidelberg so entzückend gefunden hatte, war ihm zu Hause, wo ihn jeder kannte, unangenehm. Zurück in Norwegen ließ Jens das Lachen genauso sein wie das Trinken. Wie ausgetrocknet war er. Selbst seinen armseligen Hauruck-Humor legte er ab. Fast vermisste Renate die pubertären Witze über nackte Brüste und Verdauungsprobleme. Ihre Ehe wurde mehr und mehr wie das Klima hier in der Stadt – es mangelte ihr an Wärme. Und Kinder, die vielleicht dafür gesorgt hätten, dass sie wieder zueinanderfanden, Kinder kamen auch keine.

Dann, zu Beginn der Siebzigerjahre, als man in der Nordsee endlich Öl gefunden hatte und es mit der Region langsam aufwärts ging, beschloss Jens plötzlich, nach Ostafrika zu ziehen. Er wollte *in die Mission,* wie man das in Stavanger nannte. Das Christentum in die Welt tragen – das war nämlich etwas, wofür sich die Bürger von Stavanger begeistern konnten. Als Renate das erste Mal davon hörte, hatte sie gelacht. Das war ja, als wäre die Zeit vor hundert Jahren stehen geblieben! Aber nein, die Leute meinten es bitterernst. In Stavanger, gar nicht weit von der Villa Ödegaard entfernt, gab es sogar eine Missionshochschule, wo Missionare ausgebildet und von dort in alle Welt entsandt wurden. Nun, bislang war das eines der vielen Kuriosa ihrer neuen Heimat gewesen. So wie spätabends noch Kaffee trinken. Oder bei strömendem Regen Ausflüge machen. Doch plötzlich wollte der eigene Ehemann da mitmachen. *Medizin im Dienste Jesu* und was er sonst noch für Unsinn redete. Die Streitereien, die sie deswegen gehabt hatten! Was für eine absurde Idee, Buschdoktor zu werden – wozu denn? Aber es war nichts zu machen. Jens wollte absolut *in die Mission.* Mit einem Mal war das seine Bestimmung, sein Ruf, sein Auftrag, den Gott ihm persönlich gegeben hatte.

Er sprach überhaupt immer öfter von Gott. Nach zehn Jahren Ehe war es bei Renate noch immer zu keiner Schwangerschaft gekommen, und die Kinderlosigkeit bedrückte ihn zunehmend.

»Es muss doch einen Sinn haben«, sagte Jens. »Was will Gott mir damit sagen, dass er uns kein Kind schenkt? Welche Pläne hat er mit mir?«

Während sich das restliche Norwegen dem Ölrausch hingab, vergrub sich Jens in der Villa Ödegaard in seine Grübeleien und in die Bibel. Inzwischen sprach er nicht mehr nur *von* Gott, sondern *mit* Gott. Das Tischgebet konnte zu einer regelrechten Unterhaltung zwischen Jens und dem Herrn ausarten. Irgendwann schlug Renate dann einfach ein Kreuz und begann zu essen, es wurde ja sonst alles kalt, aber Sorgen machte man sich schon. Jens magerte ab, bis die Haut sich über den Wangenknochen spannte und die Augen tief in die Höhlen sanken. Die Haare waren ihm früh ausgegangen, sein Kopf war jetzt vollständig kahl. Dafür ließ er sich einen schütteren Bart stehen, nicht um sein fehlendes Kinn zu überspielen, sondern weil ihm Rasieren unwichtig erschien. Sein Hemd war bis zum obersten Knopf zugeknöpft, und darüber trug er eine alte Wolljacke im Norwegermuster und mit silbernen Spangen, die ihm seine Mutter vor vielen Jahren gestrickt hatte.

»Du weißt am besten, was gut für mich ist«, versicherte er seinem unsichtbaren Gesprächspartner. »Mein Schicksal liegt ganz in deiner Hand. Aber wir reden nachher weiter, jetzt esse ich erst mal. Danke für das Mahl, das du hier für mich bereitet hast. Amen.«

»Was soll der Unsinn? *Ich* habe dieses Mahl bereitet!«, rief Renate. »Zwei Stunden habe ich am Herd gestanden und gekocht. Oder glaubst du, dass wir plötzlich einen Engel als Küchenhilfe haben?«

Doch Jens beachtete seine Frau nicht. Zufrieden mümmelte er seinen Dorsch und summte dabei einen Choral vor sich hin. In Nußloch hätte Renate ihn zwangseinweisen lassen können. Aber in Norwegen war das nicht so einfach. Die ganze Küste entlang gab es diese Laienprediger und Erweckungsgottesdienste und pietistische Freikirchen. Religiöser Übereifer – das war hier eine persönliche Angelegenheit, die machte man zwischen sich und seinem Herrn aus.

Jens legte die Gabel beiseite. »Ich habe mich übrigens als Missionsarzt beworben«, sagte er beiläufig, während er sich den Mund abwischte. »Und man hat mir eine Aufgabe zugewiesen. Ein kleines Krankenhaus, noch ganz im Aufbau. Ich werde der einzige Arzt dort sein. Letztendlich ist es gut, dass wir keine eigenen Kinder haben, denn die ganze Welt ist voller Kinder, die mich brauchen. Der Herr hat mich gebeten, mein Können und meine Kraft in Seinen Dienst zu stellen, und ich folge Ihm mit Freuden.«

»Und was ist mit mir?«, fragte Renate verdutzt.

»Du? Solange du mit mir verheiratet bist, ist dein Platz an meiner Seite. Das ist doch wohl offensichtlich, oder?«

1974 zog das Ehepaar tatsächlich um, Jens voller Tatendrang und guten Mutes. Renate, weil sie eine Reise ins Unbekannte ihrer einzigen anderen Alternative vorzog, nämlich als geschiedene Frau nach Nußloch zurückzukehren.

Kapitel 7

Pfarrer Holm näherte sich den siebzig und damit endgültig seiner Pensionierung. Nach einem langen Berufsleben war es allmählich an der Zeit, den Hirtenstab an einen Jüngeren weiterzugeben. Die Bürde von so vielen Schäfchen, gläubigen und noch mehr ungläubigen, drückte ihn im Alter zunehmend, und in der letzten Zeit war die Arbeit nicht einfacher geworden. Er hatte als junger Pfarrer die Gemeinde übernommen, als der Ölboom gerade einzusetzen begann, und in den Jahren seines Wirkens war die Stadt kontinuierlich reicher geworden. Die Leute wussten ja schon gar nicht mehr, wohin mit ihrem Geld. Wochenendhäuser, Ferienreisen, Autos, Motorboote, Shoppingtouren nach London oder Kopenhagen – so viel Lärm in den Leben der Menschen, so viel Gier und Unzufriedenheit. Geld, dachte Pfarrer Holm, Geld hält die Menschen von Gott fern. Das Gefühl, Gott nicht zu brauchen, weil man sich alles kaufen kann. Darüber hat er wieder und wieder gepredigt (*Und er sprach zu ihnen: Sehet zu und hütet euch vor dem Geiz; denn niemand lebt davon, daß er viele Güter hat (Lukas 12,15)*), aber die, die es anging, kamen natürlich nicht in seinen Gottesdienst. Viel zu beschäftigt mit sich und ihren Einkäufen. Eine Gesellschaft, in der das wichtigste Wort *ich* war, nicht *wir* und erst recht nicht *Gott.*

Dann war der Ölpreis vor zwei, drei Jahren plötzlich gefallen, und innerhalb kürzester Zeit fiel die Euphorie, die die letzten Jahrzehnte geherrscht hatte, in sich zusammen.

Firmen schlossen, Personal wurde entlassen, Angst machte sich breit. Dabei war der Reichtum noch da. Die meisten Menschen lebten immer noch sehr gut. Norwegen war eines der reichsten Länder der Erde und Stavanger noch immer die reichste Stadt Norwegens. Es war nur so, dass aus dem Viel-zu-viel ein kleines bisschen weniger geworden war. Und plötzlich war da ein Gefühl von Verletzlichkeit, von Nemesis. Schon seit Jahren mahnten kritische Stimmen, dass die Ölreserven zu Ende gingen und Norwegen neue Einnahmequellen finden müsse, wenn es nicht in Armut und Bedeutungslosigkeit zurücksinken wolle. Mit einem Mal lag diese Bedrohung in unmittelbarer Reichweite. Oder hatte der unaufhaltsame Niedergang sogar schon eingesetzt? Mitten in der Stadt gab es ein riesiges Loch, wo ein ganzer Straßenzug abgerissen worden war, um ein weiteres Hotel zu bauen. Jetzt füllte sich die Baugrube langsam mit Wasser, denn seit Neuestem gab es keine Geschäftsreisenden mehr. Die Hotelbetten standen leer, in den Restaurants bekam man jederzeit einen Tisch, und die Taxis wurden billiger und billiger, damit überhaupt noch jemand damit fuhr. So ähnlich musste es früher in den Goldgräberstädten gewesen sein, wenn der Goldrausch allmählich nachließ.

Pfarrer Holm gönnte es ihnen *(Lass dein Auge nicht fliegen nach dem, was du nicht haben kannst; denn dasselbe macht sich Flügel wie ein Adler und fliegt gen Himmel. (Sprüche 23,4-5))*, nur nützte es ihm leider nichts. War der Glaube in Krisenzeiten etwa größer? Nein! Die Menschen kamen zu ihm, aber nicht, um Gott zu finden, sondern nur, weil sie etwas von Pfarrer Holm wollten. Geld normalerweise, sie dachten immer, er hätte Geld zu verteilen oder er wüsste, wo es Arbeit gab, eine bessere Wohnung, warme Kleidung. Vor allem die polnischen Bauarbeiter kamen, die waren normalerweise die Ersten, die entlassen wurden. Alle wollten sie etwas, aber eben immer nur Dinge. Nie Gottes Weisheit oder Seine Vergebung, nicht einmal das Ewige Leben.

Es gab Tage, an denen fühlte Pfarrer Holm sich so erschöpft, als wäre die Liebe zu seinen Nächsten keine ewig sprudelnde Quelle, sondern lediglich ein Krug, den er im Laufe seines Wirkens bis zum letzten Tropfen geleert hatte.

Es würde gar nicht einfach sein, das Geflecht seiner vielfältigen Aufgaben einem Nachfolger zu übertragen. Im Laufe der Zeit hatte sich einiges angesammelt. Neben den offensichtlichen Dingen – Gottesdienste, Taufen, Hochzeiten, Beerdigungen und Konfirmandenunterricht – gab es da auch noch eine lange Reihe Verantwortlichkeiten, die weniger offensichtlich waren. Regelmäßige Teilnahmen am *Stricken für Afrika* zum Beispiel. Natürlich strickte der Pfarrer nicht selbst, er saß nur einmal im Monat dabei, aß Kuchen und warf seinen Glanz über die versammelten Damen, die Mützen für die Neugeborenen in den Missionskrankenhäusern strickten. Würde sein Nachfolger wissen, dass kleine Kinder selbst in tropischem Klima schnell froren, oder würde er die Damen mit einer flapsigen Bemerkung für immer kränken? Man wusste doch gar nicht, wer die Stelle bekommen würde. Pfarrer Holm jedenfalls hatte keinen Einfluss darauf.

Und dann die *Freunde von Gertrude*. Da erschloss sich ja auch nicht auf den ersten Blick, was dieser Verein eigentlich sollte und warum er unter der Schirmherrschaft des Gemeindepfarrers stand. Pfarrer Holm hatte keine Ahnung, wer die Vereinigung überhaupt gegründet hatte, nicht einmal, wer diese Gertrude gewesen sein sollte. Irgendwann waren sie einfach da gewesen. Saßen in den Kirchenbänken, wenn niemand sonst zu den Beerdigungen kam, und behaupteten, Freunde von Gertrude zu sein. Pfarrer Holm wusste nie, ob er darüber gerührt war oder ob er die Versammlung ein bisschen gruselig fand. Wer ging schon freiwillig zu Beerdigungen? Doch nur Leute, die entweder einen Schatten hatten oder sehr, sehr einsam waren. Vielleicht beides. Nun, es gab nichts, was es nicht gab, so viel hatte er in seinem Berufsleben gelernt, und die Freunde von Gertrude waren jedenfalls harmlose Gestalten. Sogar Britt-Ingrid, die vor ein paar Jahren die Vereinsleitung an sich gerissen hatte und seitdem Pfarrer Holm Zeit und Nerven kostete. Wenn man davon absah, dass sie sich gerne wichtigmachte, aber gleichzeitig dumm wie Brot war, fand sich natürlich auch in Britt-Ingrid ein guter Kern. Sie steuerte die Versammlung mit harter Hand, doch andererseits vergaß sie nie, auch die – nun, die mehr hinfälligen Mitglieder einzuladen. So wie Sigurd, den man im Altersheim abholen musste – der durfte alleine schon lange nicht mehr nach draußen, weil er den Rückweg nicht fand. Und auf dem Weg zum Friedhof machte Britt-Ingrid immer noch einen Schlenker in den Lende-Park, um Babette mitzunehmen, die dort gewöhnlich mit ihren Kumpels saß. Vor allem um den Zwanzigsten des Monats herum, wenn das Sozialamt gerade die Stütze ausbezahlt hatte und alle sich etwas zu trinken kaufen konnten. Deswegen hatte Pfarrer Holm auch zugestimmt, das Geld des Gertrude-Fonds zu verwalten. Eigentlich war es ja nur eine Kaffeekasse für den Leichenschmaus nach der Beerdigung, aber Britt-Ingrid bestand darauf, es Fonds zu nennen, und sie machte ein großes Geheimnis daraus, woher diese Gelder stammten. Nur Pfarrer Holm wusste, dass er selbst jeden Monat ein paar Hundert Kronen von seinem Gehalt abzweigte und sonst noch den einen oder anderen Schein in die Kasse legte, der nirgends vermisst werden würde.

Wie um Himmels willen sollte man das einem Nachfolger erklären?

Pfarrer Holm band sich die Schuhe zu und streifte den Mantel über. Dann zog er den Mantel wieder aus und nahm stattdessen die Regenjacke. Wahrscheinlich war der November überall auf der Nordhalbkugel ein ungemütlicher Monat, aber manchmal verbitterte es ihn doch, dass es an der norwegischen Westküste mehr regnete als irgendwo sonst. Durch den Klimawandel würde das Wetter noch schlechter werden, hatte er neulich gelesen, aber bis dahin war er hoffentlich schon tot.

Nun, wenn er ehrlich war, war es nicht das Wetter, das ihn störte, sondern der Besuch bei Frau Ödegaard, der für heute anstand. Als hätte er nicht genug zu tun, war ihm vor ein paar Wochen auch noch die Betreuung der GHG-Kinder übertragen worden. Kollege Stensland in Bergen könne dieser Verpflichtung nicht mehr nachkommen, hatte es geheißen. Von nun an wäre es Pfarrer Holms Aufgabe, nachzuprüfen, ob die jungen Menschen ihre Pflichten erfüllten, und in der Region Südwest – Vest-Agder bis Sogn og Fjordane – generell nach dem Rechten zu sehen. Wie, bitte schön, sollte Pfarrer Holm denn nach Askvoll kommen? Oder nach Farsund? Überhaupt war es eine absurde Idee, einen Jugendlichen und einen Greis auf Jahre hinaus aneinanderzubinden. Und alles nur wegen Geld. GHG – *Generation hilft Generation* – war eine Körperschaft, die irgendwo zwischen Kirche und Missionsvereinigung angesiedelt war, so genau hatte ihm das nie jemand sagen können. Sie betrieb ein Internat in Telemark, in dem junge Mädchen den Schulabschluss machen konnten und gleichzeitig eine Ausbildung in Hauswirtschaft und Altenpflege erhielten. So weit, so gut. Was Pfarrer Holm empörte, war das – nun ja, das Geschäftsmodell, das dahintersteckte und das ihm Kollege Stensland neulich am Telefon erklärt hatte, als er ihm den ganzen Klumpatsch übergab.

»Es ist so eine Art Patenschaft zwischen der ersten und der dritten Generation, um die Generation in der Mitte, also die Eltern, zu entlasten«, sagte er in diesem näselnden Dialekt aus Bergen. »Ein Vertrag, wenn du so willst. Eine ältere Person, ein ehemaliger Missionar ohne eigene Familie zum Beispiel, ermöglicht einer jüngeren Person, also einem dieser Mädchen, die Schule zu besuchen und ein bisschen Hauswirtschaft und Heimpflege zu lernen. Die jüngere Person verpflichtet sich im Gegenzug, ihrem Gönner später beizustehen, solange dies nötig sein sollte.«

»Was meinst du denn mit *beistehen?* Den Alten pflegen?«

»Äh – ja. Bei Bedarf auch pflegen.«

»Bis zu dessen Tod?«

»So könnte man es ausdrücken, ja«, gab Pfarrer Stensland zu. »Oder bis zur Einweisung in ein Pflegeheim.«

»Ein Mädchen wird als zukünftige Pflegekraft eingekauft?«, hakte Pfarrer Holm nach.

»Das hat nichts mit Kaufen zu tun!«, fuhr Stensland auf. Dann atmete er tief durch. »Das hat nichts mit Kaufen zu tun«, wiederholte er ruhiger. »Man verpflichtet sich nur für einige Jahre. Zehn vielleicht. Maximal fünfzehn, würde ich denken. Eher zehn. Vielleicht auch nur fünf. Ich kenne die Statistik nicht. Entschuldige, das gesamte Projekt wird nur so gerne missverstanden. Ich fürchte, du wirst dir auch einiges anhören müssen. Dass den Mädchen die Zukunft gestohlen werde. Die Möglichkeit, ihren Beruf selbst zu wählen. Dass sie die Jahre, in denen man jung ist, an einen Greis gefesselt sind. Mir persönlich ist vorgeworfen worden, dass die Patenkinder unter Bedingungen arbeiteten, die an Sklaverei grenzen, keine geregelten Arbeitszeiten hätten, der Willkür ihrer Paten ausgesetzt seien, was weiß ich. Wir sind mit Kulturen verglichen worden, in denen Kinderehen gebilligt werden. Sogar mit Mädchenhändlern! Dabei ist das ja genau unsere Aufgabe – also bislang meine und von jetzt an deine –, dass man ein Auge auf diese Kinder hat, damit sie unter akzeptablen Bedingungen leben und gleichzeitig nicht vom rechten Weg abkommen. In Wirklichkeit ist es ein fantastisches Sprungbrett für diese Kinder, die sonst keine Perspektive haben. Und eine wunderbare Lösung für unsere älteren Glaubensboten, die ihr Leben der Mission gewidmet haben. Da fühlt man sich doch dafür verantwortlich, dass diese Menschen im Alter nicht einfach verkommen.

Es ist ein Geschäft, bei dem beide Seiten langfristig investieren und Gewinne einstreichen. Die ältere Person, weil sie auf intelligente Weise für den Herbst ihres Lebens vorsorgt. Und die jüngere Person, weil sie eine solide Ausbildung erhält und dafür einen Menschen in seinen letzten Jahren begleiten darf. Und nicht nur das. Viele der Gönner – oder der *Paten,* wie wir sie nennen – unterstützen sogar auch die restliche Familie finanziell mit einer monatlichen Zahlung, wenn diese zum Beispiel auf den Philippinen lebt oder in Ghana oder so. Das ist gelebte Entwicklungshilfe. Und wenn das Patenkind sich gut anstellt – nun, es wäre nicht das erste Mal, dass ein Mädchen aus ganz armen Verhältnissen plötzlich die Alleinerbin eines ansehnlichen Vermögens würde. Wie ich schon sagte: Es ist ein fantastisches Sprungbrett.«

»Und wenn das Mädchen nicht will?«

»Wie meinst du das?«, fragte Pfarrer Stensland überrascht.

»Ich meine, was ist, wenn das Mädchen nach seiner Schulausbildung beschließt, etwas anderes zu tun? Du kannst es doch kaum zwingen.«

»Niemand wird zu irgendwas gezwungen!« Jetzt wurde Pfarrer Stensland geradezu ungehalten. »Bei dem richtigen Elternhaus und nach der Schulung im Internat wird es für das Kind später selbstverständlich sein, seine Verpflichtungen zu übernehmen. Es wird sich sogar *freuen!*«

»Aber ...«, sagte Pfarrer Holm.

»Also, ich schicke dir die GHG-Unterlagen gleich morgen mit der Post«, unterbrach ihn Kollege Stensland. »Viel Glück damit.«

Pfarrer Holm hatte daraufhin an höherer Stelle darum gebeten, ob nicht ein anderer, vielleicht jüngerer Seelsorger diese Aufgabe übernehmen könne. Für ihn schiene sie sowohl von der Arbeitsbelastung als auch vom Inhalt her nicht passend, sagte der Pfarrer. Selbst Mädchen aus schwierigen Verhältnissen, erklärte er, sollten doch die Möglichkeit gegeben werden, sich frei zu entfalten. Aus Kollege Stenslands Beschreibung habe Pfarrer Holm eher den Eindruck gewonnen, die Kinder würden sowohl in ihrer Berufswahl als auch in ihrer Zukunftsplanung eingeschränkt. Er, Pfarrer Holm ...

Doch leider hatte der Bischof ihm nur geantwortet, dass die Ansichten der Mitarbeiter natürlich immer interessant seien, aber es gäbe eben auch Zusammenhänge, die ein einfacher Gemeindepfarrer nicht überblicke. Die Entscheidung sei endgültig: Ende der Diskussion.

Nicht mal ausreden hatte man ihn lassen.

Derzeit war Renate Ödegaard die einzige GHG-Patin hier in der Gegend, und da diese Pflicht nun einmal an ihm hängen geblieben war, hatte Pfarrer Holm beschlossen, dass sie ein guter Einstieg für ihn wäre. Der Pfarrer hasste Dienstreisen, und zur Villa Ödegaard konnte er zu Fuß gehen.

Der Nachteil war, dass Frau Ödegaard so eine unangenehme Person war. Nach zwanzig Jahren in der afrikanischen Mission, wo sie dazu noch ihren Mann verloren hatte, war sie natürlich ein hochgeehrtes Mitglied der Gemeinde, aber Pfarrer Holm wurde immer noch rot, wenn er daran dachte, wie er zu der Beerdigung ihres vorherigen Patenkinds hatte Blumen kaufen müssen. Wie hieß die noch mal? Ja – Margrete. Margrete Ellingsen. Zu dem Zeitpunkt hatte er noch keine Verantwortung für die GHG-Kinder gehabt, doch im Nachhinein fragte man sich natürlich, ob Margrete nicht zu retten gewesen wäre, wenn man sie früher ins Krankenhaus gebracht hätte. Pfarrer Holm kannte die Gerüchte über eine angeblich seltene und hoch ansteckende tropische Krankheit, deren Sporen sich über Jahre in den afrikanischen Souvenirs gehalten haben sollten, doch soweit er wusste, war Margrete an einer gewöhnlichen Blutvergiftung gestorben. Hätte man sie rechtzeitig behandelt, würde sie heute wahrscheinlich noch leben. Jetzt gab es ein neues Mädchen in der Villa Ödegaard, eine Inger Haugen. Schon allein deshalb war ein Besuch angebracht, um das neue Patenkind auch von seiner Seite willkommen zu heißen.

Als er bei der Villa Ödegaard ankam, war Pfarrer Holm trotz Regenjacke und Schirm ziemlich durchnässt, denn der Wind trieb ihm den Regen waagrecht gegen die Beine. In dem kurzen Anorak und mit durchweichter Hose sah er würdelos aus, fand der Pfarrer. Eine Gore-Tex-Soutane für

Geistliche wäre in diesem Klima die ideale Lösung, aber für den Augenblick blieb ihm kaum etwas anderes übrig, als an der Haustür zu klingeln und zu hoffen, dass Frau Ödegaard sich ausnahmsweise einmal mit bissigen Bemerkungen zurückhielt.

Sofort nach dem Läuten wurde ihm die Tür von einer jungen Frau geöffnet. Das musste Inger sein. Wobei – wie eine Frau sah sie nicht aus, sie wirkte kaum älter als fünfzehn, aber das mochte auch an der Kleidung liegen, die ihr viel zu weit war, mit einer großen, weißen Schürze darüber und dazu diese eigenartige Frisur. Seitlich am Rockbund trug das Mädchen ein Handy, das klingelte, bis Inger es aus dem Etui gefummelt hatte und ans Ohr hielt – allerdings in einigem Abstand.

»Inger, wer ist das?«, hörte Pfarrer Holm Frau Ödegaards durchdringende Stimme. »Wenn das der Pfarrer ist, sag ihm, dass er eine Viertelstunde zu früh kommt. Und er soll seine dreckigen Schuhe ausziehen. Und biete ihm bloß keinen Kaffee an, sonst bleibt er ewig. Nun mach schon, du Transuse, öffne die Tür!«

Mit unbewegtem Gesicht lauschte Inger den Befehlen aus dem Telefon. Dann legte sie auf und trat zurück, um den Pfarrer in den Hausflur zu lassen. Sie nahm ihm die Jacke ab und hängte sie zum Abtropfen über einen Bügel.

»Lassen Sie die Schuhe ruhig an«, sagte sie zu ihm, als er sich bücken wollte. »Hier ist es fußkalt. Sie holen sich sonst noch eine Erkältung. Ich putze das nachher weg.«

Sie führte ihn in den ersten Stock hinauf, wo Frau Ödegaard an ihrem Schreibtisch saß und auf ihrem Computer tippte. Als Inger mit dem Besuch hereinkam, drehte sie sich unwillig um, als wäre sie gerade bei einer wichtigen

Arbeit gestört worden. Aber das kannte Inger schon, ihre Dienstherrin tat immer so, als wäre sie schrecklich beschäftigt.

»Ja?«, sagte Frau Ödegaard und zog die Augenbrauen hoch, als sie den Pfarrer mit seinen nassen Schuhen auf ihrem guten Teppich stehen sah.

»Guten Tag.« Pfarrer Holm deutete eine Verbeugung an und lächelte verbindlich. Er war froh, dass er nicht in Strumpfsocken vor der alten Dame stand, selbst wenn sie es ihm übel nahm. »Bischof Heimsvik lässt Sie persönlich grüßen«, sagte er. »Er hat mich neulich zum neuen Beauftragten für *Generation hilft Generation* ernannt. Bis dahin war Pfarrer Stensland mit dieser Aufgabe betraut, das wissen Sie natürlich, aber leider ist er erkrankt und kann seinen Auftrag nicht mehr erfüllen. Ich bin also sein Nachfolger geworden und dachte mir, dass ich …«

Frau Ödegaard klopfte ungeduldig mit dem Stift auf den Schreibtisch. Der Pfarrer sollte aufhören zu schwafeln und endlich zum Punkt kommen.

»Und da dachte ich mir, dass ich einmal bei Ihnen vorbeischaue, um Ihr neues Mädchen zu begrüßen«, schloss Pfarrer Holm hastig.

»So, eine Kontrolle also? Na, Sie sehen ja, dass es Inger gut geht. Gesund und quicklebendig. Oder was dachten Sie? Inger, steh hier nicht rum, sondern bring unserem Gast Kaffee! Das hättest du doch schon lange tun können. Aber selbst denken kostet wohl zu viel Gehirnschmalz, was?«

»Wirklich, das ist doch nicht nötig. Ich habe gerade …«

Aber Inger war bereits davongestürzt, und Pfarrer Holm verbrachte quälende Minuten alleine mit Frau Ödegaard, die ihm zwar widerwillig einen Sessel in der Sofaecke angeboten hatte, aber selbst am Schreibtisch sitzen blieb, mit dem Stift auf die Platte klopfte und ihm deutlich zeigte, dass sie sich für seine verzweifelte Konversation über das Wetter nicht interessierte. Zwischendurch griff sie nach ihrem Handy, und als Inger sich meldete, rief sie ungeduldig »Na, wird's bald?« hinein.

Endlich kam das Mädchen mit einem Tablett zurück, verteilte Unterteller und Tassen auf dem Couchtisch und goss Kaffee ein. Ratlos sah sie zu der Hausherrin hinüber, wo diese wohl ihren Kaffee nehmen wolle, und trug schließlich die eine Tasse hinüber zum Schreibtisch. Doch auf halbem Weg wurde sie von Frau Ödegaard gestoppt. »Glaubst du, ich habe nicht Manieren genug, um mich zu meinem Besuch an den Kaffeetisch zu setzen? Wirklich, Pfarrer Holm, richten Sie Bischof Heimsvik aus, dass diese Kinder Unterricht in Umgangsformen benötigen. Es ist völlig hanebüchen, womit ich mich hier täglich herumschlagen muss. Sie sehen es ja selbst.«

Gehorsam trug Inger die Kaffeetasse zum Sofa zurück. Dann stellte sie sich neben der Tür auf, als warte sie auf weitere Befehle. Ihr Gesicht war so ausdruckslos wie vorhin im Hausflur.

Pfarrer Holm rührte verlegen in seiner Tasse und schielte zu dem Mädchen hinüber. Dünn war sie vermutlich schon vorher gewesen, aber so blass sahen junge Menschen gewöhnlich doch nicht aus, oder? Und warum gab Frau Ödegaard ihrem Hausmädchen nichts Anständiges anzuziehen? Ständig zupfte Inger ihren Rock zurecht, weil er herunterrutschte.

»Inger, willst du dich nicht zu uns setzen? Hier, nimm dir ein Plätzchen«, bot er an.

Inger sah unsicher zu Frau Ödegaard hinüber, die widerwillig auf den zweiten Sessel zeigte. »Wenigstens bist du nicht so nass wie der Pfarrer und ruinierst nicht meine guten Möbel«, knurrte sie.

Pfarrer Holm reichte Inger den Teller mit den Keksen. Er hatte keine Ahnung, wie solche Besuche gewöhnlich abliefen oder was von ihm erwartet wurde. »Die Villa Ödegaard ist ein prachtvolles Haus, nicht wahr?«, sagte er. »Und du hast bestimmt ein schönes Zimmer, oder? Vielleicht magst du es mir nachher zeigen?«

Inger saß auf der äußersten Sesselkante und starrte schweigend auf den Keks in der Hand.

»Wohnst du hier im ersten Stock?«, hakte der Pfarrer nach, als das Schweigen sich zog. »Hast du auch so einen schönen Blick?«

Ohne aufzublicken, antwortete Inger leise: »Ich wohne oben.«

»Oben?« Überrascht blickte Pfarrer Holm zur Decke. »Auf dem Dachboden? Haben Sie den Dachboden ausbauen lassen, Frau Ödegaard? Mit Wasseranschluss und allem? Donnerwetter! Ein eigenes kleines Reich. Dabei gibt es doch schon so viele Räume hier im Haus, da wäre es ...« Unter dem kalten Blick seiner Gastgeberin brach er ab, griff nach seiner Kaffeetasse und leerte sie auf einen Zug. »Ich muss dann mal wieder.«

Er stemmte sich aus dem Sessel. In diesem Augenblick hörte man irgendwo draußen eine Ente quaken. Eigenartig, denn sowohl der Mosteich als auch der Stokkasee waren ein Stück weg, und Enten blieben doch gerne am Wasser, oder? Noch eigenartiger allerdings war, dass Inger leichenblass wurde und ihren Keks fallen ließ. Nur wegen eines Geräusches aus dem Garten?

Das Mädchen tat ihm leid. Ganz offensichtlich war das Zusammenleben mit Frau Ödegaard nicht einfach. Wenn das, was er heute erlebt hatte, die Version für Besucher war, wollte er gar nicht wissen, was für ein Ton herrschte, wenn die beiden alleine waren. Was hatte Kollege Stensland gesagt? Die Kinder *freuen* sich. Nun, hier sah es nicht danach aus. Keinesfalls konnte er einfach so gehen, ohne etwas für das Mädchen zu tun.

Pfarrer Holm ließ sich zurück in seinen Sessel sinken. »Da fällt mir noch ein …«, stammelte er. Leider hatte er überhaupt keine Idee, wie er Inger helfen könnte. Dabei verstand er sie nur zu gut. Er selbst fürchtete sich auch vor Frau Ödegaard. Wenn sie vielleicht ab und zu aus dem Haus käme? Dann und wann ein paar Stunden ohne die alte Scharteke?

»Inger, ich dachte, du hättest vielleicht Lust, einmal … einmal bei den Freunden von Gertrude mitzumachen?« Es war das Erste, was ihm einfiel.

Frau Ödegaard zog die Augenbrauen hoch. »Die Freunde von Gertrude?«, sagte sie spöttisch. »Gehst du etwa gerne auf Beerdigungen, Inger?« Sie lachte. »Was für ein putziger Einfall.«

Pfarrer Holm straffte die Schultern. Auslachen ließ er sich nicht. »Laut Reglement steht den Patenkindern ein freier Tag in der Woche zu«, sagte er streng. »Wobei der Pate das Recht und die Pflicht hat, in der Gestaltung dieser freien Zeit mitzuwirken. So sind die Regeln, und es ist meine Aufgabe, dafür zu sorgen, dass sie eingehalten werden. Also, Frau Ödegaard, wenn Sie bislang noch keine Aktivitäten für Inger geplant haben, stehe ich gerne mit Vorschlägen zur Verfügung. Es wäre doch schön, wenn wir das bei meinem heutigen Besuch gleich klären könnten, dann muss ich nächste Woche nicht noch einmal kommen. Vielleicht möchtest du lieber in einem Sportverein anfangen, Inger? Oder Tanzstunden? Frau Ödegaard meldet dich gewiss gerne an und bezahlt auch den Beitrag.«

Unbehaglich sah Inger auf ihre Füße. Sie wünschte, der Pfarrer würde endlich gehen, statt sich hier aufzuspielen. Er reizte ihre Dienstherrin doch nur unnötig.

»Inger, Pfarrer Holm wartet auf deine Antwort«, sagte Frau Ödegaard schneidend. »Die Prinzessin darf sich etwas aussuchen. Ist das nicht schön? Tanzstunden? Badminton? Oder vielleicht Paragliding? Alles, was du willst. Nun mach schon!«

»Die Freunde von Gertrude«, murmelte Inger. »Vielen Dank.«

»Was? Lauter!«

»Die Freunde von Gertrude.«

Frau Ödegaard lachte noch einmal. »Beerdigungen, du meine Güte. Na, es sei dir gegönnt.«

Kapitel 8

Am folgenden Mittwoch traf Inger zum ersten Mal die Freunde von Gertrude.

Pfarrer Holm hatte extra noch einmal angerufen, um Frau Ödegaard und ihr Patenkind daran zu erinnern. »Mittwoch um elf«, verkündete er. »Wie schön, dass es so schnell geklappt hat.«

Inger stöhnte innerlich. Natürlich war es nett, einmal etwas anderes zu sehen als immer nur die Villa Ödegaard. Aber deswegen auf eine Beerdigung gehen, um wildfremde Leute zu treffen? Kein Wunder, dass Frau Ödegaard auf Ingers Teilnahme bestand. Die Idee hätte von ihr stammen können.

»Unbedingt musst du hingehen. Was soll denn Pfarrer Holm sonst denken?«, sagte sie mit gespieltem Mitgefühl. »Der ist imstande und taucht hier postwendend wieder auf, und wer weiß, mit welchen Vorschlägen er diesmal kommt. Der Verein der freiwilligen Schneeschaufler? Oder Mahnwachen für vergessene Heilige? Bei einer Beerdigung sitzt du wenigstens in der warmen Kirche. Am besten, du beeilst dich also mit der Hausarbeit, damit du pünktlich bist. Oder dachtest du, du könntest hier alles stehen und liegen lassen? Hurtig, hurtig, Fräulein Trantüte, es muss noch Staub gewischt werden. Erst die Arbeit, dann das Vergnügen.«

Es war keine leichte Aufgabe, im ersten Stock Staub zu wischen, denn das war nur gestattet, wenn der jeweilige Raum gerade leer war. Aufgewirbelter Staub konnte nach Frau Ödegaards Aussage Atembeschwerden und Hautjucken verursachen, und sie war schließlich nicht mehr die Jüngste. Immer wieder musste Inger unterbrechen, weil ihre Dienstherrin im Schlafzimmer nach der Perlenkette suchte oder noch ein Buch aus dem Arbeitszimmer holen wollte. Natürlich ahnte Inger, dass die alte Frau sie foppte. An normalen Tagen hätte Frau Ödegaard sich niemals dazu herabgelassen, wegen eines Buches ins Nebenzimmer zu gehen. Dafür gab es schließlich das Handy. Doch heute beobachtete sie genüsslich, wie Inger nervös auf die Uhr schielte, während sie zum dritten, vierten, fünften Mal hereinkam. Endlich verschwand Frau Ödegaard im Bad, jeder musste mal aufs Klo, und Inger machte sich erneut daran, im Arbeitszimmer zu putzen.

Allmählich wurde die Zeit knapp. Inger wedelte über Couchtisch und Sessel, die Bücherregale und den Sekretär, der sonst immer geschlossen war, aber gerade eben hatte Frau Ödegaard noch darin gekramt, auf der Suche nach einem ganz bestimmten Kugelschreiber, der besonders gut schrieb. Die Arbeitsplatte war heruntergeklappt, und darauf lag ein einsames Blatt Papier mit dem Titel *Letzter Wille* und darunter ein paar wenige Zeilen Text. Inger wollte weitergehen, das hier ging sie nichts an. Aber dann war es doch zu verlockend. Sie blieb stehen und las.

Frau Ödegaards Testament war einfach. Ohne Einschränkungen vermachte sie ihren gesamten Besitz – Haus, Grundstück, Mobiliar und Ersparnisse – ihrem Patenkind Inger Haugen.

Inger schoss das Blut in die Wangen. Dort stand tatsächlich ihr Name! *Inger Haugen.* Frau Ödegaard setzte sie als Erbin ein. Das war ... Das war ... Das war mehr, als sie erwartet hatte. Alleinerbin. Wie würden sich die Eltern freuen. Nur die

Unterschrift und die Beglaubigung des Notars fehlten auf dem Dokument. Vielleicht hatte Frau Ödegaard es ja genau dafür zurechtgelegt? Um mit ihrem guten Kugelschreiber ihren Namen darunterzusetzen?

Zum ersten Mal, seit Inger hier eingetroffen war, empfand sie so etwas wie Zuneigung für ihre Patin. Natürlich hatte sie Frau Ödegaard immer Respekt entgegengebracht, denn schließlich hatte Inger enormes Glück, hier sein zu dürfen, so wie die Mutter sagte. Doch heute empfand sie dieses Glück zum ersten Mal, und ihr taten die hässlichen Gedanken über Frau Ödegaard plötzlich leid, wenn diese ihre Wutanfälle hatte, und wegen der ganzen Schimpferei. Transuse und Trantüte und Missgeburt und Idiot. Vielleicht konnte die alte Frau es einfach nicht besser. Harte Schale mit weichem Kern, hätte die Mutter gesagt.

Inger beugte sich vor, um das Testament mit ihrem Namen darauf noch einmal zu lesen, als ihre Dienstherrin plötzlich die Tür öffnete. Inger trat rasch einen Schritt zurück, doch sie wurde über und über rot. Es war offensichtlich, was sie getan hatte. Schon wieder hatte sie ihre erste Lehre aus dem Internat vergessen: Man lauschte nicht, und man schnüffelte nicht in anderer Leute Sachen, und wenn, dann ließ man sich wenigstens nicht dabei erwischen. Ohne ein Wort ging Frau Ödegaard zum Schreibtisch, nahm das Testament, legte es in eines der oberen Fächer, schloss den Sekretär und zog den Schlüssel ab. »Du wirst es wohl abwarten müssen«, sagte sie dann. »Und jetzt mach, dass du wegkommst.«

Seit Inger vor drei Wochen in der Villa Ödegaard angekommen war, hatte sie das Anwesen nicht mehr verlassen. Es gab keinen Grund, denn sogar die Einkäufe wurden ins Haus geliefert, nachdem Frau Ödegaard sie online im Supermarkt bestellt hatte. Morgens im Bett tippte die alte Frau gerne auf ihrem Tablet herum, schrieb eine erste Beschwerde, weil die Müllabfuhr zu früh und zu laut gewesen war, oder baute eines ihrer ewigen Bauernhäuser, ehe sie orderte, wonach ihr gerade der Sinn stand. Es blieb dann Inger überlassen, die Tüten mit diesem ungewohnten Überfluss auszupacken und aus dem Sammelsurium an Esswaren Mahlzeiten zu zaubern. Das Tablet behandelte Frau Ödegaard übrigens sehr pfleglich. Mit Büchern schlug oder warf sie schon mal nach Inger, aber ihr Tablet legte sie nach Gebrauch immer sorgfältig auf den Nachttisch zurück, damit es keinesfalls Schaden nahm.

Heute war also das erste Mal, dass Inger das Gartentörchen aufklinkte und wieder hinaus auf die Straße trat. Im Hellen sah es hier ganz anders aus als damals spätabends. Nicht so herrschaftlich und die Bäume nicht so hoch. Eine Straße eben, mit Einfamilienhäusern und Gartenhecken und einem böigen Wind, der welkes Laub durch die Pfützen wirbelte.

Pfarrer Holm hatte gesagt, dass sie zum Friedhof zwanzig Minuten brauchen würde, doch seine Wegbeschreibung war reichlich vage gewesen. Richtung Stadtmitte, aber weiter nach links, wenn sie das richtig verstanden hatte. Eilig machte sich Inger auf den Weg. Sie war froh, nach dem peinlichen Ereignis aus dem Haus zu kommen. Wie unangenehm, sich von Frau Ödegaard dabei ertappen zu lassen, wie sie auf ihrem Schreibtisch herumwühlte. Gerade als die Hausherrin einmal freundlich zu ihr war. Inger schämte sich. Doch gleichzeitig war da auch noch ein anderer Gedanke, und zwar genauso unangenehm. Als Frau Ödegaard Inger beim

Lesen erwischte, war im allerersten Augenblick auf ihrem Gesicht nicht Empörung gewesen, sondern – nur für einen winzigen Moment, aber Inger war sich sicher – Genugtuung. Als hätte die alte Frau das Testament absichtlich liegen lassen und Inger wäre bereitwillig in die Falle getappt. Sollte das eine Art Test für Ingers Gehorsam sein? Oder ein Anreiz für künftiges gutes Benehmen? Oder nur ein Scherz, um sich hinterher über Inger lustig zu machen? Gut möglich. Alles drei gut möglich. Inger zog die Jacke enger um sich und beschleunigte ihre Schritte.

Es war übrigens nicht nur das erste Mal, dass sie das Haus verließ, sondern auch das erste Mal, dass sie wieder einmal ihre eigene Kleidung trug, Jeans und Pullover. Beerdigung hin oder her – alleine dafür lohnte der freie Tag, dass sie für ein paar Stunden die hässliche Uniform los war. Aber durch das Umziehen war sie natürlich noch später dran.

Plötzlich hörte sie es hinter sich schnattern. Als sie sich umdrehte, kam die Ente eilig hinter ihr hergewackelt.

»Petronella! Du kannst nicht mitkommen. Geh nach Hause. Schu! Schu!«

Doch die Ente ließ sich nicht fortjagen. Sie war es von Entenküken-Zeiten an gewöhnt, Inger zu folgen, sobald sie sie sah. Petronella trippelte ein paar Schritte zurück, als Inger mit den Armen wedelte, aber sobald diese sich umdrehte, lief sie ihr wieder hinterher, diesmal laut quakend.

»Nein, Petronella!«

In diesem Augenblick hörte Inger Möwenschreie, und als sie nach oben blickte, kreisten Frank und Knut über der Straße. Die beiden Möwen hatten Petronella natürlich gleich am ersten Morgen entdeckt und versuchten seitdem, den Eindringling aus ihrem Revier zu vertreiben. In dem verwucherten Garten konnte sich die Ente jederzeit im Gebüsch verstecken, doch hier auf offener Straße war die Gelegenheit günstig, um die Angelegenheit ein für alle Mal zu klären. Die erste Möwe griff an, und Inger gelang es gerade noch rechtzeitig, Petronella zu schnappen und unter ihre Jacke zu stecken. Die zweite Möwe flog knapp an ihrem Gesicht vorbei. In der Aufregung fiel Inger nichts Besseres ein, als Richtung Haus zurückzurennen, immer dicht an den Hecken entlang, um von der Seite geschützt zu sein, und gleichzeitig tief gebückt, denn die Möwen würden versuchen, den Kopf anzugreifen, nicht ihren Rücken. Kreischend stießen die Vögel immer wieder auf Ente und Mädchen hinunter, drehten aber im letzten Moment gerade noch ab, bis die beiden endlich im Garten und unter der Deckung der Bäume waren. Da gaben die Möwen endlich auf und flogen davon.

Inger stopfte Petronella tief unter einen Busch und stürmte ohne Ente wieder davon. Jetzt wurde die Zeit wirklich knapp. An der zweiten Ecke links, dann irgendwann rechts, ein Stück geradeaus und am ehemaligen Fußballstadion vorbei. Die Straße überqueren, den Altglascontainer rechts liegen lassen – und da war tatsächlich der Friedhof. Außer Atem schlüpfte Inger in die Kapelle und sah sich suchend um.

Die meisten Plätze waren leer. Auf der linken Seite saßen einige Besucher in der dritten Reihe, und auf der rechten Seite saß nur ein einzelner Mann, so als gehöre er nicht dazu. Vorne stand bereits Pfarrer Holm, neben einem Sarg aus billigem Kiefernholz und einem Strauß Plastikblumen darauf, die schon bessere Tage gesehen hatten. Freundlich nickte er Inger zu. Unsicher, ob es hier eine Sitzordnung gab, schob sie sich in die Reihe hinter dem jungen Mann. Der drehte sich kurz um, musterte Inger überrascht und schenkte ihr dann ein überwältigendes Lächeln. »Darf ich?«, flüsterte er und pflückte ein welkes Blatt aus Ingers Haaren, ehe er sich wieder nach vorne wandte, wo bereits Musik spielte.

Pfarrer Holm räusperte sich und blätterte in seinen Papieren, dann räusperte er sich noch einmal, als wüsste er nicht recht, wo er beginnen sollte. Inger musterte die zusammengewürfelte Versammlung auf der anderen Seite. Die ältere Frau, die direkt am Gang saß, strickte an einem Strumpf. Jetzt blickte sie kurz auf und sah demonstrativ auf die Uhr, ehe sie die nächste Nadel in Angriff nahm.

»Wir sind heute hier zusammengekommen, um ...«, begann Pfarrer Holm gehorsam. Dann suchte er noch einmal in seinen Notizen. »Um von Josefine Wagle Abschied zu nehmen.«

Neben der Frau mit dem Strickzeug saß eine alte Frau mit einem altmodischen Hut. Als sie den Kopf drehte, erkannte Inger Edith, die Dame, die letzte Woche plötzlich im Garten gestanden hatte, neugierig und aufdringlich. Als sie Ingers Blick bemerkte, lächelte sie erfreut und winkte. Neben Edith saß ein Mann, der im Vergleich zu den Frauen noch relativ jung war, Mitte dreißig vielleicht, und der seinerseits Inger interessiert beäugte. Schnell sah sie wieder nach vorne.

»Josefine wurde 1932 als Tochter des Fabrikarbeiters Karl Ramsvik und seiner Frau Vilde geboren«, verkündete der Pfarrer. »Mitte der Fünfzigerjahre heiratete sie den Kaufmann Leif Wagle. Aus der Ehe ging ein Sohn hervor, Albert, der heute in Australien lebt. In dem Gespräch, das ich mit Albert vor einigen Tagen am Telefon geführt habe, beschrieb er seine Mutter als fleißig. Fleißig und bescheiden waren seine Worte, jemand, der nie ein Gewese um sich machte und in den letzten Jahren wohl sehr zurückgezogen lebte.«

Neben dem jungen kam ein alter Mann in einem Anzug, der offenbar eingeschlafen war. Sein Kopf sank langsam auf die Schulter der Frau am äußeren Ende der Reihe, eine dicke Frau mit filzigen Haaren und rotem Gesicht. Sie schubste den alten Mann auf seinen Platz zurück, zog eine Flasche aus der Manteltasche und nahm einen kräftigen Schluck.

»Albert bedauerte sehr, dass er seiner Mutter in ihrer letzten Zeit nicht hat beistehen können. Er sei beruflich so eingespannt gewesen, dass er nicht einmal regelmäßig zum Telefonieren gekommen sei, sagte er. Das letzte Mal habe er seine Mutter vor zehn Tagen angerufen, da sei aber niemand drangegangen, weil sie zu diesem Zeitpunkt bereits seit über einer Woche ...«

Pfarrer Holm nickte vielsagend ins Publikum. Man hörte, wie der Flachmann noch einmal aufgeschraubt wurde.

»Reue«, fuhr der Pfarrer fort, »Reue ist ein harter Lehrmeister. Nach dem Kremieren soll die Asche von Josefine Wagle nach Australien versandt werden. Dort will ihr Sohn ihr einen letzten Ruheplatz mit Blick auf Strand und Palmen einrichten. Schön soll sie es haben, hat er zu mir gesagt. Endlich einmal warm und sonnig. *Ändert also euren Sinn und bekehrt euch, damit getilgt werden eure Sünden.*

Wir singen gemeinsam *Befiehl du deine Wege*.«

Kapitel 9

Sobald die letzte Note gesungen war, drängelten sich die paar Leute zum Ausgang, als wäre es wichtig, der Erste zu sein, aber dann standen sie doch nur zusammengedrängt unter dem Vordach der Kapelle, und keiner wollte hinaus in den Regen, der inzwischen eingesetzt hatte. Inger stellte sich vorsichtig dazu. Offensichtlich waren das die Freunde von Gertrude. Ihr neues Hobby.

»Das war ein echter Klassiker«, bemerkte Edith. »Einsame Frau, herzloser Sohn, und die Leiche wird erst nach vierzehn Tagen gefunden. Meine Güte, muss das gestunken haben!«

Die anderen nickten. Ja, ja, das kannte man.

»He, Simon!«, rief Babette. »Sind das so Wohnungen, wie du sie verkaufst? Bist du deswegen so reich, weil du die Wohnungen von Toten verscherbelst?«

Sie lachte. Simon lachte auch. »Nee«, rief er zurück. »Das ist zum Glück nicht mein Niveau.«

Es war schwierig, solche Objekte wieder präsentabel zu machen. Erstens gab es da meist einen hohen Modernisierungsbedarf, und zweitens bekam man den Verwesungsgeruch kaum weg, wenn er sich erst einmal festgesetzt hatte.

»Damit wird man nicht reich, sondern nur unglücklich. Sogar als Makler«, fügte er hinzu und lachte noch einmal, denn er wusste schon, was Babette als Nächstes fragen würde.

Und richtig: »Gibst du mir noch 'nen Kaffee aus?«, forderte sie. »Oder soll ich morgen bei dir im Büro vorbeischauen, und wir trinken gemeinsam einen?«

Simon zog einen Fünfzigkronenschein aus der Tasche und überreichte ihn Babette. »Bitte nicht besuchen«, bat er mit einem Lächeln.

Britt-Ingrid tippte Inger von hinten auf die Schulter.

»Ich bin Britt-Ingrid«, sagte sie und reichte Inger die Hand. »Und du bist wahrscheinlich Inger. Pfarrer Holm hat dich angekündigt.«

Zweifelnd musterte Britt-Ingrid das Mädchen, das ihren Händedruck zögernd erwiderte. Sie war das neue Hausmädchen von Frau Ödegaard, hatte der Pfarrer gesagt. Die Nachfolgerin der toten Margrete Ellingsen. Jung war das Mädchen, fast noch ein Kind. Unter der unförmigen Jacke mit einem hässlichen Kunstfellkragen schauten schmale Hüften und dünne Beine hervor. Eigenartige blaue Haare hatte sie und ein richtiges Teenager-Benehmen. Nahm ihre Hand so bald wie möglich wieder zu sich und steckte sie in die Jackentasche. Nicht mal die Andeutung eines Lächelns. Nickte nur kurz.

Britt-Ingrid straffte die Schultern und zog den Bauch ein. Neben so dünnen Leuten kam sie sich immer extra rund vor, und der Regenmantel trug noch zusätzlich auf.

»Ich bin die *Erste Freundin*«, sagte sie förmlich, »und heiße dich hiermit als *Neue Freundin* willkommen.« Eigentlich wollte sie Inger noch einmal die Hand schütteln, so gehörte sich das schließlich, wenn man ein neues Mitglied aufnahm, aber Inger hatte die Fäuste tief in die Taschen gebohrt. Stattdessen machte Britt-Ingrid also eine Bewegung zur restlichen Gruppe hinüber. »Das hier sind die *Alten Freunde*. Das sind alle die, die schon länger dabei sind als du. Sobald wieder ein neues Mitglied kommt, wirst du auch eine Alte Freundin, aber bis dahin – ach, du weißt schon. Gute Freunde, alle mal herhören! Wir haben eine Neue Freundin. Das hier ist Inger. Inger – das sind Edith, Holger, Sigurd und Babette«, stellte sie der Reihe nach vor. »Stanislaw ist heute leider nicht hier. Der musste arbeiten.« Als sie Ingers fragenden Blick bemerkte, fügte sie widerwillig hinzu: »Und das ist Simon. Aber Simon ist kein *Freund*. Der kommt hier nur privat her.«

Es entstand eine verlegene Pause, in der alle auf Simon starrten, bis Babette fragte: »Gehen wir endlich? Mir wird kalt.«

»Einen Moment noch.« Britt-Ingrid klatschte in die Hände und hob die Stimme. »Ich erkläre die Regeln für unsere Neue Freundin, aber die anderen bitte auch hinhören. Das letzte Mal gab es dann doch wieder Diskussionen. Also, Inger: Als Freund oder Freundin von Gertrude verpflichtet man sich, zu den Beerdigungen zu gehen, zu denen sonst niemand kommt. Leute ohne Angehörige zum Beispiel. Nichterscheinen muss begründet sein. Einfach mal keine Lust haben, das ist inakzeptabel. Hörst du, Holger? Nach der Trauerfeier gehen wir immer noch Kaffee trinken. Der Leichenschmaus sozusagen. Das ist freiwillig, aber alle Mitglieder sind herzlich eingeladen, und die Kosten trägt der Verein. Aber – und es ist wirklich wichtig, dass sich alle daran halten – für jeden dann *entweder* ein belegtes Brötchen *oder* ein Stück Kuchen. Und wenn ich eins sage, meine ich eins und nicht zwei, Babette. Simon, du kannst wie immer natürlich mitkommen, aber du musst leider selbst bezahlen.«

»Du meinst privat?« Er lachte wieder. »Tut mir leid, aber ich muss zurück ins Büro. Mehr Geld verdienen.« Er winkte Inger zum Abschied zu und schlenderte davon.

Kapitel 10

Britt-Ingrid war vor Kurzem sechzig geworden. Sechzig war ein unbefriedigendes Alter für eine Frau, fand sie. Nein, fünfzig war ein unbefriedigendes Alter. Die Knie, der Bauch, der Busen, die Tränensäcke – alles begann plötzlich zu sacken. Und dann diese Schweißausbrüche. Und Haarausfall. Schrecklich. Sechzig war einfach nur zehn Jahre später. Zwar schwitzte sie nicht mehr, die Wechseljahre waren überstanden, aber alles andere war schlimmer geworden. Ihr müdes Fleisch hing an ihren Knochen wie die norwegische Flagge bei Flaute. Nur das Zahnfleisch, das kroch nach oben. Ihre Haare waren so dünn und strohig geworden, dass Britt-Ingrid inzwischen einen praktischen Kurzhaarschnitt trug wie alle anderen älteren Frauen auch. In Würde altern? Pah! Filmschauspielerinnen vielleicht, die so lange geschminkt wurden, bis sie nach etwas aussahen. Den meisten anderen ging es doch wie ihr: Britt-Ingrid hatte das Schönsein einfach aufgegeben. Es war zu mühsam auf die Dauer.

Und wofür auch? Ihr Mann war vor ein paar Jahren ausgezogen. Nach fünfunddreißig Jahren Ehe hatte er genau drei Worte zu ihr gesagt: »Ich ziehe aus.« Dann hatte er seinen Koffer genommen und war gegangen. Das gemeinsame Haus hatten sie kurze Zeit später verkauft, um das Geld aufzuteilen. Britt-Ingrid wohnte jetzt in einer praktischen Zweizimmerwohnung mit Aufzug und ohne Türschwellen. Barrierefrei nannte sich das, für den Fall, dass sie später mal einen Rollstuhl brauchte. Ab und zu kamen die Kinder zu Besuch, aber sie blieben nie so lange, dass es eng wurde. Kinder, die ein eigenes Leben hatten, gehörten offenbar genauso zum Sechzigsein dazu wie barrierefreies Wohnen.

Manchmal wurden Leute in Interviews gefragt, was der schlimmste Tag in ihrem Leben gewesen sei. Was für eine dumme Frage, fand Britt-Ingrid. Beste Tage gab es vielleicht, denn Glück hielt immer nur so kurz. Aber schlechte Tage waren lediglich der Anfang für richtig schlechte Zeiten. Wie damals, als ihr Mann ausgezogen war. Der Tag selber war nichts gewesen im Vergleich zu den Wochen und Monaten hinterher, als die Einsamkeit langsam, aber sicher in jeden Zipfel ihres Daseins sickerte. Eine alleinstehende Frau war sie plötzlich geworden. Eine verlassene Frau. Das war viel schlimmer als Witwe, weil es so banal war. Und so kränkend.

Oder der Tag, an dem sie ihre Abfindung akzeptierte. Britt-Ingrid war eine der Ersten, die wegen der Ölkrise ihre Stellung verlor, gleich in der ersten Entlassungswelle. Damals, am Anfang der Krise, bekam man noch gute Konditionen, weil noch niemand von Krise reden wollte, nur von Anpassung an den aktuellen Markt. Ölkrise war auch gar nicht das richtige Wort dafür, denn es gab ja nicht zu wenig Öl, sondern nur zu wenig Geld dafür. In anderen Teilen Europas freute man sich darüber, dass Heizöl und Benzin endlich billiger wurden. *Downsizing* war anfangs noch so unpopulär, dass die Ölfirmen es sich etwas kosten ließen, um ihren guten Ruf zu wahren. Man bot Britt-Ingrid eine Frühpension, wenn sie freiwillig ihre Stelle als Sekretärin kündigte, und sie sagte Ja, denn Britt-Ingrid war eine nervöse Frau. Das Warten, ob sie später vielleicht doch noch entlassen würde, hätte sie nie ausgehalten. Doch plötzlich war Britt-Ingrid nicht nur alleinstehend, sondern auch noch arbeitslos. Von einem Tag auf den anderen hatte sie nichts mehr zu tun. Achtundfünfzig Jahre war sie zu diesem Zeitpunkt. Eine Frau voller Schaffenskraft und mit leeren Händen. Sie erkundigte sich bei der Heilsarmee, der Stadtmission und dem Roten Kreuz. Doch die Welt schien voll von Damen mit ehrenamtlichen Ambitionen zu sein, und wenn Britt-Ingrid eines nicht ertrug, dann war es Konkurrenz. Wer war sie denn, sich mit anderen Frauen um einen Gratisposten zu streiten? Ganz unten wollte sie aber auch nicht anfangen. Lumpen aus der Kleidersammlung zu sortieren, das kam nicht infrage.

Zum Glück stieß Britt-Ingrid nach einigen Monaten auf die Freunde von Gertrude. Hier, das sah sie sofort, wurde eine Person mit ihren Talenten wirklich gebraucht. Der Verein war völlig verlottert. Die Freunde kamen und gingen, wie es ihnen passte, und wenn gerade Geld da war, wurde alles auf einmal in wahren Kuchenorgien verprasst. So benahm man sich doch nicht angesichts des Todes, fand Britt-Ingrid, und schon gar nicht, wenn sie das Sagen hatte. Kurzerhand übernahm Britt-Ingrid die Vereinsleitung – Pfarrer Holm hatte ja immer alles dem Zufall überlassen –, erklärte sich zur Ersten Freundin, brachte Ordnung in die Abrechnung und verwaltete von nun an die Telefonliste. Britt-Ingrid führte auch ein, dass man zwar Kaffee trinken durfte, so viel man wollte, da gaben die meisten Cafés Rabatt, dass aber der Kuchen rationiert wurde. Zu viel Süßes war ohnehin nicht gesund, besonders, wenn man mit dem Gewicht zu kämpfen hatte, so wie sie.

Als Erste Freundin stand es Britt-Ingrid natürlich zu, auch als Erste das Café zu betreten. Den Tisch hatte sie schon am Vortag reserviert, denn jetzt um die Mittagszeit konnte es voll werden. Mütter mit ihren Babys, die offenbar den ganzen Tag nichts anderes zu tun hatten, als mit anderen Müttern Kaffee zu trinken und ihre Kinder dabei auf den Knien zu schaukeln, damit sie noch ein Viertelstündchen durchhielten. Gehörten die nicht an die frische Luft? Ein anständiger Spaziergang durch Gottes freie Natur? Aber gut, ihre Sache war das nicht. Britt-Ingrid drängte sich an sperrigen Kinderwägen vorbei zu ihrem Stammtisch ganz hinten in der Ecke. Dort war man einigermaßen ungestört, und weil sie die Erste war, konnte sie auch gleich ihren Lieblingsplatz mit dem Rücken zur Wand belegen.

»Setzt euch«, befahl sie, »damit wir unsere Gedenkminute einlegen können! Sigurd, du kannst dir nachher Kuchen bestellen. Hast du vergessen, dass wir immer erst gedenken? Komm und setz dich!«

Leider schob sich Holger auf den anderen freien Stuhl neben ihr. Britt-Ingrid hätte viel lieber Inger neben sich gehabt, schließlich musste sie als Vereinsleitung Bescheid über ihre Mitglieder wissen, und sie hätte das Mädchen gerne das eine oder andere gefragt, so ganz im Vertrauen. Außerdem mochte Britt-Ingrid Holger nicht besonders. Er war genauso arbeitslos wie sie selbst, ehemaliger Ölingenieur, aber immer tat er, als wäre er etwas Besseres mit diesen Designerhemden, die seine schlanke Figur und das kantige Kinn zur Geltung brachten. Angeber. Früher hatte er sicher mehr verdient als sie, viel mehr. Aber keine Ahnung, was Holger mit dem ganzen Geld angestellt hatte. Soweit Britt-Ingrid wusste, hatte er nacheinander Boot, Auto und Haus verkaufen müssen und wohnte jetzt wieder in seinem Elternhaus. Allerdings ohne Eltern, denn die Mutter war tot und der Vater im Pflegeheim.

Sie stieß ihm den Ellbogen in die Seite. »Kopf runter! Gedenkminute.«

Doch Holger schien die verstorbene Josefine Wagle egal. Er begutachtete lieber die Neue Freundin auf der anderen Seite des Tisches, und als sie sich kurz darauf alle zum Bestellen zur Theke drängten, ließ er den Blick prüfend über Ingers schmale Gestalt gleiten.

Natürlich waren die Freunde von Gertrude ein Verein, der jeden willkommen hieß, darauf bestand Pfarrer Holm, und Britt-Ingrid hatte auch gar nichts gegen Alkoholiker oder Senile, und von ihr aus waren selbst polnische Tagelöhner wie Stanislaw willkommen. Aber eingebildete Ölingenieure, die sich an Mädchen heranmachten, die nur halb so alt waren wie sie selbst, das fand Britt-Ingrid schwer zu ertragen. Außerdem riss Holger das Gespräch sofort an sich, sobald sie wieder am Tisch saßen.

»Wo kommst du denn so plötzlich her?«, fragte er mit einem Lächeln, das vermutlich charmant sein sollte.

Inger, die sich gerade das erste Stück Kuchen in den Mund schieben wollte, schreckte hoch. Das Kuchenstück rutschte von der Gabel und fiel herunter. Verlegen bückte sich Inger, um es wieder aufzuheben.

»Holger«, mahnte Britt-Ingrid streng, »lass das Mädchen in Ruhe. Die ist zu jung für dich.«

Als Inger wiederauftauchte, jetzt mit dem Kuchenstück in der Hand, das sie nun bestimmt nicht mehr essen wollte – der Fußboden hier im Lokal war ziemlich dreckig –, aber von dem sie augenscheinlich auch nicht wusste, was sonst damit anfangen, waren alle Augen auf sie gerichtet. Nicht nur Britt-Ingrid und Holger schauten sie an, sondern auch Edith und Babette, die überlegten, ob Inger wirklich zu jung für

Holger war (wahrscheinlich ja, denn Holger war zweiunddreißig und Inger noch nicht einmal zwanzig), und Sigurd, der sicherheitshalber hinsah, wo alle hinsahen.

Inger wurde rot. Unsicher legte sie den heruntergefallenen Kuchen neben den Teller, wischte sich die Hand an der Serviette ab und sagte schließlich zu Edith, die ihr gegenübersaß: »Ich soll übrigens schön von Frau Ödegaard grüßen.«

Edith lachte. »Das glaube ich kaum, Schätzchen. Renate Ödegaard verkehrt nur mit Leuten ihres Standes, und da gehöre ich leider nicht dazu. Na ja, eigentlich verkehrt sie mit gar niemandem, außer sie muss, das alte Schlachtschiff. Aber nett von dir, das zu sagen. Also, wo kommst du nun her? Das wollen wir alle gerne wissen«, fragte sie mit einem bösen Seitenblick auf Britt-Ingrid. Kein Wunder, dass der der Mann weggelaufen war, so wie die sich immer als Chef aufspielte.

Inger wurde noch röter. »Aus Klepp«, antwortete sie.

»Oh, komm, komm, ein bisschen mehr!« Edith tätschelte über den Tisch Ingers Hand. »Was hast du in Klepp gemacht, und warum bist du jetzt hier in Stavanger, und wie bist du an die alte Ödegaard geraten? Wir sind neugierig. Ich ganz besonders.«

»In Klepp bin ich geboren, und dort wohnt meine Familie. Aber jetzt komme ich eigentlich vom Internat in Telemark. In Aasen.«

»Aasen? Ist das nicht so ein Internat für Missionarskinder?«, fragte Britt-Ingrid.

»Nein. Die wenigsten sind Missionarskinder. Die meisten Mädchen werden nur über die Missionsstationen vermittelt. Aus Sri Lanka oder Vietnam oder ...« Inger überlegte. »Wir hatten welche aus Uganda, aus Mali, aus Kamerun, aus Madagaskar, von den Philippinen, aus Indonesien, Ecuador,

Guatemala, Laos«, zählte sie auf. »Es hat natürlich immer gewechselt. Und ein paar sind aus Norwegen. So wie ich.«

»Nur Mädchen? Keine Jungs?«, fragte Babette. »Also, ich hol mir noch mehr Kuchen, und dann erzählst du weiter.«

»Nein, Babette. Du hattest schon Kuchen!«, befahl Britt-Ingrid.

Babette schob sich widerstrebend wieder auf ihren Stuhl. »Geizhals!«, zischte sie. Dann griff sie nach Ingers Teller. »Du wirfst ihn ja sowieso nur runter«, sagte sie mit vollem Mund. »Also, wieso bist du auf ein Christeninternat gegangen? Bist du vielleicht ein Missionarskind?«

»Nein. Mein Vater wäre zwar gerne Missionar geworden, aber ich habe sieben Geschwister. Mit so vielen Kindern kann man nicht in die Mission. Das ist zu kompliziert, wegen der Schule.«

»Acht Kinder? Das ist ja wie bei der Gemeinde des Wahren Wortes«, rief Holger. »Die bekommen auch Kinder wie die Karnickel, weil Verhütung dort verboten ist.«

»Meine Familie *ist* Mitglied der Gemeinde des Wahren Wortes.«

»Oh, das erklärt es natürlich.« Im Gegensatz zu Inger wurde Holger offensichtlich nie rot. »Aber tragen bei euch die Frauen nicht alle Röcke und haben lange Haare?«

»Nein, nicht mehr. Wir gehen auch mit der Zeit.« Inger fasste sich unwillkürlich an den Kopf. Es war schon richtig, dass die Kleiderordnung vor einigen Jahren gelockert worden war. Es gab einfach zu viele, die über die Gemeinde des Wahren Wortes lachten, und etliche Mitglieder hatten die Gemeinde lieber verlassen, als sich weiter zum Gespött zu machen. Aber gleichzeitig war es immer noch ein großer Unterschied zwischen dem, was *erlaubt,* und dem, was *üblich* war. Ihre erste Hose hatte sich Inger auf dem Internat gekauft, denn dort gab es sonst niemanden vom Wahren Wort. Aber in den Ferien hatte sie wohlweislich immer nur Röcke getragen. Und auch von der neuen Frisur wusste die Familie nichts. Der nächste Besuch in Klepp würde alles andere als einfach werden, Rock hin oder her. Das hatte Inger nicht bedacht, als sie sich an ihrem letzten Abend im Internat die Haare abgeschnitten und gefärbt hatte.

Inger hatte schon immer als schwieriges Kind gegolten. Nicht zuletzt deshalb war sie auch nach Aasen gekommen. Zum Ersten, um ihr Herz durch eine strenge und konsequente Erziehung zu läutern, das war auf der öffentlichen Schule mit all dem Verständnis- und Entwicklungs-Firlefanz einfach nicht möglich gewesen, und zum Zweiten, um gleichzeitig das Haus etwas zu leeren. Drittens natürlich auch wegen der Mission. Wenn man schon nicht selbst in die Mission konnte, dann wenigstens der Mission dienen. *Der Schaft, der fest in der Heimat verankert ist, lässt die Speerspitze erst ihr Ziel in der Ferne finden.* Das war zwar kein Spruch aus der Bibel, aber er wurde trotzdem gerne zitiert.

Der Vater war nach den Sommerferien extra mit Inger nach Fredrikstad gefahren, um sie und ihren Koffer einem Pastor Salte zu übergeben. Inger war damals dreizehn gewesen und hatte gerade die Volksschule abgeschlossen. Die nächsten sechs Jahre sollte sie im Internat auf Aasen verbringen, und Pastor Salte war so freundlich gewesen, sie das letzte Stück im Auto mitzunehmen. Mit einem dicken Kloß im Hals hatte Inger vom Vater einen Abschiedskuss auf die Stirn empfangen und dann zugesehen, wie er in den Bus stieg, um zurück nach Jæren zu fahren, wie der Bus sich in den Verkehr einfädelte und wie er kurz darauf um die nächste Kurve verschwand. Doch noch bevor sie anfangen konnte zu weinen, hatte ihr Pastor Salte die Hand auf die Schulter gelegt und sie freundlich, aber bestimmt zu seinem Auto geschoben.

»Immer nach vorne schauen«, sagte er streng.

Inger hatte gedacht, er meinte das Leben. Immer nach vorne schauen. Es geht immer weiter. So irgendwie.

Aber der Pastor hatte es wörtlich gemeint: Die Fahrt in die Hügel von Telemark führte über kleine Nebenstraßen, und obwohl Inger gehorsam durch die Windschutzscheibe starrte, wurde ihr von den vielen Kurven nach ein paar Stunden übel. Kurz vor der Ankunft hatte sie sich in Pastor Saltes Wagen übergeben.

»Und warum bist du jetzt hier in Stavanger?«, fragte Edith.

»Na ja, wenn man von Aasen kommt, lebt man hinterher bei seinem Paten. So ist das immer.«

»Was meinst du mit Paten? Ich dachte, du bist Hausmädchen?«

»Ja, genau. Wir sind Hausmädchen bei unseren Paten. Aus Dankbarkeit, weil wir auf die Schule gehen dürfen und weil ...«

»Was ist das denn für ein Unsinn? Alle dürfen auf die Schule gehen. Müssen sie sogar.« Babette schaute auf dem Tisch umher, ob irgendjemand noch etwas zu essen hatte. Nur auf Britt-Ingrids Teller lag ein angebissenes Käsebrötchen, aber die brauchte man gar nicht erst zu fragen, das wusste Babette aus Erfahrung. »So ein Unsinn«, wiederholte sie missmutig.

Inger merkte selbst, dass das mit der Dankbarkeit hier im Café nicht den gleichen guten Klang hatte wie im Gemeindehaus oder in Mutters Briefen. »Na und? Ich bin gerne bei Frau Ödegaard. Es ist ein Sprungbrett für mein späteres

Leben«, erwiderte sie trotzig. »Kann ein Sprungbrett sein. Wenn ich mich gut benehme«, fügte sie hinzu und musste an das Testament denken.

»Ödegaard?«, rief Holger. »He, das fällt mir ja erst jetzt ein. Von der alten Ödegaard haben wir doch erst neulich das Hausmädchen begraben. Das, das an dieser afrikanischen Krankheit gestorben ist. Erinnert ihr euch nicht? Ellingsen hieß die. Margrete Ellingsen. Mann, du bist der Ersatz für das tote Hausmädchen? Mit der sind wie ja sozusagen bekannt.« Triumphierend blickte er in die Runde »Na, wenn das kein Zufall ist!«

»Margrete? Es gab eine Margrete Ellingsen bei mir auf der Schule«, sagte Inger. »Ein paar Jahre älter als ich. Ich habe keine Ahnung, zu wem sie gekommen ist. Keine weiß vorher, wo sie hinkommt. Das hängt davon ab, wo gerade Bedarf ist.« Sie schluckte. »Glaubt ihr, das ist die gleiche Margrete?«

»Bei Frau Ödegaard würde ich nicht gerne wohnen«, fuhr Holger unbekümmert fort. »Schon allein wegen dieser Möwen. Angeblich schlafen die bei ihr im Bett. Wie eklig! Die haben bestimmt Ungeziefer. He – apropos Bett: Wenn du das neue Hausmädchen bist, schläfst du ja jetzt im Bett einer Toten. Ist das nicht gruselig? Wirst du nachts manchmal von ihrem Geist geweckt? Bei Vollmond? Um Mitternacht?« Er formte die Hände zu Klauen und beugte sich zu Inger hinüber. »Uhuhuu«, machte er.

Edith gab ihm einen Klaps auf die Finger. »Lass das!«

Dann schwieg sie genauso betreten wie die anderen. Das Einzige, was man hörte, war Sigurd, der seinen Kaffee schlürfte. Er hatte wie immer nichts mitbekommen.

»Margrete ist also vor mir bei Frau Ödegaard gewesen?«, fragte Inger schließlich.

»Ja, Kind. Natürlich nur, falls es die gleiche Margrete Ellingsen ist. Aber es sieht so aus. Leider.« Britt-Ingrid schnäuzte sich die Nase. Wenn man lange genug bei den Freunden von Gertrude war, gewöhnte man sich an den Tod, hatte sie immer gedacht. Aber das hier nahm sie doch mit.

»Tja«, bemerkte Edith trocken, »ich bezweifle, dass du wirklich gerne bei Frau Ödegaard wohnst. Spätestens jetzt nicht mehr. Doch irgendwann hättest du es sowieso erfahren, nicht wahr? Wenn man mit der alten Ödegaard und ihren Möwen zu tun hat, bleibt man am besten immer mit dem Rücken zur Wand, Schätzchen. Aber das hast du dir wahrscheinlich schon gedacht, oder?«

Kapitel 11

Jeden Morgen, wenn Inger sich um die Möwen und ihre Hinterlassenschaften gekümmert hatte, musste sie Frau Ödegaard beim Ankleiden behilflich sein. Das hieß, anziehen konnte sich die alte Frau natürlich alleine, außer vielleicht einmal einen Reißverschluss hinten am Rücken zumachen oder so. *Hilfe beim Ankleiden* war nur der Ausdruck, den Frau Ödegaard für den Verbandswechsel benutzte, denn sie redete nicht gerne über das Geschwür auf ihrem Rücken.

»Du hast ja wohl auf der Schule gelernt, wie so etwas geht«, war das Einzige, was sie am ersten Morgen sagte, ehe sie Inger das Verbandsmaterial in die Hand drückte und ihr den nackten Rücken zudrehte.

Und Inger hatte sich nicht getraut zu fragen, woher die Verletzung stammte. Vielleicht war Frau Ödegaard unglücklich gefallen, dachte sie zuerst, oder irgendwo hängen geblieben. Doch die Wunde verheilte nicht. Im Gegenteil. Sie wurde tiefer und begann zu nässen. Morgen für Morgen löste Inger das Pflaster über Frau Ödegaards linkem Schulterblatt, wusch die Wunde aus und klebte eine frische Kompresse fest. Der Vorgang fand in tiefstem Schweigen statt, so als wäre keiner der beiden anwesend. Frau Ödegaard zuckte nicht einmal, wenn Inger das alte Pflaster abriss, und Inger erwähnte nie, dass die Geschwulst am Rücken trotz aller Pflege nicht kleiner, sondern größer wurde. Nicht mehr nur fingernagelgroß, eher schon ein ganzer Daumen, und das innerhalb weniger Wochen. Sobald die Prozedur beendet war, schüttelte Frau Ödegaard sich wie ein Hund, der aus dem Wasser kommt, knöpfte sich die Bluse zu und verließ ohne ein Wort das Badezimmer.

Doch am Morgen nach Ingers erster Beerdigung war es anders. Während Inger hinter Frau Ödegaards Rücken still und vorsichtig mit dem Verbandsmaterial hantierte, sagte Frau Ödegaard plötzlich: »Ich wette, die haben dir gestern von Margrete Ellingsen erzählt. Stimmt's?« Und als Inger nicht gleich antwortete, hakte sie nach: »Na, stimmt das nun oder nicht?«

»Ja, es stimmt, Frau Ödegaard.«

»Haben sie dir auch gesagt, wie sie gestorben ist?«

»Eine afrikanische Krankheit, haben sie gesagt. Mehr nicht.«

»Pah!« Frau Ödegaard schnaubte durch die Nase. »Eine afrikanische Krankheit! Ich werde dir sagen, was wirklich passiert ist: Geschnitten hat sie sich, das dumme Ding. Mit dem Filetiermesser in den Daumenballen, richtig tief. Nach zwei Tagen war der Schnitt vereitert. Nach drei Tagen hatte sie einen roten Strich, den ganzen Arm hinauf. Weißt du, was ein roter Strich bedeutet?«

Inger nickte, aber das konnte Frau Ödegaard natürlich nicht sehen. »Ja«, sagte sie mit belegter Stimme, »eine Blutvergiftung.«

»Ganz recht. Eine Blutvergiftung, wenn man es nicht sofort behandelt. Ha!« Frau Ödegaard lachte trocken auf. »Am Tag darauf hatte sie dann auch wie erwartet Fieber. Das ganze Bett hat vor Schüttelfrost geklappert. Ich bin jede Stunde nachschauen gegangen. Du kannst dir vorstellen, dass das nicht einfach für mich war, mit meiner wehen Hüfte und allem. Aber das hier verlangte Fingerspitzengefühl. Margretes Fieber stieg immer weiter, und sie wurde allmählich verwirrt. Das Mädchen dachte am Ende, ich wäre ihre Mutter.« Frau Ödegaard schüttelte den Kopf über diese absurde Vorstellung. »Mittags hatte sie vierzig Fieber. Und gegen Abend einundvierzig. Da war sie kaum mehr bei Bewusstsein. Und das war der richtige Moment, den Krankenwagen zu rufen. *Kommen Sie schnell!*«, machte sie ihre eigene Stimme am Telefon nach. »*Kommen Sie schnell. Das Mädchen stirbt mir ja unter den Fingern weg.* Aber siehst du – genau das war der Trick. Sie ist nicht *mir* unter den Fingern weggestorben, sondern den Ärzten im Krankenhaus. Die haben noch ein paar Stunden an ihr herumgedoktert, Antibiotika, Intensivstation, Beatmungsmaschine, was man halt alles so treibt. Aber es war zu spät. Noch vor dem Morgen war sie tot.« Frau Ödegaard nickte zufrieden ihrer eigenen Erinnerung zu. »Sie war ein impertinentes Ding, diese Margrete, verstehst du? Richtiggehend aufsässig. Sagte immer *Jawoll!*, wenn ich ihr einen Auftrag erteilte, so als wäre ich ein Feldwebel. Lustig machte sie sich über mich. Hat nie gelernt, sich richtig unterzuordnen. Ich bin mir sicher, sie hat mir auch ins Essen gespuckt. Oder eine Maus unters Hackfleisch gemischt. Das wäre ihr Stil gewesen. Ich habe mich kaum noch getraut, etwas zu essen. So konnte das einfach nicht weitergehen, verstehst du? *Und wenn dir dein Auge zum Ärgernis wird, so reiß es aus und wirf es von dir.*« Frau Ödegaard drehte sich zu Inger um. »Findest du nicht auch?«

Inger stand da, bleich und mit dem frischen Pflaster in der Hand, das sie vergessen hatte aufzukleben.

Die alte Frau sah ihr Gesicht und begann zu lachen, leise erst, dann immer lauter. »Uhuhuhuhu!«, lachte sie. »Hahaha.

Glaubst du das wirklich? Hast du mir tatsächlich diese ganze Räuberpistole abgenommen? Du Flachhirn! Hahahahaha! Ich werde doch nicht erst einen Mord durch unterlassene Hilfeleistung begehen und es dann dem Nächstbesten auf die Nase binden. Und dazu auch noch gerade dir! Hast du das wirklich geglaubt? Oh, das ist köstlich. Oh, das ist zu gut, um wahr zu sein. Ihr Mädchen seid alle zusammen dumme Hühner. Uhuhu-hahaha. Dumm und dümmer!« Frau Ödegaard wischte sich Lachtränen aus den Augen, rang nach Luft, musste wieder lachen, wischte und hustete, bis sie sich allmählich beruhigte. »Aber ich könnte!«, sagte sie, plötzlich ernst. »Ich könnte so etwas tun, wenn man mich nur genügend reizt. Lass dir diese Geschichte eine Lehre sein, selbst wenn sie nicht stimmt. Im Zweifelsfall sitze immer ich am längeren Hebel. Du wärst nicht das erste Mädchen, das das zu spüren bekommt.«

Inger war noch bleicher geworden. Sie befestigte endlich den neuen Verband an Frau Ödegaards Rücken. Dann bückte sie sich zum Mülleimer und fischte die gebrauchte Kompresse daraus hervor, die voll mit Sekret war. »Ich glaube, Sie sollten einen Arzt aufsuchen«, sagte sie kalt. »Es sieht aus, als hätte die Wunde sich jetzt auch noch entzündet.«

Kapitel 12

Zur Strafe für diese Frechheit musste Inger das Parkett im Wohnzimmer bohnern, mit Wachs und dem schweren Bohnerbesen. Aber es war ihr egal, solange sie nur aus dem Badezimmer und von Frau Ödegaard wegkam. Selbst wenn die alte Frau sie hinterher ausgelacht hatte, Inger glaubte ihr noch immer jedes Wort. Wenn man im selben Bett schlief wie seinerzeit Margrete Ellingsen, konnte man sich nur zu gut vorstellen, wie die Hausherrin mühsam die Treppe zum Dachboden hochkletterte, um nach einem abschätzigen Blick wieder umzukehren und das arme Mädchen dort oben seinem Schicksal zu überlassen. Selbst wenn der Gedanke sich schlecht mit der Dankbarkeit und der Demut vertrug, die einem Patenkind wohl anstanden. Margrete war ein paar Jahre älter als Inger gewesen. Im Internat hatten sie kaum etwas miteinander zu tun gehabt, unter anderem, weil Margrete groß und kräftig war und, wenn man ihr lästig wurde, schnell einen Tritt oder eine Kopfnuss austeilte. Doch jetzt, seit Inger wusste, dass sie Margretes Kleider trug und in derselben zugigen Kammer schlief, ja, dass sie ihr gesamtes Leben übernommen hatte, fühlte sie sich dem anderen Mädchen verbunden. Bestimmt war Margret genauso aufgesprungen wie Inger, sobald das Handy den ersten Ton von sich gab, und wahrscheinlich hatte sie die gleichen Beschimpfungen zu hören bekommen. Missgeburt. Parasit. Dummkopf. Das Überflüssigste, das Gott je geschaffen hat.

So gut es ging, schob Inger die Wohnzimmermöbel alle auf einer Zimmerseite zusammen, um den fadenscheinigen Teppich aufzurollen, und verteilte dann mit einem alten Lappen Wachs auf den Dielen. Es war eine vollkommen sinnlose Arbeit, denn in den letzten Jahren war das Holz so oft behandelt worden, dass es schon gar kein Wachs mehr aufnahm. Andererseits tat Inger ihre Arbeit ja auch nicht, weil sie sinnvoll war, sondern um Frau Ödegaard zufriedenzustellen. Nein, das war auch nicht richtig. Zufrieden würde Frau Ödegaard sowieso nie sein, aber vielleicht weniger wütend und gereizt. Zweifelnd musterte Inger die andere Hälfte des Zimmers, in die sie Sessel und Sofa gezerrt hatte. Dort standen auch der Bücherschrank und das Klavier, und Inger hatte keine Idee, wie sie diese großen Stücke bewegen sollte, um den Boden vollständig frei zu räumen. Seufzend gestand sie sich ein, dass nicht das Bohnern selbst die Strafe war, sondern dass es für Inger keine Möglichkeit geben würde, die Aufgabe zu Frau Ödegaards vollster Zufriedenheit auszuführen. Inger würde sich aus der Reichweite der alten Frau halten müssen. Letzte Woche hatte der zweite Band von *Kristin Lavransdatter* eine lange, blutige Schramme auf ihrer Backe hinterlassen.

Sie zog den Rock nach oben und ging auf die Knie, um auch noch in die letzten Ecken zu gelangen. Immer mit dem Rücken zur Wand bleiben – das war leichter gesagt als getan, wenn man das Hausmädchen war. Aber Edith hatte es sicher nett gemeint. Überhaupt war es nett gewesen, die Freunde von Gertrude kennenzulernen, obwohl Babette ihr den Kuchen weggegessen hatte. Nein, der Tag gestern war wie ein frisch gelegtes Petronella-Ei: eine kleine Kostbarkeit, die warm in der Hand lag. Plötzlich war Inger die Neue Freundin von vier Alten und einer Ersten Freundin (plus Stanislaw, der gestern gefehlt hatte).

Im Internat war Inger Einzelgängerin geblieben. Irgendwie war es ihr nie gelungen, mit den anderen Mädchen Freundschaft zu schließen, die sich das Haar auf hundert verschiedene Arten flochten und kichernd ihre Geheimnisse teilten. Inger hatte stattdessen ihre Tiere gehabt, die zwar auch ein Geheimnis waren, weil verboten, für die sich aber keine ihrer Mitschülerinnen interessierte. Freunde, selbst wenn sie sich nur so nannten, waren etwas völlig Neues für sie.

Trotz Beerdigung war der Tag einer der lustigsten in Ingers Leben gewesen. Und außerdem war da noch Simon, der sich zu ihr hinüberbeugte und lächelte. Wie selbstverständlich diese Babette nachher mit ihm gesprochen hatte. Sie hatte ja geradezu geflirtet. Das würde Inger niemals wagen. Allein die Vorstellung, dass ...

In diesem Moment hörte Inger draußen Gekreische, und durch die Terrassentür sah sie Frank und Knut durch den Garten jagen. Inger wusste, dass Tiere nicht hinterhältig oder gemein sein konnten, das waren Eigenschaften für Menschen, nicht für Vögel. Aber bei Frank und Knut kamen ihr mitunter trotzdem Zweifel, denn am liebsten griffen sie Mütter mit kleinen Kindern an, die sich schreiend über ihre Kinderwagen warfen, oder Hunde an der Leine, die sich nicht in Sicherheit bringen konnten und sich deshalb in Panik so flach wie möglich auf den Boden drückten. Nach diesen Scheinangriffen schraubten die Möwen sich wieder hoch in die Luft und keckerten dabei auf eine Art, die man nicht anders als boshaft bezeichnen konnte, Verhaltensbiologie hin oder her.

Jetzt schossen sie knapp über dem Rasen entlang, als würden sie Fangen spielen. Erst auf den zweiten Blick sah Inger, dass sie gar nicht spielten, sondern dass sie Petronella durch den Garten trieben. Nachdem ihre Jagd auf die Ente gestern durch Inger vereitelt worden war, machten die beiden Vögel heute einen neuen Versuch. Diesmal hatten sie sich aufgeteilt, und wenn die Ente an das eine Ende des Gartens rannte, wartete dort schon die andere Möwe, um sie wieder zurückzutreiben. Verzweifelt lief Petronella auf dem Rasen hin und her, während Frank und Knut über ihr kreisten. Bald würde ihre Beute so müde sein, dass sie sie erlegen konnten. Triumphierend kreischten die Möwen ihr Gakgakgakgak gaak-gaak-gaak.

Inger schnappte sich den Bohnerbesen, doch im Wohnzimmer hatte sich die Verandatür durch die jahrelange Feuchtigkeit so sehr verzogen, dass sie sich gar nicht mehr öffnen ließ, wie sehr Inger auch daran rüttelte. Schließlich gab sie auf, rannte stattdessen ins Speisezimmer, zwängte sich durch die Tür dort und stürmte die Verandatreppe hinunter in den Garten. Sie versuchte, mit dem Bohnerbesen nach den Möwen zu schlagen, aber der Bohnerkopf war viel zu schwer, um ihn so hoch zu heben. Mit vor Wut zitternden Fingern löste Inger den Stiel aus seiner Befestigung und schwang ihn hoch über dem Kopf, während sie sich vorsichtig der verängstigten Ente näherte, die immer noch panisch und laut schnatternd hin und her rannte.

Die Möwen kreisten jetzt über Inger. Zu gerne hätten sie das Mädchen angegriffen, schließlich war sie genauso ein Eindringling in ihrem Revier wie diese Ente, und zudem machte sie ihnen die Beute streitig. Aber da war der Stock. Das Risiko, von dem Besenstiel getroffen zu werden, war zu groß. Selbst wenn die Möwen es immer wieder von verschiedenen Seiten versuchten, sie kamen nicht nahe genug heran, um nach Inger zu hacken. Am Ende gaben sie auf. Frank und Knut ließen sich in der großen Buche im hinteren Teil des Gartens nieder und beobachteten missgünstig, wie Inger den Stab nun dazu benützte, Petronella behutsam unter die Büsche zu lenken, bis die Ente endlich verstand, dass sie in Sicherheit war, und sich erschöpft hinhockte.

Kapitel 13

Renate Ödegaard saß am Schreibtisch und zählte Diamanten. Diese kleine Freude gönnte sie sich jeden Donnerstag. Dann zog sie die Vorhänge vor, legte ein sauberes Tuch auf die Arbeitsplatte und leerte den kleinen Lederbeutel, den sie sonst am Körper trug, darauf aus. Zweiundvierzig, dreiundvierzig, vierundvierzig: alle Steine da. Einige davon leider sehr klein und andere unrein, aber insgesamt immer noch ein ansehnlicher Schatz.

Wie ungern sie damals mit ihrem Mann nach Afrika gegangen war. In der ersten Zeit hatte sie gar nicht gewusst, was sie mehr abstieß: Jens, der unermüdlich das Wort Gottes verkündete, oder diese ungebildeten, ungewaschenen Schwarzen, die sich um das kleine Krankenhaus scharrten und beharrlich darauf warteten, dass Herr und Frau Ödegaard etwas für sie taten. Irgendetwas für sie taten.

Doch obwohl Renate sich weder aus den Afrikanern noch aus der Mission etwas machte, hatte sich das Leben in Bet-El, wie das Krankenhaus hieß – Haus Gottes –, als positive Überraschung erwiesen. Abgesehen von dem Staub, dem Ungeziefer und den primitiven Verhältnissen natürlich. Aber zum ersten Mal in ihrem Leben war sie richtig reich. Im Vergleich zu den Eingeborenen, die sich in der Hoffnung auf Arbeit und Essen um das Krankenhaus herum ansiedelten, war sie hier eine Königin, denn diese besaßen kaum mehr als das bisschen Stoff auf ihrem Körper und hungerten den größten Teil des Jahres. Endlich verstand Renate das wunderbare Gefühl, als Mensch über andere Menschen herrschen zu können. Du liebe Güte, die Freuden vom Hauspersonal! Waschen, kochen, Wasser holen, Feuer machen – für alles Mögliche gab es plötzlich Mädchen. Ein unendlicher Vorrat an Mädchen, strohdumm zwar, aber willig und formbar, wenn man sie mit fester Hand anleitete. Während Jens dafür lebte, mit dem Licht Gottes auch noch den letzten Winkel Ostafrikas zu erleuchten – Bet-El war für ihn nur der Anfang, es musste doch noch viel staubigere und abgelegenere Orte für sein Wirken geben –, machte Renate es sich zur Aufgabe, den Sinn für deutsche Ordnung zu exportieren, und zwar genau dorthin, wo sie sich selbst gerade aufhielt. Sie gründete in Bet-El eine Schule für Hauswirtschaft, wo sie den Mädchen die drei -*keits* beibrachte, auf die es im Dienst für weiße Arbeitgeber ankam: Pünktlichkeit, Sauberkeit, Ehrlichkeit. Außerdem Kaffee kochen, Brot backen und *Yes, Madam* sagen.

Bei der Missionsvereinigung in Stavanger wurde die Schule übrigens ein großer Hit. Im Takt mit dem Wohlstand in der Heimat stieg auch das Interesse am Unglück der restlichen Welt. Für das kleine Missionskrankenhaus wurde so viel gespendet, dass neue Gebäude errichtet und mehr Ärzte und Krankenschwestern entsendet werden konnten. Eine Kinderstation und ein Kreißsaal und eine Mütterberatung – alles wunderbar. Doch für die Frauenvereinigung der Mission blieb die Hauswirtschaftsschule die Rosine im Kuchen. Die Idee der Frauenvereinigung war es auch gewesen, die Schule mit rosa Kittelschürzen auszustatten. Die Mädchen mit ihrer dunklen Haut und den fantasievollen Frisuren sahen in Rosa einfach zu süß aus, das gab die schönsten Fotos für den jährlichen Missionskalender. Und damit nicht genug. Als in den Achtzigerjahren Fernreisen selbstverständlich und erschwinglich wurden, begannen regelmäßig Delegationen ehrwürdiger und glaubensstarker Damen nach Afrika zu reisen, um das Krankenhaus zu besichtigen und Renate Ödegaard zur Hand zu gehen. Natürlich war da die Sprachbarriere – außer Renate beherrschte niemand Kisuaheli –, aber das machte nichts; was zählte, war die gute Absicht. Gleichzeitig konnte man bei dieser Gelegenheit die Topflappen überreichen, die die Damen aus Stavanger den ganzen Winter über gehäkelt hatten, damit sich die schwarzen Girls beim Kochen nicht die Finger verbrannten. Nein, nein, Renate brauchte sich nicht zu bedanken. Was tat man nicht alles für seinen Herrgott, nicht wahr?

Lärm aus dem Garten riss Renate Ödegaard aus ihren Erinnerungen. Möwengeschrei, Gequake und das neue Hausmädchen, das irgendetwas rief. Doch bis sie alle Diamanten wieder in ihrem Beutel verstaut hatte und sich endlich erhob, um die Vorhänge beiseitezuziehen, war das Spektakel schon wieder vorbei. Renate sah nur noch, wie Inger ziemlich zerzaust und nass vom Regen Richtung Haus ging. Was hatte sie denn dort hinten im Garten gemacht? Und warum um Himmels willen trug sie in der einen Hand den Bohnerkopf und in der anderen den Stiel dazu? Das Ding wog mindestens fünf Kilo.

Diese Mädchen waren allesamt mehr oder weniger verrückt. Und verweichlicht dazu, mit einem unangemessenen Anspruch auf Sicherheit und Komfort im Leben. Kein Mumm in den Knochen. Keine Widerstandskraft. Ob das an dieser Schule lag? Dieser GHG-Akademie in Telemark? *Generation hilft Generation* – wer dachte sich solche blödsinnigen Slogans nur immer aus? Im Grunde hatte Renate bislang nur schlechte Qualität von dort geliefert bekommen. Richtiggehende Mängelexemplare.

Frank und Knut, sah Frau Ödegaard jetzt, hockten in der alten Buche und beobachteten, wie Inger mitsamt dem Bohnerbesen über den Rasen stapfte. Kurz bevor sie die Veranda erreichte, hoben die Vögel ab, flogen knapp über das Mädchen hinweg, ließen jeder einen Klecks Vogelkacke auf sie fallen und strichen dann mit schrillen Rufen über das Haus davon. Überrascht fuhr Inger sich durch die Haare und betrachtete die Schweinerei auf ihrer Hand. Renate Ödegaard lachte laut auf. Ihren beiden Lieblingen fielen doch immer wieder neue Streiche ein.

Hinten beim Rhododendron kroch irgendetwas zwischen die Büsche. Eine verletzte Katze? Oder das Ding, das vorhin gequakt hatte? Ja, wenn Renate es sich recht überlegte, hatte sie in den letzten Wochen öfter Gequake gehört, und neulich war auch eine Ente im Garten gewesen. Was die hier wohl macht, hatte sie noch gedacht, zumal sie nicht aussah wie eine gewöhnliche Stockente. Konnte das dort hinten eine Art Ente sein? Was machte die mitten im Wohngebiet, so weit weg vom Wasser? Und warum trug das Hausmädchen einer Ente den Bohnerbesen hinterher?

Renate Ödegaard ließ die linke Schulter kreisen, doch gegen den Schmerz über dem Schulterblatt half es wenig. Lediglich das Pflaster ziepte, weil es am Unterhemd festhing. Anfangs war es nur ein Leberfleck am Rücken gewesen, aber offensichtlich hatte sie ihn versehentlich aufgekratzt, vielleicht irgendwann in der Nacht, ohne es zu merken, denn das Ding hatte schon seit Wochen gejuckt. Eines Morgens war jedenfalls Blut im Bett gewesen und von da an jeden Tag.

Notgedrungen hatte sie also Anfang September einen Dr. Bergeland aufgesucht, um ihm den Fleck zu zeigen, der inzwischen ein kleiner Krater geworden war.

Dr. Bergeland hatte scharf die Luft eingesogen.

»Und da kommen Sie erst jetzt?«, hatte er gefragt.

Renate hasste Ärzte. Erst recht Ärzte, die ihren Patienten gegenüber nicht die Contenance bewahren konnten. Überraschung, Mitleid, Ekel – was gingen sie die Befindlichkeiten ihres Arztes an? Er sollte seine Patienten behandeln, wenn er dazu in der Lage war, und ansonsten den Mund halten.

Leider tat Dr. Bergeland genau das Gegenteil. Wortreich erklärte er Renate Ödegaard, dass er ausgesprochen besorgt war – warum eigentlich, man kannte sich doch gar nicht –, und statt das dumme Ding einfach herauszuschneiden und dann das Loch zuzunähen, damit die Sache ein für alle Mal erledigt wäre, empfahl er ihr ein ganzes Potpourri an Untersuchungen, und alle nur, um das exakte Stadium ihres Hautkrebses festzustellen. Ja, er war drauf und dran gewesen, seine Patientin ins Krankenhaus einzuweisen, den Telefonhörer hielt er schon in der Hand, aber das kam für Renate Ödegaard nicht infrage. Sie hatte sich ihr Rezept für das Verbandsmaterial geschnappt und war gegangen.

Nur – wenn man nicht gerade ein Schlangenmensch war – wie klebte man sich selbst ein Pflaster auf den Rücken? Zum ersten Mal in ihrem Leben war Renate Ödegaard tatsächlich auf Hilfe angewiesen. Was für eine Niederlage, jemanden bitten zu müssen, selbst wenn es nur das Hausmädchen war. Damals noch Margrete, die sie sowieso nicht leiden konnte. Dann diese nutzlose Dänin, die jeden Morgen erneut betonte, dass medizinische Aufgaben nicht in ihrer Stellenbeschreibung vorkamen, und der man erst einen Hundertkronenschein in die Hand drücken musste.

Und jetzt also Inger. Frau Ödegaard waren Ingers sanfte, behutsame Hände zuwider, die sich Tag für Tag an ihrer Schulter zu schaffen machten. Das Mädchen war so vorsichtig, dass es kitzelte. Und sie hasste Ingers Blick im Nacken, das Wissen in ihrem Rücken, die betonte Diskretion, mit der Inger die gebrauchten Kompressen in den Mülleimer warf, die schweigende Nähe des warmen Mädchenkörpers, der so bald wie möglich wieder zurückwich.

Sie verabscheute es erst recht, wenn Inger ihr Schweigen brach, so wie heute Morgen, und ihr Wissen preisgab. Das neue Mädchen, das merkte Frau Ödegaard deutlich, strapazierte ihre Geduld mindestens ebenso sehr wie seinerzeit Margrete Ellingsen.

Kapitel 14

Nachdem die Möwen einmal auf den Geschmack gekommen waren, ließen sie Petronella nicht mehr in Ruhe. Und Petronella war der Jagdtechnik der beiden Vögel hilflos ausgeliefert. Wenn Frank und Knut von zwei Seiten angriffen und sie in die Enge trieben, wurde die Ente so panisch, dass sie nur noch rannte. Egal wohin. Ständig hörte man Geschrei und Gezeter aus dem Garten, und immer wieder musste Inger mit einem Stock dazwischengehen.

Ein paar Tage nach dem ersten Angriff servierte Inger gerade das Mittagessen, als ein weiterer Streit losbrach. Sie stand mit dem Auftragebrett in den Händen da und musste warten, bis Frau Ödegaard endlich das Tablet beiseitelegte, auf dem sie Zeitung gelesen hatte, um Platz für den Teller mit Schweinekotelett und grünen Bohnen zu machen, bis sie sich die Serviette mit einer Brosche im Ausschnitt befestigt hatte, bis sie nach dem Besteck gegriffen und auch noch einen ersten Bissen probiert hatte, ehe sie Inger entließ. Unmöglich, das zu beschleunigen. Und unmöglich, einfach wegzugehen, selbst wenn draußen ein Tumult tobte und dann – noch beunruhigender – plötzlich abbrach. Im Gegenteil, wenn Inger Ungeduld zeigte, würde Frau Ödegaard sich erst recht Zeit lassen.

Als Inger endlich in den Garten kam, war es dort still und leer. Die Möwen waren davongeflogen, aber auch Petronella konnte sie zunächst nirgends entdecken. Nach langer Suche fand Inger die Ente schließlich in einem der Nachbargärten.

Offenbar hatte sie sich auf der Flucht durch die dichte Buchenhecke gepresst, denn als Inger Petronella hochnahm, um sie zurückzubringen, sah sie, dass die Ente einen tiefen Riss am linken Fuß hatte. Die schuppige Haut hing in Fetzen, und darunter schimmerte Knochen. Vielleicht war sie an einem Ast hängen geblieben oder an einem scharfen Stein. Die Ente hinkte und zog den Fuß hoch ins Gefieder, sobald sie stehen blieb.

Am Tag darauf war das Bein dick angeschwollen. Petronella rappelte sich nur noch mühsam hoch und ließ sich so bald wie möglich wieder fallen. Flüchten konnte sie gar nicht mehr. Inger blickte nach oben, wo Frank und Knut über den Bäumen kreisten. Im Freien konnte die Ente nicht bleiben, und Inger fiel in der Eile – sie musste eigentlich Frühstück machen – kein besserer Ort ein als der Kriechkeller unter der Veranda. Sie setzte die Ente neben die alten Ziegel, die dort lagerten, und stellte ihr eine Schale mit Wasser und einen Teller mit eingeweichtem Brot dazu. Vielleicht würde sich Petronella erholen, wenn sie nur erst in Sicherheit wäre.

Doch als Inger abends zurückkam, saß die Ente im eigenen Kot und konnte gar nicht mehr aufstehen. Das Bein war heiß und entzündet, und Eiter sammelte sich um das Fußgelenk. Petronella hätte eigentlich zu einem Tierarzt gemusst, aber hierfür müsste Inger erst einmal einen finden, der sich mit Wildvögeln auskannte und die Ente nicht kurzerhand von ihren Leiden erlöste. Einen Computer hätte sie gebraucht oder Frau Ödegaards Tablet, um im Internet zu suchen, nicht ihr lumpiges Handy, auf dem genau drei Nummern eingespeichert waren: Frau Ödegaard, die Eltern in Klepp und Pfarrer Holm.

»Ich gebe dir mal meine Nummer«, hatte der Pfarrer neulich gesagt, als Inger ihn nach seinem Besuch in der Villa Ödegaard zur Haustür brachte. »Nur für den Fall. Ich bin mir sicher, es spielt sich alles ein, aber trotzdem.« Er hatte einen letzten, zweifelnden Blick die Treppe hinauf in den ersten Stock geworfen und Inger unbeholfen auf die Schulter geklopft, ehe er wieder hinaus in den Regen gegangen war.

War Petronella, die einen Tierarzt brauchte, so ein Fall? Inger stellte sich vor, was der Pfarrer in seiner umständlichen Art zu einer kranken Ente sagen würde, die Inger gar nicht haben sollte. Doch vielleicht könnte er ihr Ediths Adresse geben? Edith hatte gesagt, sie könne jederzeit vorbeikommen. Aber sie war schon so alt. Wahrscheinlich besaß sie nicht einmal einen Computer. Ob der Pfarrer Holgers Nummer hatte oder – Ingers Herz machte einen Hüpfer – Simons? Nein, das würde sie niemals wagen. Sie kannte Simon ja gar nicht. Inger starrte auf das Display mit seinen armseligen drei Nummern.

Die Mutter, dachte sie.

Natürlich wollte Inger die Mutter nicht anrufen, es gab eine schmale Grenze, was die Mutter an Ungehorsam tolerierte, und die hatte Inger schon lange überschritten.

Aber sie erinnerte sich, dass sie als Kind einmal eine Nagelbettentzündung am großen Zeh gehabt hatte und die Mutter ihr Fußbäder bereitete.

»Mach kein Theater! Das zieht den Eiter raus«, hatte sie gesagt, während sie Ingers Fuß mit harter Hand in die heiße Sole tunkte, und tatsächlich – nach einigen Tagen hatte sich der Abszess geöffnet.

Inger holte eine Schüssel mit lauwarmem Wasser, in dem sie ein paar Esslöffel Salz auflöste, und setzte die Ente vorsichtig in das Salzwasser. Die Ente wehrte sich anfangs, aber dann fand sie das Baden offenbar doch angenehm, denn als sie erst einmal in der Schüssel saß, ließ sie die Behandlung klaglos über sich ergehen, und hinterher fraß sie sogar etwas von dem Brot.

Wie damals ihre Mutter wiederholte Inger die Fußbäder zweimal am Tag, morgens und abends, während die Ente weiterhin unter der Veranda wohnte. Der Eiter am Fuß entleerte sich, und der Riss begann sich zu schließen, doch auf Dauer war das keine Lösung. An Freiheit gewöhnt, war der Kriechkeller für die Ente nichts anderes als ein dunkler, staubiger Käfig. Sie sehnte sich nach feuchtem Gras und der großen Pfütze hinter der Garage und nach Licht. Mit schief gelegtem Kopf verfolgte Petronella, wie Inger die Tür aus groben Holzlatten wieder verschloss, und dann quakte sie vorwurfsvoll hinter ihr her, sodass man es in der gesamten Nachbarschaft und bestimmt bis in den ersten Stock hörte.

Seit ihrer Ankunft in der Villa Ödegaard war Inger in Sorge um ihre Ente gewesen, doch das war nichts gegen die Angst, in der sie jetzt lebte. Draußen warteten die Möwen auf die nächstbeste Gelegenheit, Petronella zu erledigen, und drinnen im Haus war Frau Ödegaard eine mindestens ebenso große Bedrohung.

Immer öfter war es in der letzten Zeit vorgekommen, dass die alte Frau am Fenster stand und hinaus in den Garten schaute. Wenn Inger ins Zimmer kam, drehte sich ihre Dienstherrin zu ihr um.

»Mir kam es so vor, als hätte ich draußen eine Ente gehört«, sagte sie einmal. »Aber da muss ich mich wohl geirrt haben, denn gesehen habe ich nichts.«

Und beim nächsten Mal: »Knut und Frank wirken so unruhig. Geh doch bitte mal hinaus und sieh nach, ob irgendwo ein totes Tier liegt, vielleicht eine Katze. Oder ein Vogel. Muss aber ein großer sein, wenn die Möwen sich dafür interessieren. Vielleicht ein Austernfischer? Oder ein junger Schwan?«

Dann musterte sie Inger scharf, die so tat, als ginge sie das alles nichts an. Oder die zumindest versuchte, so zu tun. Bitte nicht rot werden. Bitte, bitte diesmal nicht rot werden. Und den Blick nicht abwenden. Und keine Miene verziehen. »Selbstverständlich«, antwortete sie so beiläufig wie möglich. »Ich gehe gleich.«

Aber Frau Ödegaard zu täuschen war nicht leicht. Die alte Frau schien ihr direkt ins Herz zu sehen, und es schien ihr Vergnügen zu bereiten, Inger genauso zu jagen wie ihre Möwen Petronella, nur dass sie dazu Worte benutzte.

Als Inger am nächsten Morgen ins Zimmer kam, verkündete sie: »Unter der Veranda lebt irgendetwas. Ich habe es die ganze Nacht dort rascheln und rumoren gehört. Vielleicht wieder Siebenschläfer? Vielleicht auch etwas ganz anderes.«

»Ich sehe sofort nach«, versprach Inger.

Frau Ödegaard warf ihr einen gehässigen Blick zu. »Wirst du das?«, fragte sie. »Nachsehen? Ich habe dich doch schon gestern gebeten, den Garten zu kontrollieren. Da hättest du, was immer unter der Veranda lebt, doch finden müssen, oder? Nun, ich werde nachher selber gehen. Alles muss man selbst machen in diesem Haushalt.«

Inger stand da mit glühenden Wangen. »Ich kann wirklich ...«, stammelte sie.

»Ach, dabei fällt mir noch was ein«, sagte Frau Ödegaard. »Eine Britt-Ingrid Revheim hat neulich wegen dir angerufen.

Eigenartige Leute, die du da kennst. Aber an deinem freien Tag kannst du natürlich machen, was du willst. Das war Pfarrer Holm ja so wichtig. Also, diese Frau sagte, dass heute wieder eine Beerdigung ist. ›Richten Sie Inger bitte aus‹«, machte sie Britt-Ingrids gestelzten Tonfall nach, »›dass übermorgen eine Beerdigung in Tjensvoll ist, vormittags um elf, und dass Inger dorthin kommen soll. Diesen Mittwoch – Tjensvoller Friedhof – um elf Uhr. Vielleicht wollen Sie sich das notieren? Nein? Nun, ich schreibe mir Termine ja lieber auf, aber jeder, wie er will. Einen Augenblick noch, Frau Ödegaard, ehe Sie auflegen, hätte ich da noch ein persönliches Anliegen. Bei so einer Trauerfeier sollte man sich doch innerlich sammeln, und da ist es völlig unpassend, wenn man abgehetzt oder gar zu spät eintrifft. Vorige Woche kam das Kind in letzter Sekunde und ganz außer Atem. Wenn Sie Inger diesmal also rechtzeitig losschicken könnten? Vielen Dank. Und Ihnen noch einen schönen Tag.‹« Frau Ödegaard schnaubte durch die Nase. »Ich richte dir also hiermit aus, dass du heute zum Tjensvoller Friedhof kommen sollst. Und du richtest dieser Frau Revheim bitte aus, dass sie mich nie wieder anrufen soll. *Können Sie Inger bitte rechtzeitig losschicken?* Wer bin ich denn? Deine Kindergartentante? Und wofür bezahle ich dir ein eigenes Telefon?« Sie sah auf die Uhr. »Na, dann mach mal, dass du loskommst!«, befahl sie.

»Aber es ist doch gerade erst halb neun. Ich kann vorher gut noch unter der Veranda …«

»Nein, nein, um den Kriechkeller kümmere ich mich später selber, wenn ich hier das Dringendste erledigt habe. Sonst muss ich mir später von dem Pfarrer und dieser … dieser Frau nur Vorwürfe anhören. Und spannende Privatinteressen wie diese fordern natürlich persönliche Opfer. Leider keine Zeit fürs Frühstück heute, meine Liebe. Hurtig, hurtig – umziehen und dann hinaus aus dem Haus. Nicht wahr?«

Inger wagte keinen weiteren Widerspruch, und sie hatte auch keine Gelegenheit mehr, noch einmal nach Petronella zu sehen. Zur Not hätte sie die Ente ja sogar mit zur Beerdigung genommen, doch Frau Ödegaard, die sonst immer nur zwischen Schlaf- und Arbeitszimmer pendelte, wartete im Hausflur, als Inger umgezogen nach unten kam. Sie überwachte, wie Inger sich die Schuhe anzog, und hielt ihr sogar die Tür auf.

»Ich wünsche viel Vergnügen«, sagte sie, und als Inger sich nur zögernd vom Haus entfernte, rief sie ihr hinterher: »Nun mach schon! Du hast deinen freien Tag! Genieße ihn!«

Inger kam anderthalb Stunden zu früh zur Beerdigung. Es war Mitte November, und um die Grabkapelle in Tjensvoll pfiff ein unangenehmer Wind, der immer wieder Regenschauer vor sich hertrieb. Inger presste sich im Windschatten an die Mauer, denn die Kälte kroch ihr feucht und klamm in die Knochen. Zitternd stand sie da und stellte sich vor, wie Frau Ödegaard den Rock über die Knie zog und unter die Veranda kroch, während Petronella sich in die hinterste Ecke drückte und ängstlich zischte, und wie sie die Ente am Hals packte oder am Flügel – wo sie sie eben erwischen konnte – und das zappelnde Tier aus dem Verschlag herauszog. Würde sie das wirklich tun? Tat sie es vielleicht gerade jetzt, in diesem Moment? Am liebsten wäre Inger sofort nach Hause zurückgerannt, denn diese Unsicherheit war kaum auszuhalten. Doch wenn sie unversehens wieder in der Villa Ödegaard auftauchte, machte sie womöglich alles nur noch schlimmer. Es konnte ja sein, dass Frau Ödegaard noch gar nichts von der Ente wusste. Vielleicht wusste sie nur, dass Inger Angst hatte. Vielleicht vermutete sie nur ein Geheimnis. Aber so oder so würde sie sehr, sehr böse werden, wenn ihr Hausmädchen nicht gehorchte, sondern nach Hause kam, wenn es eigentlich auf einer Beerdigung zu sein hatte.

Als der Hausmeister die Kapelle aufschloss, war Inger völlig durchgefroren. Dankbar schlüpfte sie in das Gebäude. Hier war es wenigstens windstill und trocken. Und sehr leer. Außer ihr war nur der Hausmeister da, der die Plastikblumen auf dem Sarg in die richtige Position schob – ein Stückchen weiter nach links, nein, doch wieder nach rechts – und dann in der Sakristei verschwand. Kaffeepause.

Inger zog das Ödegaard-Handy aus der Tasche, um nach der Uhrzeit zu sehen. Immer noch zwanzig Minuten bis zum Beginn. Hinter ihr öffnete sich die Tür, und ein Mann kam herein. Simon! Endlich! Erst dann sah sie, dass der Mann viel zu alt war, um die fünfzig, und auch größer und kräftiger. Außerdem trug er keinen Anzug, sondern einen abgeschabten Parka und eine alte Wollmütze. Er warf einen kurzen Blick auf das Mädchen rechts vom Mittelgang und setzte sich dann in die dritte Reihe links. Enttäuscht sah Inger wieder nach vorne. Der Gedanke an Simon war das einzig Erfreuliche gewesen, während sie draußen in der Kälte wartete. Das letzte Mal war er so nett zu ihr gewesen. Inger sehnte sich nach seinem freundlichen Gesicht. Und danach, dass er ihr ein Blatt aus den Haaren pflückte, so vorsichtig, als wäre sie etwas ganz Besonderes, auf das er von nun an achtgeben würde.

Stattdessen trafen nun nach und nach nur die übrigen Freunde ein: Holger kam mit Edith, die ihr zuwinkte, sie solle doch herüberkommen. Und Britt-Ingrid hatte Sigurd im

Schlepptau, der sich offenbar alleine nicht mehr zurechtfand, denn sie brachte ihn bis zu seinem Platz und wies ihn an, sich hinzusetzen. Danach kam niemand mehr, weder Babette noch Simon, wie oft Inger sich auch nach der Tür umdrehte und hoffte, sie würde sich noch einmal, ein einziges Mal noch, öffnen. Inger blieb alleine in ihrer Bank.

Kapitel 15

Der Tjensvoller Friedhof war der hässlichste in ganz Stavanger, eine Ansammlung schmuckloser Gräber direkt neben einer Durchgangsstraße, ohne Bäume, aber dafür mit reichlich Verkehrslärm. Die Kapelle war ein moderner Bau, groß und hell, und die Handvoll Gestalten in der dritten Reihe links wirkten hier besonders verloren.

Edith zog sich den Schal enger um die Schultern. Der Hausmeister hatte die Heizung nicht angestellt, vermutlich fand er, dass es sich für die paar Trauergäste nicht lohnte. Wenigstens war der Todesfall heute interessanter als immer nur diese vergammelten Leichen einsamer Menschen, die man irgendwann aus ihren Wohnungen fischte. Ein richtiger Mord! Na ja, vielleicht auch nur Körperverletzung mit Todesfolge oder – bei einem guten Anwalt – Notwehr. Jedenfalls die Folge einer Messerstecherei eines ausländischen Ehepaars. Die Nachbarn hatten die Polizei verständigt, als der Mann blutüberströmt aus der Kellerwohnung taumelte und auf der Auffahrt zusammenbrach, gefolgt von seiner Frau, die in einer unbekannten Sprache schrie und ein großes Küchenmesser schwang. Bis die Rettungskräfte eintrafen, hatte sie noch zweimal zugestochen und anschließend das Messer mit einem befriedigten Grunzen an ihrem Pulloverärmel abgewischt. Aber dieses letzte Detail konnte natürlich auch eine Erfindung der Medien sein. Die hatten das Ereignis in den ersten Tagen weidlich ausgeschlachtet. Jedenfalls lag der Ehemann jetzt hier in der Kapelle aufgebahrt, und seine Frau war im Gefängnis, und ansonsten kannten sie offenbar niemanden in Norwegen.

Drüben, auf der anderen Seite des Mittelgangs, saß lediglich Inger. Hatte sie denn nichts Richtiges anzuziehen, die Ärmste? Oder trug man unter jungen Leuten derzeit keine Regenjacken? Jedenfalls wirkte sie durchweicht und genauso verfroren wie Edith selbst. Suchend sah Inger sich immer wieder um. Edith konnte sich schon denken, auf wen sie wartete: auf Simon mit seinem umwerfenden Lächeln. Inger wusste ja nicht, dass es nur Simons Maklerlächeln war, das jeder zu sehen bekam, weil es zum Geschäft gehörte. Professioneller Strahlemann. Das Geheimnis seines Erfolgs. Aber Simon nahm nur an Beerdigungen teil, die das Unternehmen seines Bruders ausrichtete, Bestattungsinstitut Hansen. Wusste der Geier, warum der junge Mann das tat. Vielleicht eine Familientradition.

Edith ging zu Beerdigungen, weil sie den Tod interessant fand. Das Sterben machte das Leben erst erträglich, fand sie, und es irritierte sie, dass Pfarrer Holm so viel von Auferstehung und ewigem Leben redete. Man sollte doch hoffen, dass mit dem Tod auch wirklich Schluss war und er nicht nur der Übergang in einen langen, heiligen und völlig ungeklärten Zustand bedeutete. Aber *den tid, den sorg,* wie man so sagte – die Zeit, die Sorgen.

Offensichtlich konnte Inger Simon nirgends entdecken, wie auch, schließlich war es diesmal das Beerdigungsinstitut Hvitting und nicht Hansen. Enttäuscht ließ sie sich in die Kirchenbank zurücksinken und starrte schlecht gelaunt vor sich hin.

Nun, Edith hatte heute auch schlechte Laune. Einer ihrer Söhne trennte sich gerade von seiner Lebensgefährtin und rief ständig bei ihr an, um ausführlich von den Streitigkeiten zu berichten. Diese Abgründe der menschlichen Seele. Früher hatte man so etwas für sich behalten, das war für alle Außenstehenden angenehmer gewesen.

Ihre drei Buben schienen nie damit fertig zu werden, sich einen neuen Partner zu suchen, einen neuen Beruf, eine neue Adresse. Edith hatte längst den Überblick über ihre Enkel verloren, wer gerade dazugehörte und wer dann doch nur der Ex-Frau zugeschrieben wurde und bei welchen Kindern man sich der Vaterschaft sicher war oder vielleicht doch nur der Idiot, der Alimente zahlte. Auch diesmal gab es natürlich ein Kind: Sondre. Edith würde ihm zu Weihnachten einen hübschen, farbenfrohen Rucksack schenken, für all die Umzüge zwischen Mama und Papa, die ihm bevorstanden. Inzwischen war das schon Routine.

Britt-Ingrid zischte gerade über den Mittelgang hinüber: »Die Freunde von Gertrude sitzen hier, Inger. Immer dritte Reihe links!«

Edith hätte ihr gleich sagen können, dass rechts sitzen nicht erlaubt war. Sie hatte doch auch extra gewinkt, aber Inger hatte gar nicht hingeschaut. Bereitwillig rutschte Edith jetzt näher an Holger heran, um ihr Platz zu machen. Inger fädelte sich gehorsam aus ihrer Bank und drängte sich zwischen Edith und Sigurd, der sofort anfing, an Ingers blauen Haaren zu zupfen, verzückt und zärtlich wie ein Papagei. Aber bei Sigurd war das in Ordnung, der war zu alt und zu senil, um sich noch gut zu benehmen. Zu seiner Linken saß heute ausnahmsweise nicht Babette – gestern war Stütze ausbezahlt worden, und Babette lag sicher betrunken auf ihrem Sofa –, aber dafür war Stanislaw da. Stanislaw kam aus Polen und arbeitete hier in Stavanger auf dem Bau. Seit es mit der Wirtschaft so bergab ging, fand er nur noch Gelegenheitsjobs, denn die Polen waren in jeder Krise die Ersten, die entlassen wurden. Aber zu Hause war es auch nicht besser, und wenn er hier Geld verdiente, dann wenigstens zu einem anständigen Stundenlohn. Stanislaw konnte Guten Tag und Danke auf Norwegisch sagen, mehr nicht. Trotzdem vergoss er bei jeder Beerdigung heiße Tränen, und hinterher füllte er den Flüssigkeitsverlust mit Unmengen von Kaffee auf. Edith mochte Stanislaw. Letztes Frühjahr hatte er ihr den Komposthaufen umgesetzt, während sie für ihn Kartoffelklöße mit Pökelfleisch und Kohlrübenmus kochte. Seitdem kam er immer mal wieder zum Essen und um die vielen Familienbilder zu bewundern, die in Ediths Flur hingen.

»Ty dobrze gotujesz a ja jesten samotny[1]«, sagte er dann, aber Edith hatte keine Ahnung, was das heißen sollte.

Jetzt beugte er sich über Sigurd hinweg und reichte Inger die Hand. »Gute Tag«, grüßte er höflich. »Nazywam się Stanisław.«

»Guten Tag. Ich bin Inger.«

»Hallo, Inger.« Holger lehnte sich über Edith hinweg zu Inger hinüber. »Wie geht es Frau Ödegaard?«

Inger drehte sich zu ihm um. »Es geht ihr gut«, antwortete sie lustlos. »Na ja, vielleicht nicht ganz«, fügte sie unvermittelt hinzu. »Sie hat ein Loch im Rücken.«

»Holger, lass das Mädchen in Ruhe und setz dich richtig hin!«, befahl Edith und versuchte, ihn auf seinen Platz zurückzuschubsen.

Doch Holger beugte sich noch weiter vor. »Warum ein Loch? Hast du sie von hinten angeschossen?«, flüsterte er laut.

---

[1] Du kochst gut, und ich bin einsam.

Inger grinste. »Wenn ich eine Pistole hätte, würde ich das wahrscheinlich tun. So muss ich leider darauf warten, dass das Loch von selber tief genug wird.« Sie schlug sich die Hand vor den Mund, als hätte sie das gar nicht sagen wollen. Doch dann kicherte sie trotzdem. »Stell dir vor, irgendwann kann ich vielleicht durch Frau Ödegaard durchgucken wie durch eine leere Klorolle.«

»Geh endlich runter von mir!« Edith boxte Holger in die Schulter.

Britt-Ingrid schaute von ihrem Strickzeug auf. »Also bitte, ihr drei! Wir sind in einem Gotteshaus!«

In diesem Moment schaltete der Hausmeister die Musik ein – Bach, wie immer –, und Pfarrer Holm kam aus der Sakristei. Britt-Ingrid klapperte wieder mit den Nadeln, und die anderen setzten sich ordentlich auf ihre Plätze. Nur Sigurd wühlte weiter in Ingers Haaren, und für einen Augenblick schloss das Mädchen die Augen und sah fast entspannt aus. Letzte Woche hatte sie eine Schramme auf der Backe gehabt, doch inzwischen war der Schorf abgefallen und nur ein Streifen zurückgeblieben, heller noch als ihr blasses, schmales Gesicht.

Edith hatte sich fest vorgenommen, sich nie wieder mit den Problemen fremder Leute zu befassen. Sie hatte mit ihren drei Söhnen genug Kümmernisse. Erst zog man sie mühsam groß, und dann gingen sie in die Welt hinaus und wussten nichts Besseres mit sich anzufangen, als missglückte Ehen zu stiften und Kinder in die Welt zu setzen, die hinterher nach komplizierten Verteilerschlüsseln betreut werden mussten. Deswegen mochte Edith auch Stanislaw, der redete wenigstens nicht. Oder doch, er redete schon, eigentlich sogar die meiste Zeit, aber auf Polnisch, und polnische Sorgen gingen Edith nichts an.

Doch Inger neben ihr auf der Bank war so nass, dass die Feuchtigkeit ihrer Jacke langsam durch Ediths Mantelärmel drang, und dazu wirkte sie bleich und niedergeschlagen. Das arme Lämmchen!

Mitten in der Predigt schüttelte Inger Sigurds Hand ab, als wäre sie ihr plötzlich lästig geworden, und rutschte während der restlichen Trauerfeier unruhig auf ihrem Sitz hin und her, und als die Freunde nach der Beerdigung beratschlagten, welches Café am nächsten lag – ein kalter Wind bog die kahlen Bäume unten am Mosteich und trieb Regen vor sich her, sodass keiner Lust hatte, weit zu laufen –, zog sie immer wieder ihr Handy heraus, nur um es gleich darauf wieder in die Tasche zu stecken. Vielleicht hatte das Mädchen Liebeskummer? Wartete darauf, dass der junge Mann anrief? Das war nichts Ungewöhnliches in diesem Alter. Manchmal brauchte es da einen wohlmeinenden Rat, um die Dinge wieder auf den rechten Platz zu rücken. Sich in den Falschen verlieben – das hatte Edith seinerzeit auch getan, als sie jung war, doch es nützte nichts, sich in dem Jammer darüber zu suhlen. Je schneller man so etwas hinter sich ließ, umso besser.

Schließlich einigten sich die Freunde auf das Kunstmuseum, denn das lag am nächsten, und die Gruppe konnte endlich aufbrechen. Diesmal war sogar Pfarrer Holm dabei. Die Zeit nahm er sich selten.

»Hier, Holger. Ein Auto hast du ja leider nicht, um mich zu fahren. Aber wenigstens kannst du einer alten Frau die Handtasche tragen, oder?« Edith gab ihre Tasche an Holger weiter, wartete, bis die anderen vorbei waren, und hängte sich bei Inger ein, die hinterhertrottete.

»Hast du Kummer?«, fragte sie.

»Nein.«

»Nun komm schon, willst du mir nicht sagen, warum du heute so traurig bist?«, probierte sie es noch einmal.

Inger blieb stehen. »Ich?«, fragte sie mit bebenden Lippen. »Ich bin doch nicht traurig!«

Dann schlug sie die Hände vors Gesicht und brach in Tränen aus.

Kapitel 16

Inger hatte den Gottesdienst über sich ergehen lassen, ohne wirklich zuzuhören, während Sigurd ihre Haare zwirbelte. Der alte Mann war ein bisschen durcheinander – er wusste nicht, welcher Tag war und dass er nun schon seit zwei Jahren im Altersheim wohnte –, aber er war freundlich. Ganz vorsichtig zupfte er an ihren blauen Strähnen. Inger lehnte sich zurück und schloss die Augen. Sie musste an den jungen Fuchs denken, der in dem einen Sommer so zutraulich geworden war und der seine spitze Schnauze manchmal in ihre Achselhöhle gedrückt hatte, auf der Suche nach Ingers Geruch.

Pfarrer Holm predigte über sinnlose Gewalt auf dieser Erde, und von den traurigen Worten glitten ihre Gedanken zurück zu der Ente und dem ewigen Karussell ihrer Sorgen. Frau Ödegaard, die Möwen, der Kriechkeller, Gehorsam und Fügsamkeit, die sie ihr Leben lang gelernt hatte und die jetzt, da Petronella in Gefahr schwebte, völlig falsch schienen, weil die Zeit ihr zwischen den Fingern zerrann, während Inger hier in der Friedhofskapelle saß.

Plötzlich machte Sigurds Hand in ihrem Haar sie nervös. Inger war doch kein Kuscheltier. Unruhig rutschte sie auf ihrem Sitz hin und her und wartete auf das Ende der Predigt. Na endlich! *Befiehl du deine Wege.*

Doch hinterher diskutierte die Gruppe endlos, wo man zum Kaffeetrinken hingehen sollte. Inger dachte, das hätte Britt-Ingrid schon lange geregelt, so wie beim letzten Mal.

Aber nein, die anderen waren völlig uneins mit der Ersten Freundin, die ein Café im Stadtzentrum ausgesucht hatte, weil sie dort Rabatt auf den Kaffee bekamen, und Stanislaw trank doch immer so viel. Die anderen, also Holger und Edith, wollten nicht so weit laufen bei dem schlechten Wetter und bestanden auf etwas in der Nähe. Sigurd nickte zu allem, Stanislaw verstand kein Wort, und Inger war es herzlich egal, wenn sie nur endlich in Gang kamen. Sie zog ihr Handy heraus und blickte zum x-ten Mal auf die Uhr.

In diesem Augenblick kam Pfarrer Holm um die Ecke. Er hatte den Hinterausgang bei der Sakristei genommen und war jetzt wieder in Zivil.

»Ich könnte auch einen Kaffee gebrauchen«, verkündete er und rieb sich die kalten Hände. »Wo gehen wir hin?«

»Ins Café im Rogaland-Kunstmuseum«, antwortete Edith schnell, ehe Britt-Ingrid etwas sagen konnte.

»Wunderbar. Da sitzt man so schön.«

Galant bot der Pfarrer der Ersten Freundin den Arm. Für ein Stündchen stand er ihr und ihren Klagen ganz zur Verfügung. Hinter ihm reihten sich die drei Männer ein. Holger versuchte erst, Ediths Tasche so diskret wie möglich unter dem Arm zu tragen, doch schließlich gab er sie an Sigurd weiter. Dem war es egal, ob er eine Damenhandtasche trug.

Edith wartete auf Inger, hängte sich bei ihr ein und fragte: »Hast du Kummer?«

Inger schüttelte den Kopf. »Nein.«

Was sollte das nützen? Aus Erfahrung wusste sie, dass sich andere Leute für Tiere nicht interessierten, es sei denn, man konnte sie entweder essen oder verkaufen.

Doch Edith drückte aufmunternd ihren Arm. »Willst du mir nicht sagen, warum du heute so traurig bist?«

Edith hatte etwas Mütterliches an sich. Von den Freunden von Gertrude war sie mit Abstand die Netteste, und ... Plötzlich liefen Inger die Tränen über das Gesicht. Sie konnte gar nichts dagegen machen. Die ganze Anspannung der letzten Tage brach sich Bahn. Inger legte den Kopf an Ediths Schulter und schluchzte mit zuckenden Schultern.

»Na, na, na«, sagte Edith. »So schlimm wird es schon nicht sein.«

Aber Inger weinte immer weiter. Holger, Stanislaw und Sigurd kamen zurück und standen ratlos um die beiden Frauen herum. Nur Britt-Ingrid und der Pfarrer hatten nichts gemerkt. Sie waren weit voraus und tief in die Probleme gemeinnütziger Arbeit vertieft.

Holger nahm Sigurd Ediths Handtasche wieder ab, doch das einzig Nützliche, was er darin fand, war ein Pfefferminzbonbon, das dem Aussehen nach schon sehr lange dort lag. Er wickelte es aus und schob es Inger in den Mund. Mit einem Bonbon im Mund weinte es sich nicht sehr gut, das wusste er aus Erfahrung.

Und wirklich, nach etlichem weiteren Hicksen und Schluchzen und Auf-den-Rücken-Klopfen beruhigte Inger sich so weit, dass sie sprechen konnte. Inzwischen waren sie alle zusammen sehr neugierig.

»Meine Ente«, schnüffelte Inger.

»Deine Ente?«

»Meine Laufente. Petronella. Sie ist verletzt. Und Frau Ödegaard wird sie schlachten, wenn sie sie findet. Sie hat mich hierhergeschickt, und vielleicht hat sie Petronella schon entdeckt und bringt sie jetzt gerade um.«

»Aus Enten macht man Entenbraten«, verkündete Sigurd.

»Aber ich will nicht, dass Petronella ein Braten wird.« Jetzt weinte Inger schon wieder. »Ich habe sie aufgezogen, seit sie ein Küken war. Sie ist meine Freundin. Meine einzige Freundin!«, rief sie verzweifelt. »Ach, bestimmt ist das meine gerechte Strafe. Weil ich Frau Ödegaard angelogen und die Ente versteckt habe, und ungehorsam war ich, obwohl sie doch meine Patin ist. Ich sollte mich schämen und ...«

»Rede doch keinen Unsinn!«, unterbrach Edith sie. »So etwas will ich nicht wieder hören. Keiner soll sich schämen. Höchstens Frau Ödegaard. Und gerechte Strafen gibt es leider auch nicht. Glaub mir, Liebes.«

Stanislaw zog ein großes Stofftaschentuch aus der Jacke und putzte Inger die Nase. »Nie płacz[2]«, flüsterte er. »Nie płacz.«

»Ich verstehe kein Wort. Warum soll die Ente geschlachtet werden? Und was macht sie bei Frau Ödegaard?«, wollte Holger wissen.

»Inger hat eine Ente mit zu Frau Ödegaard gebracht. Aber heimlich. Sie hat sie dort im Garten versteckt«, erklärte Edith. »Das stimmt doch, Kind, oder?«

Inger nickte.

»Und jetzt hat Frau Ödegaard die Ente gefunden?«

Inger nickte wieder. Dann zuckte sie unsicher mit den Schultern. »Vielleicht. Ich weiß es nicht.«

»Kannst du sie denn nicht einfach woanders hinbringen? Zu den Nachbarn, zum Beispiel?«, fragte Holger.

»Aber die Möwen!«

»Was ist mit den Möwen? Oh Mann, jetzt lass dir doch nicht alles aus der Nase ziehen!«

Inger atmete ein paarmal tief durch, und dann berichtete sie stockend, wie sie Petronella aus Telemark mitgebracht

2 Nicht weinen.

hatte, wie die Ente seitdem im Garten der Villa Ödegaard lebte und wie die Möwen sie gejagt hatten. Sie erzählte, wie sie Petronella in der letzten Woche unter der Veranda versteckt hatte und dass Frau Ödegaard absolut imstande war, Petronella zu töten, einfach weil sie eine gemeine alte Schachtel war. Inger wurde rot. So redete man nicht über seine Patin, das wusste sie. »Stimmt doch!«, sagte sie dann wie zu sich selbst. Die anderen nickten. Oh ja, einen Entenmord traute man der alten Frau zu. »Und jetzt weiß ich nicht, was ich tun soll. Wenn Petronella wirklich tot ist«, sie schluckte schwer, »wenn sie wirklich tot ist, möchte ich nie wieder zu Frau Ödegaard zurück. Ich würde sie hassen!«, sagte sie mit brennenden Wangen. »Obwohl Hass eine Sünde ist. Aber vielleicht lebt Petronella ja auch noch. Und ich stehe hier, statt ihr zu helfen. Nur – wie soll ich das tun?«

»Nie płacz!«, rief Stanislaw besorgt, als Inger erneut die Tränen in die Augen schossen.

Edith zog das Mädchen an sich. »Ach, du Arme. Jetzt hör aber mal mit diesem dummen Geschwätz von Scham und Sünde auf. Du bist doch fast noch ein Kind. Ich bin mir sicher, deine Seele ist so rein wie ein Bergbach.« Sie kicherte. »Das habe ich jetzt schön gesagt, oder? *Wie ein Bergbach.* Also, ich glaube ja nicht, dass die alte Ödegaard wirklich heute Vormittag im Garten war. Erstens nicht bei dem Wetter und zweitens nicht alleine. Glaubst du wirklich, die bückt sich selber und kriecht unter die Veranda? Doch nicht, wenn sie ein Hausmädchen dafür hat. Versprechen kann ich dir natürlich nichts, aber ich würde mal denken, deine Ente lebt noch, und wenn du jetzt nach Hause kommst, findest du sie genau dort, wo sie die ganze Zeit war.«

»Und dann?«

»Was und dann? Du hast doch selbst einen Kopf zum Denken. Benutze ihn! Lass dich von der Alten nicht ins Bockshorn jagen! Wenn die Ente nicht im Garten bleiben kann, muss sie halt umziehen. Weit genug weg für die Möwen. Ich schlage vor, du bringst sie zum Kleinen Stokkasee. Dort gibt es jede Menge andere Wasservögel. Stockenten und Schwäne und Blässhühner, und seit ein paar Jahren wohnt dort sogar eine Pekingente.«

»Petronella aussetzen?«, fragte Inger entsetzt.

»Ich wohne dort ganz in der Nähe, und wenn du willst, kann ich ab und zu nach ihr schauen und sie zur Not auch füttern. Sie wäre also nicht wirklich ausgesetzt. Nur ... nur auf Urlaub, sozusagen. Ich bin mir sicher, dass es ihr am Wasser gut gefallen wird. Schließlich ist es eine Ente, oder nicht?«

»Aber der Winter kommt doch?«

»Pah«, Edith machte eine wegwerfende Handbewegung. »Die Winter in Stavanger sind nass, aber nicht besonders kalt. Das hält so eine Ente schon aus.« Sie strich Inger über die Wange. »Ach, Schätzchen, das Leben ist zwar nicht einfach, aber auch nicht ganz so schwierig, wie man immer denkt. Also ich friere hier allmählich. Lauf jetzt, Kind. Und wir anderen gehen endlich ins Café.«

Kapitel 17

Als Inger atemlos zur Villa Ödegaard zurückkam, war dort alles wie zuvor: Petronella saß missmutig in ihrem Verschlag, und Frau Ödegaard war im Haus. Inger sah auf die Uhr. Um jetzt noch zum Stokkasee zu laufen, war keine Zeit mehr, Inger musste Mittagessen kochen. Aber unter der Veranda bleiben konnte die Ente auch nicht länger. Vorsichtig, damit Frau Ödegaard nicht merkte, dass sie schon zurück war, öffnete Inger den Verschlag, lockte die Ente hinaus und rannte dicht an der Hauswand entlang zum Zaun, kletterte in den Nachbargarten und dann noch einen Garten weiter. Dort gab es eine Laube, die jetzt im Winter nur zum Lagern der Gartenmöbel benutzt wurde. Bis zum Abend war die Ente da hoffentlich sicher. Natürlich nur, solange sie nicht so viel Lärm machte, dass der Nachbar sie entdeckte. Oder ein Schlupfloch nach draußen fand und unversehens wieder bei der Villa Ödegaard auftauchte.

Aber sicherer als im Kriechkeller war die Ente in der Laube auf jeden Fall. Und es war tatsächlich Rettung in letzter Minute, denn gleich nach dem Mittagessen, als Wind und Regen endlich nachließen und eine fahle Sonne am Himmel auftauchte, kam Frau Ödegaard auf ihre Pläne zurück.

»Ach ja. Die Siebenschläfer oder was immer dort sein mag. Da bin ich heute Morgen gar nicht zu gekommen«, bemerkte sie. »Hole mir doch meine Gummistiefel, Inger, und die dicke Jacke. Und schau nach, ob wir noch Rattengift im Schuppen haben. Den Spaten kannst du auch gleich mitbringen. Entweder Gift oder ein fester Schlag mit dem Spaten – das hilft gegen das meiste.«

Inger folgte der alten Frau in den Garten hinunter, und dann standen sie gemeinsam vor dem leeren Verschlag. Inger hatte zwar noch die Futternäpfe weggeräumt und versucht, den Entenkot zu entfernen, aber richtig gut gelungen war es ihr nicht, denn die breitgetretenen Flatscher waren fest mit der Erde verbacken. Halb gebückt inspizierte Frau Ödegaard den Kriechkeller, schnupperte den scharfen Geruch und begutachtete den verschmutzten Boden, in dem noch die kreisrunden Abdrücke der Näpfe zu sehen waren. In der Ferne und sehr gedämpft quakte eine Ente.

Die alte Frau richtete sich auf und drehte sich zu Inger um. Selbst jetzt, im hohen Alter, war sie noch immer gut einen halben Kopf größer als ihr Hausmädchen. »Nun?«, fragte sie. »Hast du mir etwas zu sagen?«

Inger schoss das achte Gebot durch den Kopf – du sollst nicht falsch Zeugnis reden – und die Enttäuschung ihrer Eltern, wenn sie ihre Tochter hier sehen könnten. Aber was wussten die Eltern schon von einer Ente, die man retten musste? Inger straffte die Schultern und sah ihrer Dienstherrin direkt ins Gesicht. »Nein. Habe ich nicht.«

Frau Ödegaard sah sich um, ob einer der umliegenden Nachbarn draußen war, dann gab sie Inger eine Ohrfeige. »Hast du mir etwas zu sagen?«, zischte sie.

Inger ballte die Fäuste. Am liebsten hätte sie zurückgeschlagen. Getreten. Geschrien. Ihrer ganzen Wut und der Angst der letzten Wochen Luft gemacht. Stattdessen zeigte sie nur auf den verlassenen, verdreckten Verschlag. »Da ist nichts. Aber ich kann sicherheitshalber Gift auslegen«, bot sie an.

Auf ihrer Wange begannen sich rot vier Finger abzuzeichnen.

Frau Ödegaard schnaubte. »Ihr Mädchen haltet euch alle zusammen für ungemein schlau, oder? Aber in Wirklichkeit seid ihr doch nur armselige Würstchen. Kleine, widerliche Stückchen Dreck.« Sie packte Inger bei den Schultern und drehte sie in Richtung Garten. »Siehst du die Buche dort hinten?«, fragte sie. »Die Erste von euch, die hieß Hilde Komdal. Die dachte auch, sie wäre schlauer als ich. Glaubte, sie hätte was Besseres verdient, als in der Villa Ödegaard zu wohnen. Fand, ich wäre nicht nett genug. Und soll ich dir was sagen? Sie ist nicht glücklich hier geworden. Gar nicht glücklich. Nach zwei Jahren hat sie sich genau an dieser Buche aufgehängt.«

Inger zitterte unter dem harten Griff. Schweigend starrte sie auf den alten Baum, der ihr immer so gut gefallen hatte.

»Ich habe sie gefunden«, sagte Frau Ödegaard hinter ihr. »Sie zappelte noch. War selbst zum Knotenmachen zu dumm. Die Schlinge hatte sich nicht zugezogen. Ich habe sie abgeschnitten und den Krankenwagen gerufen. Oder was hast du gedacht?«

Inger wartete, bis Frau Ödegaard und die Möwen sich abends endgültig ins Schlafzimmer zurückgezogen hatten. Dann schlüpfte sie auf die Veranda und beobachtete, wie das Licht im ersten Stock ausging, ehe sie in den Nachbargarten schlich. Der Himmel war jetzt klar, mit einem trägen Dreiviertelmond, über den der Nordwind Wolkenfetzen trieb.

»Komm, komm, komm!«, rief Inger, und als die Ente zwischen den Gartenmöbeln auftauchte, nahm sie sie auf den Arm. Zum letzten Mal spürte sie den warmen, fedrigen Körper und das pochende Herz, während sie sich auf den Weg zum Kleinen Stokkasee machte. Es war nicht weit zu laufen, vielleicht zwanzig Minuten, viel zu kurz, kam es Inger vor, dann war sie schon an dem Kiesweg, den Edith ihr beschrieben hatte.

Ein paar Krähen krächzten schläfrig in den Bäumen, und im Schilf raschelte es. Auf der nahen Straße fuhr ein einzelnes Auto vorbei, wurde einen Moment langsamer und fuhr dann doch weiter. Die Nacht war wieder still. Inger kraulte Petronella noch einmal an der Brust, aber die Ente zappelte ungeduldig. Sie wollte zum Wasser. Als Inger sie losließ, watschelte sie sofort zum Ufer und platschte in den See, bespritzte sich mit Wasser und gleich noch einmal, tauchte den Kopf unter, drehte sich um sich selbst. Viel zu lange hatte sie nicht mehr richtig baden können, nur die flache Pfütze hinter der Garage, und in der letzten Woche, während sie unter der Veranda eingesperrt war, nichts als Staub. Petronella schnatterte vor Behagen, dann hörte sie die verschlafenen Rufe anderer Wasservögel, glitt davon und verschwand in dem dichten Ried.

»Komm zurück!«, rief Inger der Ente nach. »Komm, komm, komm.« Aber nichts geschah.

Und genauso sollte es sein, oder nicht?

Nur ihre Hände waren so schrecklich leer.

Kapitel 18

Die Möwen merkten am nächsten Morgen sofort, dass etwas im Garten fehlte. Als Inger nach draußen kam, um Holz für den Kamin in Frau Ödegaards Arbeitszimmer zu holen, strichen die beiden Vögel um die Veranda herum, spähten zwischen die Büsche und zirkelten über den Nachbargrundstücken, doch die Ente war weg. Ihre Beute war endgültig entkommen.

»Das geschieht euch ganz recht!«, rief Inger in das wütende Möwengekreische und reckte die Faust nach oben. »Meine Ente bekommt ihr nicht!«

»Sind das Frau Ödegaards Möwen?«, fragte eine Stimme hinter ihr, und als Inger sich umdrehte, stand Holger da. Er war einfach in den Garten gekommen und musterte jetzt neugierig Ingers Uniform: den übergroßen Rock, der bis zur halben Wade ging, mit der weißen Schürze darüber und dazu die klobigen Halbschuhe – das Ganze erinnerte an sepiabraune Fotos von Dienstmädchen vor hundert Jahren.

Holger pfiff durch die Zähne. »Schickes Outfit«, bemerkte er. »Hast du auch noch so ein Häubchen dazu? Ich möchte dir ja nicht zu nahe treten, aber für Männer mit einem Uniform-Fetisch schlägt das hier jede Krankenschwester. Obwohl – der Rock dürfte kürzer sein. Vielleicht kannst du ja mal mit deiner Chefin reden.« Er nickte Richtung Haus und kicherte albern, bis ihm auffiel, dass Inger nicht mitlachte. »Sorry. Man sieht so was nur nicht so oft. Trägst du das wegen deiner Sekte und weil die da«, er nickte wieder zum Haus hinüber, »das so will?«

»Frau Ödegaard stellt mir die Dienstkleidung, falls das deine Frage war.« Inger zeigte abweisend den Holzkorb vor. »Ich hab zu tun.«

»Oh. Ich bin extra hergekommen, um zu sehen, wie es dir geht. Weil du gestern so traurig warst. Da wirst du doch wohl fünf Minuten Zeit für mich haben, oder? Die Arbeit läuft dir ja nicht weg.« Holger rieb sich die kalten Hände. »Du hast nicht zufällig einen Kaffee für mich? Hier draußen ist es wirklich frisch, und ich habe schon eine Weile auf dich gewartet«, gab er zu. »Ich habe mich nicht getraut zu klingeln, falls die alte Schachtel aufmacht.«

Inger sah besorgt zu den Fenstern im ersten Stock hinauf, aber Frau Ödegaard stand zum Glück nicht dort. Trotzdem konnte sie unmöglich Besuch mit in die Küche bringen. Da brauchte sie gar nicht erst zu fragen. Aber Holger einfach wieder wegschicken, wo er doch wer weiß wie lange hier gestanden und gewartet hatte, das tat man wahrscheinlich auch nicht. »Du kannst mit in den Holzschuppen kommen«, schlug Inger schließlich vor. »Dort sind wir wenigstens vor dem Wind geschützt.«

»Kein Kaffee?«, maulte Holger. Aber er folgte Inger in den Schuppen und schloss die Tür gegen den kalten Nordwestwind. »Ich muss nachher noch zum Arbeitsamt, und da dachte ich, ich könnte einen kleinen Schlenker machen und nach dir schauen.« Er sah auf die Uhr. »Das ist aber erst um halb zehn. Ein Viertelstündchen habe ich noch.« Holger setzte sich auf die alte Werkbank, die offenbar noch von einem der Ödegaard-Ahnen stammte, während Inger den Korb füllte.

»Wusstest du übrigens, dass ich mit Jens Ödegaard verwandt bin?«, fragte er. »Meine Großmutter mütterlicherseits war eine Cousine von Jens' Vater oder so ähnlich. Theoretisch könnte ich also einmal alles erben, wenn die alte Ödegaard hier stirbt.« Holger nahm einen alten, rostigen Schraubenzieher hoch und wog ihn in der Hand. »Das wäre dann alles meins«, bemerkte er versonnen.

Mach dir keine Hoffnungen, dachte Inger. Auf dem Testament steht Inger Haugen, und das bin ich. Aber sie sagte nichts, sondern suchte nur wortlos nach Scheiten, die sich leicht spalten ließen. Sie brauchte Anmachholz.

»Hast du eigentlich schon mal Frau Ödegaards Diamanten gesehen?«, fragte Holger.

Inger setzte das erste Scheit auf dem Hackklotz zurecht und schüttelte den Kopf. »Welche Diamanten?«

»Na die, die sie immer bei sich trägt. Edith sagt, Frau Ödegaard hat einen kleinen Lederbeutel, der nachts unter ihrem Kopfkissen liegt und den sie sich tagsüber in den Ausschnitt steckt.« Holger stopfte sich einen imaginären Beutel zwischen imaginäre Brüste. »Ich stell mir das ja reichlich unbequem vor, so ein hartes Ding im Büstenhalter. Aber was weiß ich schon davon, wie viel Platz man zwischen seinen Brüsten hat.«

Inger spaltete das Scheit mit einem Schlag. Zwischen ihren Brüsten war leider mehr als genug Platz. Im Gegenteil, es wäre unmöglich, dort etwas zu verstecken, das dicker als ein Stück Papier war. Das würde auf ihrem knochigen Brustbein sofort auftragen.

»Auf jeden Fall sind in dem Beutel die Diamanten, sagt Edith. Hast du die schon mal gesehen?«

»Nein.« Inger setzte ein neues Scheit auf den Klotz. Den

Beutel kannte sie natürlich. Jeden Morgen beim Verbandswechsel hielt ihn Frau Ödegaard in der Faust, und sobald Inger fertig war und die Schließen des Büstenhalters schloss, steckte sie ihn sich tatsächlich in den Ausschnitt. Inger hatte sich schon oft gefragt, was wohl darin sein mochte. Ein Amulett, hatte sie gedacht, oder vielleicht ein Andenken an eine geliebte Person. Aber im Grunde passten Edelsteine oder Gold viel besser zu ihrer Dienstherrin.

Inger spaltete ein drittes Scheit. Anmachholz hatte sie jetzt genug, aber wider Erwarten interessierte sie, was Holger erzählte. Sie suchte nach einem neuen Scheit. Morgen müsste sie schließlich wieder Feuer machen. Die eine kleine Elektroheizung, die in Frau Ödegaards Arbeitszimmer aufgehängt war, kam gegen die klamme Kälte in dem zugigen Haus nicht an. »Woher hat sie die Diamanten denn? Weiß Edith das auch?«, fragte sie.

»Aber ja. Jetzt kommt doch überhaupt erst der spannende Teil.« Holger senkte die Stimme zu einem Flüstern. »Die Diamanten hat sie von einem Stammeshäuptling aus Afrika. Während ihrer Zeit in der Mission. Angeblich hat sie dort eine Haushaltsschule für die Eingeborenen aufgemacht. Natürlich nur für Mädchen. Und diese Mädchen hat sie dann an den Häuptling verkauft und sich dafür mit Diamanten bezahlen lassen!«

»Und woher weiß Edith das alles? Frau Ödegaard wird ihr das wohl kaum erzählt haben, oder?« Die Vorstellung, dass Frau Ödegaard Mädchen verkaufte, war unbehaglich. Vor allem, wenn man selbst eines ihrer Mädchen war.

»Na ja, genau *wissen* kann das natürlich niemand. Aber woher soll so ein Schatz sonst kommen? Ehrlich erworben hat ihn die Alte kaum. Warum sollte sie ihn sonst verstecken?

Apropos verstecken – wie geht es denn jetzt eigentlich deiner Ente? Hat Frau Ödegaard sie gefunden und …?« Er machte die Geste des Halsumdrehens.

»Nein. Ich habe Petronella gestern gerade noch rechtzeitig in Sicherheit gebracht. Jetzt ist sie am Stokkasee. Ich hoffe, es geht ihr dort gut.« Inger schluckte. Wenn sie an die Ente dachte, bekam sie jedes Mal einen Kloß im Hals.

»Weißt du, ich habe darüber nachgedacht«, sagte Holger, plötzlich ernst. »Über das, was du gestern gesagt hast. Dass Petronella deine einzige Freundin wäre. Das stimmt doch gar nicht. Du hast doch jetzt uns. Die Freunde von Gertrude. Und besonders mich.« Er warf sich stolz in die Brust, schon wieder albern. »Ich, Holger Larsen, meines Zeichens Ingenieur, schwöre hiermit, dass ich von nun an …«

In dem Moment klingelte Ingers Handy, und als Inger abnahm, schnarrte eine Stimme: »Wo bleibst du denn mit dem Feuerholz? Treibst du dich schon wieder herum? Los, mach, dass du reinkommst. Hier ist es kalt.«

Inger verstaute das Telefon wieder in dem Etui an ihrem Rockbund. Dann sammelte sie hastig die gespaltenen Scheite ein und setzte sich den Holzkorb auf die Hüfte.

»Tut mir leid, aber du musst gehen«, drängte sie Holger und streckte den Kopf aus der Schuppentür, um nach den Fenstern im ersten Stock zu sehen. »Schnell!« Sie schob Holger aus dem Holzschuppen und weiter Richtung Haus. »Halte dich an der Hauswand, damit dich Frau Ödegaard nicht sieht. Sonst bekomme ich nur wieder Ärger. Nun mach schon!«

»Hast du wirklich solche Angst vor der Alten? Das ist ja lächerlich. Willst du, dass ich mit hineinkomme? Dann merkt sie, dass du nicht alleine bist und dass sie …«

»Auf keinen Fall. Geh einfach! Tschüss, Holger. Man sieht sich.« Inger rannte die Stufen zur Veranda hinauf und verschwand durch die Glastür im Haus.

»Inger!«, rief Holger hinter ihr her, aber sie drehte sich nicht einmal mehr um. Holger trat ein paar Schritte in den Garten zurück, um seinerseits nach den Fenstern zu schauen. Jetzt stand dort oben die alte Dame und sah zu ihm hinunter. Vielleicht hatte sie ihn rufen gehört. Trotzig winkte er ihr zu und stapfte davon.

Kapitel 19

Als Inger mit dem Holz die Treppe hinaufrannte, stand Frau Ödegaard noch immer am Fenster. Bei Ingers Eintreten drehte sie sich nach dem Mädchen um, mit roten Flecken auf den Wangen und einem weißen Dreieck um den Mund. Ganz offensichtlich schäumte sie vor Wut. Nun war sie ja meistens wütend. Kein Anlass schien zu gering zu sein, um nicht einen Wutausbruch zu provozieren. Aber so zornig wie heute hatte Inger die alte Frau noch nie erlebt.

»Du brauchst gar nichts zu leugnen«, schrie sie. »Ich habe es genau gesehen. Du Schlampe! Du Flittchen! Treibst dich mit Männern herum! In meinem eigenen Garten! Während ich hier friere! Ist das deine Art, mir deine Dankbarkeit zu zeigen? Ich bin deine Patin! Dein Brotgeber! Ohne mich würdest du auf der Straße sitzen! Glaubst du vielleicht, ich merke nicht, dass du mich betrügst? Dass du dich hinter meinem Rücken lustig über mich machst? Als Nächstes bestiehlst du mich wahrscheinlich auch noch! Rausschmeißen sollte ich dich. Kurzerhand vor die Tür setzen. Damit du lernst, wie hart das Leben ist, wenn man kein Dach über dem Kopf hat und einen leeren Bauch. Was würdest du wohl ohne mich machen? Hm? Nun sag schon!«

»Aber Frau Ödegaard«, stammelte Inger. »Ich habe doch nicht ... wirklich nicht. Das war doch nur Holger von den Freunden von Gertrude, der ...«

»*Nur Holger. Nur Holger*«, äffte Frau Ödegaard sie nach. »Oh, verschone mich mit deinem Geschwätz! Davon ist doch sowieso kein Wort wahr!« Die alte Frau war jetzt ganz rot im Gesicht und sprühte Spuckebläschen. Schwer atmend blickte sie sich in dem Zimmer um und griff dann nach dem Brieföffner, der auf dem Schreibtisch lag. »In der Gosse wärst du ohne mich!«, rief sie und kam drohend auf Inger zu. »Und genau dort gehörst du auch hin!«

Inger wich Richtung Tür zurück. »Frau Ödegaard«, versuchte sie es noch einmal begütigend.

»Du kleines Stück Dreck!«, kreischte die alte Frau. »Du willst mich nur ausnehmen. Du kannst es kaum erwarten, dass ich sterbe! Du willst ja nur erben! Aber nicht mit mir!«

Sie schwang den Brieföffner hoch über ihrem Kopf. Inger hob ihrerseits den Holzkorb zur Verteidigung. Noch drei Schritte bis zur Tür.

In diesem Augenblick fiel Frau Ödegaard die Waffe aus der Hand. Ihr Gesicht verzerrte sich zu einer Grimasse, und sie begann zu zucken, erst nur auf der rechten Seite, der Mund und dann der Arm, dann stürzte sie zu Boden, und ihr ganzer Körper wand sich in Krämpfen auf dem Teppich. Blutiger Schaum stand ihr vor dem Mund, und ihr Rock färbte sich dunkel von Urin. Inger schaute zu, gleichzeitig angeekelt und fasziniert, unfähig, etwas zu tun. Nach ein paar Minuten wurde die alte Frau mit einem Mal schlaff und lag schließlich nur noch da, mit geschlossenen Augen und tief atmend, als schliefe sie.

Zitternd stellte Inger den Korb ab, zog ihr Handy aus der Tasche und wählte die Nummer von Pfarrer Holm. Eine ohnmächtige Dienstherrin war doch bestimmt ein Fall zum Anrufen, oder?

Als Inger anrief, saß Pfarrer Holm gerade bei seiner dritten Tasse Kaffee und versuchte sich an einer Predigt für den ersten Adventssonntag. In der Weihnachtszeit wollten die Leute gerne etwas Freundliches hören, dabei war die Bibel voll von Rachedrohungen und Zerstörungsfantasien. Gar nicht so einfach, da immer ein passendes Zitat zu finden und dann auch noch eine Predigt zu halten, die einerseits nicht zu simpel und andererseits allgemein verständlich war. Zu Beginn seiner Berufszeit hatte Pfarrer Holm noch den Ehrgeiz gehabt, sich nie zu wiederholen. Doch inzwischen, nach über dreißig Jahren, gab er der Versuchung doch ab und zu nach.

Wer würde sich schon daran erinnern, was er zum Beispiel zum ersten Advent 1982 gesagt hatte? Er selbst tat es jedenfalls nicht, leider, und so wühlte er in alten, staubigen Unterlagen auf der Suche nach Inspiration, als das Telefon klingelte.

Der Pfarrer erkannte Ingers Stimme am anderen Ende. Sie klang dünn und zittrig. »Pfarrer Holm?«, fragte sie. »Könnten Sie wohl mal vorbeikommen? Frau Ödegaard geht es nicht so gut.«

»Was meinst du denn mit *nicht so gut*?«

»Na ja, sie ist einfach umgefallen.«

»Aber Kind, da musst du doch nicht mich, sondern den Notarzt rufen. Lebt sie denn noch?«

Inger warf einen Blick auf ihre Dienstherrin, die auf dem Fußboden lag. Der Brustkorb hob und senkte sich unter gleichmäßigen Atemzügen. »Ja.«

»Und ist sie wach?«

»Ich glaube nicht.«

»Ich schicke euch sofort den Krankenwagen. Dreh sie auf

die Seite, Mädchen, hörst du? Damit sie besser Luft bekommt.«

Pfarrer Holm legte auf und telefonierte mit dem Notdienst. Seufzend legte er den Stift weg, zog sich den Mantel über und machte sich ebenfalls auf den Weg. Wenn er seine Verantwortung für die GHG-Kinder ernst nahm, und das tat er, musste er sich jetzt in die Villa Ödegaard begeben und sehen, wie es Ingers Patin ging und ob ihre Erkrankung irgendwelche Konsequenzen für das Mädchen hatte.

Seid gütig zueinander, barmherzig, und verzeiht einander, so wie auch Gott euch verziehen hat in Christus! (Epheser 4,32) – das war es. Darüber würde er nächsten Sonntag seine Predigt halten. Nächstenliebe und Vergebung waren ideale Themen für die Vorweihnachtszeit. Eigenartig, dass ihm das gerade zu dem alten Drachen einfiel. Frau Ödegaard war nun wirklich das genaue Gegenteil von Güte, und in seinen Gottesdienst kam sie ohnehin nicht.

Als Pfarrer Holm eintraf, parkte der Krankenwagen bereits in der Einfahrt, und die Haustür stand offen. Der Pfarrer ging durch den Hausflur und dann die Treppe hinauf den Stimmen nach. In Frau Ödegaards Arbeitszimmer verhandelten Sanitäter und Arzt mit der alten Dame, die gegen ein Bücherregal gelehnt auf dem Fußboden saß. Der Pfarrer kannte Frau Ödegaard nur als ehrfurchtgebietende Matrone, arrogant und herablassend. Heute blickte er zum ersten Mal auf sie hinab – selbstverständlich nur ganz im wörtlichen Sinne, aber trotzdem ungewohnt. Seit Ingers Anruf hatte die alte Frau sich offensichtlich etwas erholt, aber sie wirkte immer noch ziemlich durcheinander, mit zerzaustem Haar, hochgerutschtem Rock und Blut um den Mund. Außerdem roch es in dem Zimmer nach Urin. Mit der einen Hand wehrte Frau Ödegaard den Sanitäter ab, der versuchte, eine Blutdruckmanschette an ihrem Arm zu befestigen, und mit der anderen Hand patschte sie auf ihrem Busen herum, als würde sie dort etwas suchen.

»Man hat mich bestohlen!«, rief sie immer wieder. »Man hat mich bestohlen!«

»Frau Ödegaard, jetzt beruhigen Sie sich erst einmal«, bat der Arzt. »Ich muss Sie kurz untersuchen. Die junge Dame hier sagt, Sie seien gestürzt, und ich muss schauen, ob Sie sich am Kopf verletzt haben.«

»Das Miststück hat mich bestohlen! Hinterrücks niedergeschlagen hat sie mich und dann bestohlen!«

»Frau Ödegaard ...«

»Gehen Sie mit Ihrer Lampe weg! Weg!«

»Der Blutdruck ist etwas hoch, hundertneunzig zu hundert«, sagte der Sanitäter. »Aber die Dame ist natürlich auch sehr erregt. Was vermissen Sie denn?«

»Das geht dich einen Dreck an!«

»Trinkt Ihre Arbeitgeberin?«, fragte der Arzt Inger leise.

Inger schüttelte den Kopf. Sie bückte sich, fischte unter dem Sekretär einen kleinen Lederbeutel hervor und reichte ihn Frau Ödegaard. Diese schnappte danach wie ein Fisch nach einem Köder und stopfte sich den Beutel in den Büstenhalter. Dann klopfte sie sich noch einmal auf die Brust, atmete tief durch und sah sich um, als würde sie zum ersten Mal bemerken, wie viele Menschen in dem Raum waren.

»Was machen Sie denn hier?«, raunzte sie den Pfarrer an.

»Achtung, es kommt ein Pieks. Wir müssen Ihren Blutzucker kontrollieren«, verkündete der Sanitäter.

»Frau Ödegaard, nach dem, was Ihre Assistentin uns berichtet, würde ich denken, dass Sie einen epileptischen Anfall hatten. Ist so etwas vorher schon einmal vorgekommen?«, fragte der Notarzt. »Nehmen Sie irgendwelche Medikamente? Medikamente gegen Epilepsie, meine ich?«

»Blutzucker ist fünf Komma acht. Völlig normal.«

»Natürlich habe ich keine Epilepsie. Lassen Sie mich in Ruhe. Gehen Sie jetzt endlich!« Frau Ödegaard versuchte, sich hochzurappeln. Aber es gelang ihr erst, als der Rettungssanitäter und Pfarrer Holm ihr unter die Arme griffen und sie auf einen Sessel hievten.

»Frau Ödegaard, gerade wenn es das erste Mal ist, dass Sie so einen Anfall haben, muss ich Sie ins Krankenhaus bringen. Man muss untersuchen, warum das plötzlich passiert ist.«

Frau Ödegaard strich sich die Haare aus dem Gesicht und wischte sich über den Mund, während sie die Versammlung feindselig musterte. »Raus! Alle zusammen raus!«, forderte sie.

»Frau Ödegaard, Sie sind doch noch gar nicht richtig wieder bei sich. Ich bin mir sicher, sonst würden Sie mir zustimmen. Wir müssen eine ernsthafte Erkrankung ausschließen. Es ist doch auch nur eine Nacht im Krankenhaus. Vielleicht können Sie sogar schon heute Abend wieder heim. Sie sind ja nicht alleine, wie ich sehe. Aber ein CT des Kopfes, das ...«

»Haben Sie keine Ohren? Ich sagte: raus!«

»Das geht leider nicht, Frau Ödegaard. Sie sind im Moment nicht zurechnungsfähig. Sie sind doch noch postiktal. Verwirrt nach dem Anfall, meine ich.«

»Herrgott noch mal, ich war über dreißig Jahre mit einem

Arzt verheiratet. Ich weiß, was *postiktal* ist. Und ich weiß auch, dass ich zurechnungsfähig bin, Sie Idiot. Wenn Sie nicht sofort mein Haus verlassen, rufe ich die Polizei!«

Der Arzt sah hilfesuchend zu Pfarrer Holm hinüber. »Ich kann doch nicht einfach gehen. Die Frau ist nicht Herr ihrer Sinne.«

Der Pfarrer zuckte nur mit den Schultern. »Sie ist genauso, wie ich sie kenne«, sagte er leise.

Der Arzt zog ungläubig die Augenbrauen hoch.

»Doch, doch. Frau Ödegaard pflegt einen – nun, einen eher rauen Umgangston«, versicherte Pfarrer Holm.

»Na, wenn Sie meinen ... Aber dann kann ich hier nichts weiter ausrichten. Wenn Sie bitte unterschreiben würden, Frau Ödegaard, dass Sie meinen ärztlichen Anordnungen zuwiderhandeln und selbst die Verantwortung dafür übernehmen? Immerhin haben Sie ja noch das Mädchen im Haus. Die kann Ihnen beim Umziehen helfen und wird auch ein Auge auf Sie haben.«

»Ich sagte, alle raus. Inger auch. Die vor allem! Ich will alleine sein. Lasst mich alle in Ruhe.«

»Aber Frau Ödegaard, nun lassen Sie sich doch helfen«, bat der Pfarrer. »Und außerdem wohnt das Mädchen hier. Wo soll sie denn hin?«

»Inger hat heute eben ihren freien Tag. Als Sie das letzte Mal hier waren, war es Ihnen doch so wichtig, dass diese Kinder Rekreationszeit bekommen. Bitte, die hat sie heute.«

»Aber es ist noch nicht einmal zehn Uhr, da hat noch kein Café oder Museum offen, und ...« Frau Ödegaard fixierte den Pfarrer mit ihrem kalten Blick, und er brach mitten im Satz ab. »Du kannst mit zu mir kommen, Inger«, sagte er stattdessen.

Arzt und Rettungssanitäter hatten ihre Ausrüstung inzwischen zusammengepackt und waren auf dem Weg nach draußen. »Man sieht sich.« Sie nickten dem Pfarrer zu und verschwanden.

»Raus!«, schrie Frau Ödegaard.

Kapitel 20

Draußen war es noch gar nicht richtig hell. Wenn der Himmel um diese Jahreszeit bedeckt war, blieb es häufig den ganzen Tag über dämmrig, und jetzt setzte auch noch ein feiner Sprühregen ein. Pfarrer Holm und Inger gingen schweigend die Straße entlang. Der Pfarrer hatte keine Ahnung, was er mit dem jungen Mädchen reden sollte, das mit gesenktem Kopf und die Arme eng um den Körper geschlungen neben ihm herstapfte.

»Schlechtes Wetter, oder?«

Inger zuckte mit den Schultern, an denen die durchweichte Bluse klebte. »Wie immer halt«, sagte sie nur. Dann nestelte sie an ihrem Rockbund herum und reichte Pfarrer Holm das Handy. »Könnten Sie das für mich einstecken? Es geht im Regen sonst noch kaputt.«

»Ach du liebe Güte, du hast ja gar keine Jacke an. Das sehe ich erst jetzt«, rief der Pfarrer. »Warum das denn?«

Aber Inger zuckte nur noch einmal mit den Schultern. »Vergessen.«

An Frau Ödegaards Garderobe im Flur durften nur deren Kleider hängen, während Ingers Jacke auf den Dachboden gehörte, und vorhin hatten sie es so eilig gehabt, aus dem Haus zu kommen, dass keine Zeit geblieben war, nach oben zu laufen. Doch wenn sie das dem Pfarrer erklärte, würde er wieder so komisch gucken. Halb mitleidig, halb ungläubig.

»Wir gehen einfach ein bisschen schneller«, schlug der Pfarrer vor. »Dann sind wir auch gleich da.«

Zu Hause angekommen, bot Pfarrer Holm seinem Gast den besten Sessel an, dann ging er, um mehr Kaffee zu kochen. Bedauernd dachte der Pfarrer an seine Predigt, die er heute Morgen gerne fertig geschrieben hätte, schließlich war bereits Freitag, und außerdem war ihm endlich ein Thema eingefallen, aber das ließ sich nun leider nicht ändern. Er stellte Brot und Marmelade für ein zweites Frühstück auf das Tablett und nahm alles mit hinüber in sein Wohnzimmer. In dem großen Sessel und in den nassen Kleidern wirkte Inger noch blasser und mickriger als sonst.

»So geht das nicht«, stellte er fest. »Du klapperst ja mit den Zähnen vor Kälte. Und hier drin ist es nicht einmal anständig geheizt. Komm mit!« Er trug das Frühstück zurück in die Küche und brachte Inger nach oben ins Badezimmer. »Ich suche dir etwas Trockenes zum Anziehen. Einen kleinen Moment, ich bin gleich wieder da. Dann kommst du aus den nassen Sachen heraus. Am besten duschst du dich heiß ab. Handtücher sind hier im Regal.«

Als Inger eine Viertelstunde später hinunter in die Küche kam, trug sie einen Jogginganzug, der Pfarrer Holms Frau gehört hatte. Frau Holm war nun schon seit drei Jahren tot, Gebärmutterkrebs. Den Jogginganzug hatte seine Frau gegen Ende getragen, an den Tagen, an denen sie von der Krankheit so geschwächt war, dass richtiges Ankleiden zu mühsam erschien – oder zu sinnlos, und bisher hatte Pfarrer Holm sich noch nicht dazu überwinden können, ihre Schrankhälfte leer zu räumen und alles wegzugeben. An dem Mädchen sah der Anzug schmerzlich vertraut und gleichzeitig merkwürdig fremd aus, denn er war ihr genauso zu groß wie die Dienstuniform, die Pfarrer Holm zum Trocknen aufgehängt hatte.

»Setz dich!«, forderte er Inger auf. »Ich habe das alte Waffeleisen herausgeholt und Waffelteig gemacht. Natürlich nur eine Backmischung. Die Köchin hier im Haus, das war Margot, meine Frau«, sagte er mit einem traurigen Lächeln. »Ich hoffe, es schmeckt trotzdem.«

Inger setzte sich auf die äußerste Stuhlkante. Verlegen nahm sie die erste Waffel, die gerade fertig gebacken war, und strich Marmelade darauf. Dann beugte sie sich weit über den Teller, ehe sie abbiss. Nur nicht den geliehenen Anzug verkleckern. Sie ließ sich die nächste Waffel auf den Teller legen und dann noch eine, während Pfarrer Holm mit einer Damenschürze um den Bauch am Herd stand und immer weiter buk. Es war erstaunlich, welche Mengen das Kind in sich hineinstopfen konnte, mal mit Marmelade, mal mit braunem Käse und mal ohne alles. Nach der sechsten Waffel wurde Inger schließlich langsamer, und nach der siebten lehnte sie sich zurück und klopfte sich zufrieden den Bauch.

»Das war gut. Danke schön«, sagte sie. »Aber jetzt habe ich Ihnen alles weggegessen.«

Pfarrer Holm lachte. »Leute mit gutem Appetit sind angenehme Gäste«, wehrte er ab. »Und ich darf sowieso nicht so viel Süßes essen. Ich habe Diabetes.« Er legte die allerletzte Waffel auf seinen eigenen Teller, band die Schürze ab und setzte sich. »Das muss heute Morgen wirklich ein Schreck gewesen sein. Es war doch das erste Mal, dass Frau Ödegaard so einen Anfall hatte, oder?«, fragte er. »Ich hätte mir wirklich gewünscht, dass sie ins Krankenhaus geht, um sich gründlich untersuchen zu lassen.«

»Na ja, es kommt darauf an, was Sie mit Anfall meinen. Wutanfälle hat sie häufig. Aber ohnmächtig geworden ist sie bislang noch nie. Glauben Sie, dass Frau Ödegaard ernsthaft krank ist?«

Es klang fast hoffnungsvoll, und der Pfarrer zog missbilligend die Augenbrauen hoch. »Na, na! Würdest du dir etwa wünschen, dass sie krank ist?«

Einen Augenblick lang sah Inger aus, als wolle sie sich verteidigen, doch dann senkte sie nur den Blick und zog die Schultern hoch. »Nein. Selbstverständlich nicht. Sie ist meine Patentante.«

»Mit der alten Dame auszukommen ist sicher eine Herausforderung«, sagte Pfarrer Holm begütigend. Er erinnerte sich an seinen Besuch in der Villa Ödegaard vor einigen Wochen und wie froh er gewesen war, das Haus wieder zu verlassen. Nachdenklich verrieb er einen Marmeladenklecks auf der Tischplatte. »Das ist bestimmt kein Leben, das du dir freiwillig ausgesucht hättest, oder?«

»Stimmt es, dass sich ein Mädchen von Frau Ödegaard im Garten erhängt hat?«, fragte Inger unvermittelt. »Sie erzählt manchmal so seltsame Geschichten, bei denen man nie weiß, was wahr ist und was erfunden.«

Überrascht sah der Pfarrer auf. »Das hat sie dir erzählt? Nun, in diesem Fall ist es leider die Wahrheit. Das Mädchen hatte eine ... Nun, sie war krank. Psychisch krank, meine ich. Offenbar hat Frau Ödegaard sie gerade noch rechtzeitig gefunden und ihr das Leben gerettet. Ich kenne aber auch nur die Gerüchte.«

Pfarrer Holm schenkte geschäftig mehr Kaffee ein. Damals war noch viel mehr geredet worden. Nämlich, dass das Mädchen bis auf die Knochen abgemagert gewesen war. Anorexie. Magersucht. So leicht war sie gewesen, dass die Schlinge um den Hals sich nicht richtig zugezogen hatte. Monatelang war sie nachher in der Klinik gewesen, aber was dann aus ihr geworden war, wusste der Pfarrer nicht. Die Angelegenheit hatte seinerzeit viel Staub in der Verwaltung aufgewirbelt. Dass einer der GHG-Schützlinge so krank werden konnte, ohne dass jemand eingriff, ja, ohne dass es jemand auch nur bemerkte, das war eine Schande gewesen. Na ja, oder zumindest ein unerwünschtes Ereignis, wie es im Verwaltungsjargon hieß, und auf jeden Fall etwas, dem man in Zukunft vorbeugen musste. Nicht nur um der armen jungen Frauen willen, sondern auch, um den eigenen Ruf zu schützen. Das suizidale magersüchtige Mädchen war damals der Grund gewesen, dass die GHG-Aufsicht überhaupt erst eingeführt wurde, für die hier an der Westküste einige Jahre lang Kollege Stensland die Verantwortung getragen hatte und jetzt Pfarrer Holm selbst.

»Und danach kam Margrete Ellingsen?«, unterbrach Inger seine Gedanken.

»Nein, nein. Dazwischen war noch ein anderes Mädchen in der Villa Ödegaard, für ein oder zwei Jahre, das dann ...« Pfarrer Holm hatte plötzlich das Gefühl, dass er besser nichts gesagt hätte. »Ehrlich gesagt, ich weiß nicht, wo sie dann hin ist. Das war vor meiner Zeit. Ich habe mit *Generation hilft Generation* noch nicht so lange zu tun.« Er hob die Hände, als wolle er sagen: Meine Schuld ist das alles nicht.

»Es gab noch ein Mädchen? Ist das nicht alles ein bisschen eigenartig?« Inger zählte an den Fingern ab: »Das erste Mädchen versucht sich umzubringen. Das zweite Mädchen verschwindet. Und das dritte Mädchen stirbt im Krankenhaus. Frau Ödegaard hat einmal behauptet, sie hat extra so lange gewartet, bis es zu spät war, ehe sie den Krankenwagen für Margrete gerufen hat. Stimmt das?«

Pfarrer Holm wand sich verlegen in seinem Stuhl. »Das kann ich mir nicht vorstellen«, sagte er schließlich. Obwohl es natürlich auch hier Gerüchte gegeben hatte.

Inger verkroch sich tiefer in dem geliehenen Jogginganzug. »Warum bekommt Frau Ödegaard denn immer wieder neue Patenkinder? Es ist doch eigentlich so gedacht, dass ein Pate ein und dasselbe Patenkind hat. Bis zu seinem Tod, oder? Und ich bin jetzt schon das vierte.«

»Ich meine ja nur«, fügte sie in das Schweigen des Pfarrers hinzu.

»Ach, Kind«, sagte der Pfarrer traurig. »Das ist alles nicht so einfach.« Er starrte eine Weile vor sich hin, als suche er nach den richtigen Worten. »Natürlich hätte man erwartet, dass Frau Ödegaard das Mädchen wieder zurücknimmt«, sagte er schließlich. »Also das erste, nachdem es aus dem Krankenhaus entlassen wurde. Aber du kennst ja deine Dienstherrin. Sie hat sich geweigert, und dazu zwingen konnte man sie nicht.«

Was, bitte schön, solle sie mit einem Hausmädchen, das nicht genügend geistige Widerstandskraft besitzt?, hatte Frau Ödegaard damals angeblich gesagt. *Ich habe doch nicht das ganze schöne Geld für einen seelischen Krüppel bezahlt, den ich dann auch noch aufpäppeln muss. Entweder Sie besorgen mir umgehend Ersatz, oder Sie werden mich kennenlernen!*

»Die Rechtslage war nicht eindeutig«, umschrieb der Pfarrer seine Erinnerungen. »Sie hat einen Anwalt hinzugezogen, drohte, GHG zu verklagen, bei der Polizei anzuzeigen. Was weiß ich. Am Ende hat man eine Ausnahme gemacht. Eine Sonderregelung gefunden. Und wenn man das einmal tut, dann selbstverständlich auch das nächste Mal.« Pfarrer Holm wischte sich müde über die Augen. »Manche Dinge werden einfach so, Inger. Da kann man gar nichts gegen tun.«

Er beschloss, das Thema zu wechseln. »Was willst du denn später mal machen, wenn deine ... äh, dein Engagement in der Villa Ödegaard beendet ist?«

»Ich? Was ich später mal machen will?«, fragte Inger überrascht. »Ich weiß nicht. In der Schule – also, im Internat haben wir über so etwas nicht gesprochen. Wir sollten uns auf unseren Dienst vorbereiten, sagten sie, und Gedanken an die Zukunft würden da nur stören und unnötige Ungeduld in unsere Herzen säen. Das hat Frau Torkelsen immer gesagt. Die Schulleiterin. Ich habe keine Ahnung, was aus mir werden wird, wenn Frau Ödegaard einmal stirbt.«

»Na, Sorgen musst du dir wenigstens keine machen. Du hast auf der Schule doch Altenpflege gelernt, und die werden derzeit überall gesucht«, sagte Pfarrer Holm freundlich.

»Aber ich möchte doch nicht für den Rest meines Lebens alte Leute pflegen!«

»Nicht? Ich dachte ...« Wenn Pfarrer Holm ehrlich war, hatte er gar nicht gedacht. Es war nur so, dass Kinder aus solchen freikirchlichen Sekten später so schwer Fuß im Leben fassten. Mit ihrer strengen Erziehung waren sie in der heutigen hedonistischen Gesellschaft völlig überfordert. Pfarrer Holm hatte einfach angenommen, dass ein Mädchen mit einem solchen Hintergrund in einem Pflegeberuf gut aufgehoben war.

»Wir haben so Praktika im Altersheim in Aasen machen müssen, an den Wochenenden, wenn sonst nicht genügend Personal da war. Ich fand es schrecklich dort«, erklärte Inger verlegen. »Ich glaube, ich mag alte Menschen nicht besonders. Nicht nur Frau Ödegaard, sondern ganz allgemein. Ich finde es langweilig und ... und irgendwie entmutigend, mit ihnen zu tun zu haben. Es wird doch alles immer nur schlechter.«

»So?« Pfarrer Holm wusste nicht, was er dazu sagen sollte. Seine eigene Tochter hatte Jura studiert und arbeitete jetzt als Notarin. Ein Altersheim mit Bettpfannen und Breitellern wäre ganz bestimmt nichts für Signe gewesen. Warum dachte man bei sozialen Berufen nur immer an junge Frauen? »Was würdest du denn dann gerne werden?«, fragte er schließlich.

Inger wurde rot. »Keine Ahnung«, wehrte sie ab.

»Komm schon, Kind, irgendeinen Wunsch musst du doch haben. Wenn du dir etwas aussuchen dürftest – egal, was: Welchen Beruf würdest du wählen? Na?«

Inger wurde noch röter und blickte auf ihren Teller. »Wenn ich mir wirklich etwas wünschen dürfte, also wirklich egal, was, dann wäre das Tierärztin.«

»Tierärztin? Das ist ein sehr guter Wunsch, finde ich. Warst du denn eine gute Schülerin? Ein Studium in Veterinärmedizin ist ziemlich anspruchsvoll, habe ich gehört.«

»Ich weiß nicht.« Inger zuckte mit den Schultern. »Ich habe mein Zeugnis ja nie gesehen.«

»Warum hast du kein Zeugnis? Hast du die Schule denn nicht abgeschlossen?«

»Doch, doch, das schon. Aber uns wurde gesagt, dass Schulnoten für uns keine Rolle spielen, weil wir uns dem Dienst an unsere Paten verpflichtet haben, und da wären unsere warmen, liebenden Hände das Wichtigste. Nicht Physik oder Französisch oder all das andere Zeug, das wir lernen mussten, weil die Schulbehörde es verlangt. Deswegen wurde das Abgangszeugnis auch gleich an die entsprechende

GHG-Dienststelle geschickt und wird mir erst nach Dienstende ausgehändigt. Zusammen mit meinem Pass. Ich weiß nicht einmal, was für eine Dienststelle das ist.« Inger sah den Pfarrer ängstlich an. »Glauben Sie, das ist ein Problem? Ich werde doch ein Zeugnis kriegen, oder?«

Pfarrer Holm fand einen neuen Marmeladenklecks, leckte seinen Finger an und begann auch ihn zu zerreiben, damit Inger seine Verlegenheit nicht sah. Oben in seinem Arbeitszimmer hatte er einen Karton mit den Unterlagen der GHG-Kinder, den ihm sein Kollege Stensland zugeschickt hatte, und auch einen Umschlag für Inger, der erst neulich mit der Post aus Telemark gekommen war. Bislang hatte er sich nicht dazu aufraffen können, sich die Akten genauer anzusehen, aber nach dem, was das Mädchen gerade erzählte, lagen dort wahrscheinlich die Schulzeugnisse und auch die Pässe der von ihm betreuten Patenkinder. *Generation hilft Generation* – was für ein Unsinn. Was Inger hier erzählte, erinnerte eher an diese schrecklichen Berichte über pakistanische Hausangestellte in Dubai oder Saudi-Arabien. Denen nahm man auch die Pässe weg, damit sie nicht wegliefen. Es war einfach nicht richtig, Menschen so viel Macht über andere Menschen zu geben. Und jetzt war Pfarrer Holm sogar verantwortlich dafür. Wenigstens zu einem kleinen Teil.

Er hatte keine Idee, wie er dem Mädchen das erklären sollte.

»Ich bekomme doch mein Zeugnis?«, hakte Inger nach, als der Pfarrer nicht antwortete. »Sie wissen doch, wo es ist, oder?«

Statt einer Antwort sah Pfarrer Holm auf die Küchenuhr an der Wand. »Oh, schon so spät«, rief er mit gespielter Überraschung. »Ich fürchte, du musst zurück. Frau Ödegaard sollte in ihrem Zustand nicht zu lange alleine sein.«

Hastig stand er auf und holte Ingers Uniform, die leider immer noch etwas feucht war. Über dem anderen Arm trug er eine Regenjacke.

»Für den Heimweg«, erklärte er. »Die benutzt meine Tochter immer, wenn sie hier zu Besuch ist, und sie passt dir bestimmt besser als der alte Regenmantel von meiner Frau. Ach, weißt du was – behalte sie einfach. Ich habe dich sonst immer nur in so einer Cordjacke gesehen, und das ist nichts für das feuchte Klima hier in Stavanger. Nimm nur.« Pfarrer Holm wartete im Flur, während Inger sich umzog, und brachte sie dann zur Tür. »Warte, dein Handy noch. Das darfst du nicht vergessen.«

»Danke schön«, sagte Inger. »Danke für die Waffeln – und vor allem für die Jacke! Ich beeile mich am besten, wenn Sie meinen.«

Der Pfarrer sah dem Mädchen nach, das sorgfältig das Gartentor hinter sich zuklinkte, ehe sie sich mit schnellen Schritten auf den Heimweg machte. An der ersten Straßenecke begann sie zu rennen. Mit einem Seufzer schloss er die Tür. Selten hatte er sich in seinem Leben so geschämt. Da schickte er das Mädchen einfach zurück zu diesem Weibsstück, weil es im Reglement so vorgesehen war und weil sein Bischof es von ihm erwartete. Und sie dankte ihm noch für eine alte, abgetragene Jacke.

Kapitel 21

Simon setzte sich auf seinen Stammplatz auf der rechten Seite des Mittelgangs in der Eiganeser Grabkapelle und zog sein Smartphone hervor, um vor der Trauerfeier noch einmal nach seinen Mails zu sehen. Dann schaltete er den Ton aus, behielt das Gerät aber noch in der Hand, damit er das Display aufleuchten sehen konnte, falls ihn jemand anrief. Derzeit durfte man es sich als Makler nicht erlauben, unerreichbar zu sein. Seit der Ölkrise – oder, besser gesagt, der Öl*preis*krise – war der Wohnungsmarkt eingebrochen. Niemand wollte mehr kaufen. Alle warteten auf bessere Zeiten. Das arrogante Benehmen, das sich viele seiner Kollegen in den fetten Jahren zugelegt hatten, als das Fass Öl deutlich über hundert Dollar gekostet hatte, konnte man sich heutzutage nicht mehr leisten. Im Gegenteil, die meisten kämpften ums Überleben. Mittlerweile war die Branche dazu übergegangen, nicht nur ein Erfolgshonorar einzufordern, sondern sich schon dafür bezahlen zu lassen, dass man ein Haus überhaupt auf den Markt brachte, denn ob man ein Objekt wirklich verkaufen konnte, war höchst unsicher. Die Leute waren so vorsichtig geworden, und die Banken gaben kaum noch Kredite. Nur die Sahnestückchen, die gingen immer, vor allem, seit reiche Chinesen die norwegische Westküste für sich entdeckt hatten. Gehobene Immobilien mit Meeresblick wurden seit Neuestem nach Asien verhökert – als Feriendomizile oder Wertanlage, und Simon war früh in dieses Geschäft eingestiegen. Nach einem kleinen

Dämpfer – na ja, nach einem wirklich schwierigen Jahr – ging es ihm deswegen wieder gut. Finanziell gesehen. Persönlich hatte er sich eigentlich immer auf der Höhe gefühlt. Gott sei Dank, denn dieses sonnige Gemüt war ideal für einen Makler. Mit seiner optimistischen Ausstrahlung gab Simon den Leuten jedes Mal die Hoffnung, dass gerade ihr Haus die unerwartete Ausnahme wäre und entweder schnell einen Käufer finden oder einen besonders guten Preis erzielen würde oder vielleicht sogar beides. Und Simon ließ sie in dem Glauben, während er teure Broschüren druckte und unnötige Gutachten bestellte für Anwesen, für die es derzeit schlichtweg kein Interesse gab und bei denen man über Monate und Jahre hinweg den Preis senken würde, erst in Zehntausend- und dann, wenn die Verzweiflung zunahm, in Hunderttausend-Kronen-Schritten. Manches Mal, in kurzen Augenblicken der Reue, schämte sich Simon dafür, dass er seine Kunden auf diese Weise betrog. Doch die meiste Zeit war er ganz zufrieden mit sich selbst. Wenn man die Dinge nicht zu sehr verkomplizierte, lebte es sich sehr gut in Stavanger, Ölpreis hin oder her.

Simon war hier in der Stadt aufgewachsen, mit Großeltern, Tanten, Onkeln, Cousinen und Cousins gleich um die Ecke. Aber so viel Familie war zeitaufwendig. All die Geburtstagsfeiern, Konfirmationen, Hochzeiten, Taufen und Kaffeetrinken zwischendurch schaffte man gar nicht, wenn man nebenbei noch einen anspruchsvollen Beruf hatte. Regelmäßig Kontakt hielt Simon deswegen nur zu seinem Bruder Markus, der Bestatter geworden war und vor einigen Jahren von einem kinderlosen Onkel die *Pietät Hansen* übernommen hatte. Obwohl sie so verschieden waren, sowohl vom Charakter als auch vom Beruf her, war der Alltag der beiden Brüder eigentlich doch recht ähnlich, dachte Simon. Beide waren sie abhängig von der herrschenden Konjunktur. Gestorben wurde zwar immer, wie man so sagte, aber es war eben doch ein Unterschied, ob die Leute sich für einen Eichensarg mit kompletter Innenausstattung entschieden oder lediglich für eine Kiefernkiste mit einem hübschen Tuch darüber, damit die Nachbarn nicht sahen, dass man das Billigste genommen hatte.

»Da bleibt einem nur noch die Arbeit, aber an Verdienst bleibt einem gar nichts mehr«, klagte Markus.

Andererseits, der Bruder klagte immer, schon von klein auf, viel geben konnte man darauf nicht. Mit seinem Pessimismus und der steilen Falte zwischen den Augenbrauen, die ihm einen ewig sorgenvollen Ausdruck verlieh, war er von Anfang an Onkel Stians Liebling gewesen – das war der mit dem Beerdigungsinstitut – und in den Augen des Onkels der ideale Bestattungsunternehmer.

»Mein Geschenk an dich ist eine Zukunft in der *Pietät Hansen*«, hatte der Onkel bereits an Markus' Konfirmation verkündet. »Wenn du willst, mache ich dich später zu meinem Nachfolger.«

Damals war Simon rasend eifersüchtig auf Markus gewesen, der drei Jahre älter und Simon sowieso immer in allem voraus war. Nun schnappte der große Bruder ihm auch noch das Geschäft des Onkels weg, das Simon wegen all des Pomps und der Feierlichkeit schon als kleiner Junge bewundert hatte. Im Nachhinein musste er Onkel Stian allerdings recht geben. Für Simon wäre ein Beruf, bei dem man nie lachen durfte und immer mit gedämpfter Stimme sprechen musste, nichts gewesen. Stattdessen wohnte er ab und zu den Beerdigungen bei, die sein Bruder ausrichtete. Vor allem, wenn der Verstorbene keine Angehörigen hatte. *Die Einsamen Begräbnisse* nannte Simon das im Geheimen, und außer Markus wusste niemand davon, weil es ihm peinlich war, aber er mochte die ernste Stille in der Grabkapelle und das intime Beisammensein mit dem Tod, nur der Pfarrer, der Hausmeister, Simon und die Leiche. Einen Augenblick melancholischen Voyeurismus, ehe er sich wieder in sein hektisches Maklerleben stürzte.

Das heißt – er hatte es gemocht. Bis dieser Verein dazu kam.

Hinter ihm öffnete sich die Tür der Kapelle, und Schritte schlurften über den Gang zur dritten Reihe links. Simon starrte angestrengt auf sein Handy, bis Britt-Ingrid und Sigurd an ihm vorbei und sicher auf ihren Plätzen verstaut waren. Diese Frau fand nur zu gerne einen Vorwand, um über sich selbst und ihre enorm wichtige Aufgabe bei den Freunden von Gertrude zu schwadronieren.

Freunde von Gertrude, das hörte sich an wie *Zeugen Jehovas.* Und wer Gertrude gewesen sein sollte, das konnte ihm auch niemand sagen. Doch seit es diese Truppe gab, diese Ansammlung von eigenartigen Individuen, war es mit der Ruhe bei Beerdigungen vorbei. Es waren einfach zu viele, und vor allem waren sie zu laut. Mindestens die Hälfte von ihnen roch dazu noch aufdringlich, und Simon verstand nicht, warum sie darauf bestanden, sich alle zusammen in dieselbe Bank zu quetschen. Babette hatte wahrscheinlich sogar Läuse, so wie die aussah.

Nach und nach tröpfelten auch die anderen hinein. Als Letztes kam Inger, außer Atem und mit roten Backen. Als sie Simon entdeckte, lächelte sie ihm schüchtern zu. Simon machte eine einladende Handbewegung. Setz dich zu mir, wollte er sagen. Doch in diesem Augenblick rief Britt-Ingrid schon mit ihrer schneidenden Stimme: »Dritte Reihe *links,* Inger. Das habe ich dir schon beim letzten Mal gesagt!«

Holger rückte ein Stückchen zur Seite, und gehorsam drängelte Inger sich zwischen ihn und Edith.

»Neue Jacke?«, fragte er. »Na, was Wasserfestes passt auch besser zum Klima hier. Steht dir. Aber an dir sieht wahrscheinlich alles gut aus, oder?«

Er lächelte so gewinnend wie möglich, der alte Saftsack, aber Simon sah mit Genugtuung, dass Inger auf Holgers abgedroschene Flirtversuche nicht reagierte, sondern sich zu Edith umdrehte und aufgeregt mit ihr zu flüstern begann. Offenbar konnte Edith Ingers Frage nicht beantworten. Sie schüttelte bedauernd den Kopf und klopfte dem Mädchen dann begütigend aufs Bein, als wollte sie sagen: Das wird schon.

Als Inger kurz darauf zu ihm hinübersah, lächelte auch Simon ihr aufmunternd zu. Sie machte so einen verlorenen Eindruck, erst recht in der alten Regenjacke, die sie heute trug und die ziemlich schmutzig war. Wie von der Heilsarmee. Fast bekam man Lust, das Mädchen bei der Hand zu nehmen und mit ihr in ein anständiges Einkaufszentrum zu fahren.

In diesem Moment begann die Musik zu spielen, und der Trauergottesdienst begann. Die Tote dort vorne im Sarg war übrigens nichts Besonderes, das wusste Simon von seinem Bruder. Nur eine alte Frau, die nach etlichen Jahren im Pflegeheim endlich verstorben war, im Alter von fünfundneunzig Jahren und lange nach allen anderen Familienangehörigen und Freunden. Es war schlichtweg niemand mehr übrig gewesen, der an ihrer Beerdigung hätte teilnehmen können.

Simon lehnte sich zurück und versuchte, das Gekruschtel und Geraschel auf der anderen Seite auszublenden. Aber vergeblich. Babette klapperte mit ihrer Flasche, Sigurd kratzte sich, und Britt-Ingrid zählte Maschen.

Vorne sagte Pfarrer Holm: »Wir sind heute hier zusammengekommen, um von ...« Wie immer hatte er den Namen vergessen und musste nach seinem Zettel suchen. »... um von Siglinde Hove Amundsen Abschied zu nehmen.«

Pfarrer Holm war ein guter Mensch, selbst bei Beerdigungen wie diesen gab er sich Mühe, aber ein begnadeter Redner war er leider nicht. Simon sah wieder hinüber zu den Freunden von Gertrude. Holger flüsterte Inger gerade etwas ins Ohr, und sie kicherte hinter vorgehaltener Hand wie ein Schulmädchen.

Vor einer guten Woche, na ja, es waren wohl eher schon zehn Tage, war Simon abends noch spät bei einem Maklerkollegen gewesen, der in einem dieser Reihenhäuser mit Blick auf den Großen Stokkasee wohnte. Gute Lage, mitten im besten Naherholungsgebiet und mit einem Garten, der sanft bis zum Seeufer abfiel. Solche Objekte konnte man jederzeit losschlagen, aber das nur am Rande, denn Günther hatte natürlich nicht vor auszuziehen. Auf jeden Fall, auf dem Heimweg hatte er Inger gesehen – ziemlich sicher war es Inger gewesen, mit den blauen Haaren und der viel zu weiten Cordjacke war sie in dem Mondlicht gut genug zu erkennen. Was sie wohl so spät hier draußen tat? Natürlich sah man vom Auto aus nicht so gut, vor allem, wenn man gleichzeitig auf die Straße achten musste, aber für Simon hatte es so ausgesehen, als trüge Inger eine Ente auf dem Arm, die sie liebevoll an sich drückte, während sie Richtung Ufer ging. Simon hätte fast angehalten, die Gegend war nachts einsam für eine Frau ohne Begleitung, aber beim Anblick der Ente war er dann doch weitergefahren. Ein junges Mädchen, das er nur flüchtig kannte und das nachts einen Vogel herumtrug – das sah nach Dingen aus, die ihn nichts angingen und in die er sich auch nicht einmischen wollte.

Inger kicherte noch einmal, diesmal so laut, dass Pfarrer Holm zu ihr hinübersah und ihr freundlich zunickte. Es war dem Mädchen ja auch zu gönnen, dass es mal lachte. Simon kannte die alte Dame, bei der Inger arbeitete, beruflich, und das eine Treffen, das er bislang mit ihr gehabt hatte, war für seinen Geschmack schon genug gewesen.

Frau Ödegaard hatte ihn vor einiger Zeit angerufen, um den Wert ihres Hauses schätzen zu lassen.

»Ich denke darüber nach, in meine Heimat zurückzukehren. Nach Deutschland«, hatte sie gesagt. »Hier hält mich nichts mehr. Hier bin ich nur noch eine alte, nutzlose Frau, die in einer Vergangenheit lebt, die nicht ihre eigene ist. Die Villa Ödegaard ist der Familiensitz meines verstorbenen Mannes, des seligen Doktor Ödegaards. Aber da erzähle ich Ihnen natürlich nichts Neues. Nun, wenn man so alt ist wie ich, da zieht es einen mehr und mehr zurück zu den Wurzeln. Zu den Landschaften der Kindheit, wenn Sie verstehen, was ich meine. Der Neckar. Blühende Obstbäume im Frühling. Und im Spätsommer Zwetschgenkuchen, wie ihn meine Großmutter buk, mit Streuseln und Mandelblättchen obendrauf. In meinem Alter sind das Sehnsüchte – die treiben einem die Tränen in die Augen, junger Mann.«

Bezahlen wollte sie für sein Gutachten natürlich nichts. Eine der vielen Kunden, die immer noch glaubten, sie täten einem Makler mit ihren baufälligen Hütten einen Gefallen. Aber aus Prinzip sah sich Simon alle Objekte an, ehe er eine Entscheidung fällte. Und diesmal war er besonders neugierig gewesen, denn von Renate Ödegaard hatte wohl jeder in dieser Stadt schon gehört – und selten etwas Gutes. Den Mann in Afrika verloren. Das hatte damals viel Gerede gegeben, sogar Simon erinnerte sich daran, obwohl er noch ein halbes Kind gewesen war. Aber der alte Doktor Ödegaard war stadtbekannt gewesen, nicht als Arzt – da war man ihm geflissentlich aus dem Weg gegangen –, sondern für seine christliche Überzeugung und seinen missionarischen Eifer. Und für seine Frau, besagte Renate, die früher in der Praxis Ödegaard ausgeholfen hatte und die wegen ihres scharfen Akzents und ihrer ruppigen Art nur *der Deutsche Schäferhund* genannt wurde.

Selbst wenn Simon versuchte, sich aus den Privatangelegenheiten seiner Kunden weitestgehend herauszuhalten – all dieses Lieben und Leiden, das in den Besitz eines Hauses verwoben war, damit wollte er sich gar nicht erst belasten –, war es als Makler wichtig, die Gerüchte der Stadt zu kennen. Den Finger sozusagen am Puls des Gesellschaftslebens zu haben. Das gehörte einfach zum Geschäft. Und deswegen wusste Simon, dass vor Inger schon andere Hausmädchen bei der alten Dame gelebt hatten. Das Letzte hatte sogar in der Zeitung gestanden, die war schließlich vor ein paar Monaten gestorben. Von unterlassener Hilfeleistung war damals gemunkelt worden, denn die junge Frau war nicht mehr zu retten gewesen. Aber wenn man selbst nicht dabei gewesen war, war es natürlich immer leicht, ein rasches Urteil zu fällen. Doch auch vorher hatte es schon Gerede über die Schicksale von Frau Ödegaards Hausmädchen gegeben, ohne dass Simon die Einzelheiten behalten hatte.

Als er im Oktober zur Besichtigung der Villa Ödegaard kam, war auf jeden Fall gerade gar kein Mädchen anwesend gewesen, sondern nur eine dänische und sehr schlecht gelaunte Putzfrau, die lustlos die Dielen im Eingangsbereich feudelte und so tat, als höre sie Frau Ödegaards Befehle nicht.

Frau Ödegaard hatte ihn durch das Haus geführt – Keller, Erdgeschoss, erster Stock und schließlich noch den Dachboden – und ununterbrochen über die Schwierigkeiten geklagt, gutes Personal zu finden. Ganz ungeniert hatte sie ihm im Dachgeschoss die Schlafkammer für die Hausmädchen gezeigt, einen kargen Verschlag, in dem es gerade mal das Nötigste an Möbeln gab. Und kein Klo auf der Etage, die Mädchen mussten das Kabuff unter der Kellertreppe benutzen, wo man kaum aufrecht stehen konnte und das Frau Ödegaard ihm großartig als »das zweite Badezimmer« präsentiert hatte. Simon war es kalt den Rücken hinuntergelaufen, zumal die alte Dame während der Besichtigung ganz ungeniert über die Bewohner dieses Dachbodens erzählte. »Es gab hier mal eine Cecilie Skogland«, sagte sie im Plauderton. »Die konnte richtig gut backen. Jeden Samstag gab es Zimtschnecken, da duftete das ganze Haus danach. Ein hübsches Kind übrigens. Braune Locken, Grübchen in den Wangen beim Lachen. Cecilie hatte insgesamt so etwas Weiches, Nachgiebiges.« Frau Ödegaard schüttelte sich, als würde ihr die Erinnerung plötzlich lästig. »So etwas Nettes, das erträgt man auf die Dauer einfach nicht«, bemerkte sie mit einem Schulterzucken. »Nach ein paar Jahren wurde das so ermüdend, dass ich sie weitervermittelt habe. An einen Bekannten, der Bedarf hatte. Die feuchten Flecken um den Schornstein, habe ich mir übrigens sagen lassen, sind nur Kondenswasser. Undicht ist da nichts. Sind wir hier oben fertig? Dann aufpassen bei den Stufen. Die sind steil.« Nachdem sie im Haus alles gesehen hatten, waren die Nebengebäude – ein etwas hochtrabendes Wort für eine feuchte Garage und einen morschen Holzschuppen – und der Garten dran. Das Grundstück war groß, das musste Simon zugeben, und im hinteren Teil stand eine riesige, alte Buche, an der noch ein paar letzte welke Blätter hingen. Simon hatte die Buche angestarrt, und plötzlich war ihm die Geschichte von dieser jungen Frau wieder eingefallen, die sich vor einigen Jahren an einem Baum in Eiganes erhängt hatte. Zwar hatte die Frau überlebt, aber ein Verkaufsargument war so ein Selbstmordversuch natürlich nicht gerade. Und bestimmt war das hier in diesem Garten gewesen. Sonst gab es ja kaum noch große Bäume in Stavanger. Die meisten waren längst abgeholzt, weil sie viel zu viel Licht nahmen und zu viel Dreck machten. Wer wollte im Herbst schon körbeweise Laub rechen? Was für ein schreckliches Haus. Es würde so gut wie unverkäuflich sein, auf jeden Fall zu dem Preis, den Frau Ödegaard sich vorstellte. Für die Chinesen war das Anwesen uninteressant, kein Meeresblick, zudem war es in einem katastrophalen Zustand. Überall war der Holzwurm drin und die Elektrik genauso alt wie das Haus selbst. Den alten Kasten konnte man eigentlich nur noch abreißen und ein paar schöne Apartments auf das Grundstück setzen. Immerhin, bei der Gelegenheit würde auch diese Buche verschwinden und ihre traurige Geschichte mitnehmen.

Simon wurde von Britt-Ingrid aus seinen Gedanken gerissen, die *Befiehl du meine Wege* schmetterte, wie immer sehr laut, und wie immer traf sie die hohen Töne nicht. Der Gottesdienst war schon vorbei. Er hatte nichts davon mitbekommen. Verwirrt trottete er hinter den anderen aus der Kapelle. Mit etwas Glück könnte er sich davonschleichen.

Aber zu spät.

»He, Simon, hast du mal Geld für den Bus?«, rief Babette ihm zu.

Simon seufzte, aber es war sinnlos, Babette abwimmeln zu wollen. Immerhin hatte er heute an Kleingeld gedacht. Er fischte zwei Zwanzigkronenstücke aus der Manteltasche. Babette nahm die Münzen entgegen und musterte sie enttäuscht. Das waren gerade mal zwei Bier. Sie hatte auf mehr gehofft.

»Alle mal herhören!« Britt-Ingrid klatschte in die Hände wie eine Kindergartentante, die ihre Spielgruppe zusammenrief. »Wir gehen gleich ins Café, so wie immer. Aber vorher möchte ich eine kleine Ankündigung machen: Pfarrer Holm und ich haben festgestellt, dass wir auch in diesem Jahr wieder die Mittel für eine kleine Weihnachtsfeier haben, und für den achtzehnten Dezember um achtzehn Uhr ist für uns ein Tisch in der *Sardinenbüchse* bestellt. Trotz allem haben wir ein begrenztes Budget, und deswegen gibt es für jeden nur ein Glas Wein oder ein Bier. Hörst du, Babette? Wer mehr will, muss das selbst bezahlen. Wenn wir uns alle an diese Regel halten, wird das sicher ein netter Abend, oder was glaubt ihr? Stanislaw – W-e-i-h-n-a-c-h-t-s-f-e-i-e-r! Restaurant Sardinenbüchse. Ach, ich schreibe dir nachher einfach einen Zettel. Simon, gegen einen entsprechenden Unkostenbeitrag kannst du natürlich auch ... Simon?«

Doch Simon war schon um die Ecke zum Hinterausgang der Kapelle gegangen. Britt-Ingrids »kleine Ankündigungen«

kannte er zur Genüge. Irgendwie endeten sie immer mit der Aufforderung an ihn, Geld zu bezahlen. Auf ihre Weise war die Erste Freundin nicht besser als Babette. Lieber wechselte er noch ein paar Worte mit seinem Bruder. Dem war Simons Geld egal.

Kapitel 22

Im Winter wurde es in Stavanger erst um zehn Uhr richtig hell, und gegen fünfzehn Uhr setzte schon wieder die Dämmerung ein. So viel Dunkelheit war Inger aus Telemark nicht gewöhnt, denn dort lag von November bis April Schnee, der auch noch das kleinste bisschen Licht reflektierte. Hier an der Küste schneite es nicht, sondern es regnete nur, und die nassen Straßen lagen duster und verlassen. Ringsum tauchten bunte Lichterketten auf, und in Fenstern standen elektrische Kerzen und rot bemützte Wichtel. Vorweihnachtszeit. Doch der Garten der Villa Ödegaard war ohne Petronella still und leer. Die Natur zog sich in sich selbst zurück, bis auf die Krähen, die für den Winter in die Stadt kamen, weil es hier wärmer war als im Umland und man reichlich zu essen fand. Plötzlich gab es Tausende von Krähen, die bei Sonnenuntergang in großen Schwärmen über das Haus hinwegzogen, um sich in den Bäumen rund um das Ufer des Mosteichs ihre Schlafplätze zu suchen, ein paar hundert Meter von der Villa Ödegaard entfernt. Nachts waren die Baumwipfel schwarz von Vögeln, die krächzten und gurrten und ab und zu aufschrien. Selbst Frank und Knut hatten Respekt vor dieser Übermacht und saßen still auf den unteren Ästen der Buche, während die Krähenschwärme in der Morgen- und Abenddämmerung über das Haus strichen und manchmal in dem hohen Baum kurz rasteten, vielleicht, um auf Nachzügler zu warten oder was auch immer Krähen so trieben, ehe sie weiterflogen, abends zum Seeufer und morgens hinaus in die

Wohngebiete, um ihrem Tagewerk aus Essenssuche und Streiten nachzugehen.

Inger vermisste Petronella. Ohne die Ente gab es nichts, worauf man sich morgens beim Aufwachen freuen konnte. Nur ein leeres Herz und vor ihr ein weiterer langer Tag. Sie hatte versucht, sich mit der Maus in ihrer Kammer anzufreunden, doch bislang ohne Erfolg. Die Maus aß zwar das Brot oder die Kartoffeln, die Inger ihr unters Bett schob, aber als Entenersatz blieb sie völlig unzulänglich. Kaum einmal ließ sie sich blicken. Ein paar Schnurrhaare, die Spitze einer Schnauze, dann war sie auch schon wieder weg. Es musste doch möglich sein, diese Maus zu zähmen? Das war doch nur zu ihrem Besten! Inger würde sie beschützen und füttern, und die Maus würde Inger dafür – na ja, Nager empfanden wahrscheinlich keine Liebe. Ob sie Brot aus der Hand oder vom Fußboden fraß, machte für eine Maus vermutlich keinen Unterschied. Aber egal. Inger wollte die Maus in der Hand halten, um ihr weiches Fell zu spüren, ihr Atmen und den rasenden Herzschlag, den so kleine Tiere hatten. Ein warmes Lebewesen auf dem kalten Speicher.

Ungeduldig schob sie erst den Spind und dann das Bett von der Wand. Mehr Verstecke gab es in der kleinen Kammer nicht, aber natürlich genügend Löcher und Spalten in der Bretterwand, die den Verschlag vom restlichen Dachboden abtrennte. Während Inger noch Möbel rückte, war die Maus schon über alle Berge. Das Einzige, was sie fand, waren Mäuseköttel und eine Strichliste an der Wand hinter dem Bett.

Überrascht strich Inger über die Einkerbungen. Vierunddreißig Striche in Fünfer-Päckchen, das Letzte davon unvollständig, normalerweise verdeckt von der Kante des Bettgestells. Wie der heimliche Kalender eines Gefangenen. Zwei

Jahre und zehn Monate, die hier jemand gewohnt hatte, lange vor Inger. Eines der drei anderen Patenkinder. Diese Strichliste war die einzige Spur, die es in dem großen Haus hinterlassen hatte. Und dann? Was war aus Ingers Vorgängerinnen geworden? Die Erste, Hilde, war ins Krankenhaus gekommen. Margrete war tot. Aber was war mit der Zweiten? Hatte sie vielleicht alle Demut und alle Vorsicht über Bord geworfen und lebte jetzt ein Leben in wilder Freiheit? War Inger deswegen hier? Weil die Schule Frau Ödegaard noch immer ein Mädchen schuldete, das nicht verschwand, sondern blieb?

Inger schob das Bett zurück an die Wand, um die Striche nicht mehr sehen zu müssen. Plötzlich schämte sie sich. Da wollte sie eine Maus fangen, genauso, wie sie selbst hier gefangen war. Was für eine absurde Idee.

Natürlich hatte auch Inger schon daran gedacht, wegzulaufen. An dem Abend, als sie Petronella an den See brachte und alleine zurückgekehrt war, wäre sie am liebsten auf und davon. Sie hatte sich vorgestellt, dass das Auto, das kurze Zeit vorher vorbeigefahren war, zurückkäme und sie mitnähme und dass sie von einem Augenblick zum anderen nicht mehr Inger-das-Hausmädchen sein würde, sondern ein ganz neuer Mensch, mit dem sie nur noch den Namen gemein hätte und die Erinnerung an eine braungescheckte Ente, die nun am Stokkasee lebte. Doch auf der Straße war es still geblieben, und während sie einsam zurück zur Villa Ödegaard trottete, musste Inger sich eingestehen, dass ihr für eine Flucht, für ein Einfach-nicht-mehr-nach-Hause-Kommen, schlicht der Mut fehlte.

Ihre gesamte Schulzeit über hatte man Inger zwei Dinge eingetrichtert: erstens Gehorsam und zweitens Dankbarkeit.

»Ihr müsst immer daran denken«, hatte Frau Torkelsen, die Schulleiterin, ihnen immer wieder gepredigt, »dass vor euch nicht Pflicht liegt, sondern die wunderbare Möglichkeit, einem anderen Menschen die Freundlichkeit zu vergelten, die man euch jahrelang erwiesen hat. Hier geht es um Liebe in seiner reinsten Form, und euch ist die Gnade gewährt, sie zu erleben. Erweist euch würdig, Kinder! Mädchen wie ihr, die ihr wie Kieselsteine am Wegesrand seid, die keiner beachtet – hier beugt sich jemand nieder in den Staub, um euch aufzuheben. Ihr schuldet euren Paten Dank für ihre Großherzigkeit. Die paar Jahre, die ihr mit ihnen verbringen dürft, werden niemals ausreichen, um diese Schuld abzutragen. Vergesst das nie, Mädchen, dass ihr für den Rest eures Lebens Schuldner sein werdet und Dankbarkeit die einzige Währung, um diese Schuld abzutragen!«

Frau Torkelsen war von ihren eigenen Worten jedes Mal so ergriffen gewesen, dass ihr Tränen in den Augen standen und sie nach einem Taschentuch suchen musste. Dann räusperte sie sich umständlich und nahm ihren Unterricht in Norwegisch oder Englisch wieder auf.

Inger hatte den Worten der Schulleiterin nie wirklich geglaubt – wer hatte schon Lust auf ein Leben in Schuld –, aber ob sie wollte oder nicht, fühlte sie Frau Ödegaard gegenüber doch ... nein, nicht Dankbarkeit, dafür war die alte Frau zu bösartig, aber sie fühlte eine Verpflichtung, denn den Vertrag für Ingers Aufenthalt im Internat und die anschließende Dienstzeit hatte ihr Vater damals für sie abgeschlossen, und Vater und Mutter erwarteten, dass sie ihn erfüllte. Wahrscheinlich kamen sie gar nicht auf die Idee, dass Inger es *nicht* tun könnte. So war man zu Hause einfach nicht.

»Du kommst doch an Weihnachten?«, hatte die Mutter letzten Sonntag am Telefon gefragt.

Doch Inger hatte an das *Weihnachtsabonnement* gedacht, das neulich in der Villa Ödegaard eingetroffen war: ein großes Paket mit Lebkuchen von einem Versand aus Deutschland. Zu Hause würde es wieder diese trockenen Kekse geben, die den Kindern einzeln auf die Teller gezählt wurden und die man zusammen mit Gebeten und einem Glas Milch einnahm. Und für Inger dazu noch mit Vorhaltungen wegen ihres Aussehens. Man konnte über Frau Ödegaard sagen, was man wollte, aber übermäßig viel beten tat sie nicht, und Inger hatte sich daran genauso gewöhnt wie an das gute Essen.

»Es wäre mein erstes Weihnachten weg von zu Hause«, hatte sie vorsichtig geantwortet, »aber Frau Ödegaard ist sonst ganz alleine. Ich kann sie um zwei freie Tage bitten, doch als Patin ...«

»Nein, nein!«, hatte die Mutter schnell abgewiegelt. »Das war selbstsüchtig und gedankenlos von mir. Selbstverständlich musst du bei deiner Patin sein, da bin ich ganz deiner Meinung. Lukas 17, Vers 10 – komm, wir sprechen ihn zusammen: *So sollt auch ihr, wenn ihr alles getan habt, was euch befohlen war, sagen: Armselige Knechte sind wir; was zu tun wir schuldig waren, haben wir getan.*«

Außerdem tauchte auf Frau Ödegaards Schreibtisch in regelmäßigen Abständen das Testament auf, das ihr das Haus und allen übrigen Besitz vererben sollte. Nur die Unterschrift, die fehlte noch immer. Ingers Herz schlug jedes Mal schneller, wenn sie das Dokument sah und ihren Namen dort las: Inger Haugen. Die Eltern wären entzückt. Endlich einmal könnte man der Gemeinde des Wahren Wortes anständig spenden und ...

Nein, dachte Inger. Nein. Das ist meines.

Wenn Frau Ödegaard irgendwann starb, wäre der Vertrag erfüllt und Inger hätte ihren Teil geleistet. Nichts würde sie spenden. Wenn – falls – sie wirklich einmal erbte, würde das Geld dafür sorgen, dass sie von da an für immer Inger Haugen wäre.

Niemand würde Inger mehr *Miststück* nennen oder einen *Kieselstein am Wegesrand*.

Kapitel 23

Weder der epileptische Anfall noch der Besuch des Notarztes wurden je wieder erwähnt. So als wäre an diesem Tag nichts Außergewöhnliches geschehen, außer dass Inger den Pfarrer besucht hatte, um dort Waffeln zu essen. Doch manchmal zuckte Frau Ödegaard seitdem unkontrolliert mit dem Mundwinkel, oder die ganze Wange verzog sich so sehr, dass sie unwillkürlich die Zähne bleckte. Oder ihre rechte Hand verkrampfte sich, und Suppe kleckerte vom Löffel aufs Tischtuch. Inger fragte sich, ob die alte Dame sich überhaupt an den Anfall erinnerte. Und ob sie selbst merkte, wie sie sich mehr und mehr veränderte. Frau Ödegaard, die doch immer so einen guten Appetit gehabt hatte, stocherte nur noch lustlos im Essen herum. Egal was Inger kochte, nach ein paar Bissen schob sie den Teller beiseite und starrte aus dem Fenster. Ihre Wangen fielen ein, und die Augen sanken in die Höhlen, während die Nase immer prominenter wurde, gelblich und spitz wie ein Schnabel. Als wäre sie eine ihrer eigenen Möwen. Knut, Frank und ... Wie hieß ihre Dienstherrin eigentlich mit Vornamen?

Außerdem schlief die alte Frau kaum noch. Durch den Fußboden konnte Inger ihre Schritte hören. Frau Ödegaard wanderte vom Schlafzimmer ins Arbeitszimmer, auf die Toilette, über den Flur. Und wieder zurück, um eine neue Runde zu beginnen. Sie öffnete Schränke und zog Schubladen auf. Kramte vermutlich in Erinnerungen. Blätterte in Papieren. Und dann rief sie mitten in der Nacht über das Handy an:

Inger solle sofort kommen und ihr helfen, den Rückenkratzer zu suchen. Oder ein bestimmtes Buch. Oder die alten Pantoffeln, die seit zwanzig Jahren hinten im Kleiderschrank lagen, aber heute waren sie einfach nicht da. Wenn Inger dann kam, wühlte ihre Dienstherrin mit zitternden Händen im Schrank und zog hektisch Blusen und Jacken von den Bügeln, und hinterher, wenn das Gesuchte endlich gefunden war und Frau Ödegaard wieder im Bett lag, hängte Inger unter den misstrauischen Blicken der beiden Möwen eine weitere Stunde Kleider auf und faltete verknitterte Wäsche neu. Morgens um zwei.

Tagsüber war Frau Ödegaard noch immer eine respekteinflößende Person. Immer korrekt gekleidet und immer von oben herab. Tagsüber war Inger nach wie vor nichts anderes als das Dienstmädchen, mit dem man nur das Nötigste sprach.

Aber nachts wurde die alte Frau zunehmend wie jeder andere armselige Mensch auch, der Angst vor der Dunkelheit hat, vor der Einsamkeit und vor dem Tod. Wenn Inger nicht jede Nacht aus dem Bett telefoniert werden wollte, um Frau Ödegaard die Zehennägel zu schneiden oder nach den Wanderschuhen auf dem Dachboden zu suchen, die diese alte Frau aus Deutschland mitgebracht hatte – damals, als sie noch jung war –, oder um Pfannkuchen zu backen, die dann doch niemand aß – wenn Inger ein paar Stunden ungestörten Schlafes wollte, musste sie Frau Ödegaard seit Neuestem ins Bett bringen wie eine Mutter ihr Kind. Sie half ihr in eines dieser berüschten, steifen Leinennachthemden, die so aufwendig zu bügeln waren, wartete, bis Frau Ödegaard die Zähne geputzt hatte, und setzte sich dann zu ihr an die Bettkante, selber müde bis auf die Knochen, doch die alte Frau kam noch lange nicht zur Ruhe.

»Soll ich Ihnen ein bisschen vorlesen«, schlug Inger vor und griff nach *Kristin Lavransdatter,* das auf dem Nachttisch lag. Inzwischen der dritte Band, *Das Kreuz.* Doch Frau Ödegaard hielt Ingers Hand fest. Nein, nicht lesen.

»Ich habe meinen Mann geliebt, weißt du?«, sagte sie. »Genauso wie Kristin Lavransdatter ihren Erlend.«

Inger nickte.

»Und er war genauso schwierig. Aber geliebt habe ich meinen Jens. Habe seinetwegen zu Hause alles aufgegeben. Bin mit ihm in dieses – in dieses Kaff hier gezogen. Und wie dankt er es mir? Geht einfach in die Mission. Verlangt von mir auch noch, dass ich mitkomme. *Ihm* war es egal, ob es mir da gefällt oder nicht. *Er* hatte ja seinen Herrgott. Das hatte ich nicht verdient, Inger, dass er mir so gleichgültig werde. Findest du nicht?« Frau Ödegaards rechter Mundwinkel zuckte. Inger versuchte, ihre Hand wegzuziehen. Doch Frau Ödegaards Griff wurde fester.

»Und dann stirbt er mir einfach unter den Fingern weg. Pfuuuu-hui und davon. Weißt du, wie das für mich war, plötzlich ohne Mann, und dazu noch mitten in Afrika?«

Inger schüttelte gehorsam den Kopf.

»Plötzlich war dort kein Platz mehr für mich. Zwanzig Jahre lang war ich gut genug gewesen als Missionarsfrau. Eine Haushaltsschule habe ich aufgebaut. Den einheimischen Mädchen dort eine Perspektive gegeben, ihnen ein Leben jenseits von elenden Holzhütten im Busch und fünfzehn Kindern geboten.« – Inger fragte sich kurz, ob das die Mädchen waren, die Holger in Verbindung mit den Diamanten erwähnt hatte. – »Und von einem Tag auf den anderen hatte man keine Verwendung mehr für mich. Die Missionsvereinigung hat einen neuen Arzt entsandt, der die medizinische

Leitung des Krankenhauses übernehmen sollte. So ein Jungspund, höchstens Mitte dreißig, kaum mit dem Studium fertig. Und der hatte seine eigene Ehefrau dabei. Wie eine Kuh sah die aus. Brüste so groß wie Euter, und dazu vier kleine, schneeweiße Kinder, die von dem schwarzen Hausmädchen jeden Morgen mit Sonnencreme eingeschmiert wurden. Wegen Hautkrebsgefahr.« Frau Ödegaard lachte freudlos auf und rutschte im Bett herum, um eine bequemere Stellung zu finden, in der die Wunde auf ihrem Rücken nicht so drückte. »Drei Monate nach ihrer Ankunft waren die Kinder noch immer so weiß wie am ersten Tag, und die Ehefrau-Kuh hatte meine Hauswirtschaftsschule geschlossen. Stattdessen hat sie eine Ausbildungsstätte für Krankenpflege und Geburtshilfe eröffnet. Nur die rosa Kittelschürzen, die durften bleiben. Aber das ist nur, weil das Wasser dort sowieso alles rot färbt. Sogar die Zähne. Kommt vom Eisenoxid in der Erde. Und mir ist nichts anderes übrig geblieben, als nach Stavanger zurückzukehren. Schließlich gehörte mir ja jetzt dieses Haus hier. Das war allerdings auch das Einzige.« Die alte Frau rappelte sich hoch und nahm Ingers Hand in ihre beiden Hände. »Mädchen«, sagte sie, »ich gebe dir einen guten Rat: Kümmere dich beizeiten um ein finanzielles Polster. Die kümmerliche Witwenpension, die mir die Missionsvereinigung zahlt, die reicht ja weder zum Leben noch zum Sterben.«

Dann löschte Frau Ödegaard die Lampe, sank zurück in ihre Kissen und überließ es Inger, sich im Dunkeln den Weg nach draußen zu ertasten.

»Ich habe meinen Mann geliebt«, fing Frau Ödegaard am Abend darauf wieder an. Inger hatte sich diesmal einen Stuhl herangerückt, um nicht auf dem Bett sitzen zu müssen. Frau Ödegaards alte, fleckige Hand auf ihrer eigenen oder auf ihr Bein gelegt oder in ihren Rock gekrallt, damit sie nicht ging – körperliche Vertraulichkeiten wollte Inger vermeiden.

»Aber Liebe reicht manchmal einfach nicht«, sagte Frau Ödegaard. »Kinder hätte ich ihm schenken müssen. Denn das war das, was er wirklich wollte: Sich vermehren. Sich vervielfältigen.« Sie fingerte suchend die Bettkante entlang, doch Inger hielt die Hände fest im Schoß verschränkt. Stattdessen nestelte die alte Frau an der Bettdecke. »Es lag nicht an mir«, fuhr sie fort. »Ich war beim Arzt. Bei mir war alles normal. Aber Jens wollte sich partout nicht untersuchen lassen. Nicht einmal reden durfte man davon, dass er vielleicht unfruchtbar war. Stattdessen hat er mich beiseitegeschoben wie eine Tasse, die man ausgetrunken hat, und sich in die Idee verrannt, dass Gott Pläne mit ihm hätte. Als hätte Gott Pläne mit einem Jens Ödegaard! Mich hat er einfach vergessen. Plötzlich interessierten ihn nur noch diese afrikanischen Weiber, die Kinder kriegen, wie eine Sau Ferkel wirft. Potenzielle Seelen für seinen unersättlichen Gott. Aber ich habe es ihm heimgezahlt. Viel später erst, aber gezahlt hat er.« Frau Ödegaard richtete sich im Bett auf und sah Inger eindringlich an. »Als Frau bist du nur das Gefäß für die Wünsche deines Mannes. Merk dir das! Das ist hier in Norwegen auch nicht anders als überall sonst auf der Welt. Und wenn du nicht beizeiten für dich selber sorgst, dann bist du irgendwann die Dumme.« Selbstgefällig lehnte sie sich in die Kissen zurück.

»Du kannst viel über mich sagen – tust du wahrscheinlich auch –, aber dumm bin ich jedenfalls nicht.« Frau Ödegaard griff unter ihr Kopfkissen und zog den kleinen Lederbeutel hervor, den sie tagsüber im Büstenhalter trug, und wog ihn nachdenklich in der Hand. »Ich«, sagte sie, »ich bin schon seit vielen Jahren von niemandem mehr abhängig. Ich habe vorgesorgt.« Dann stopfte sie den Beutel zurück unter das Kissen. »Vielleicht doch noch ein Kapitel lesen?«, schlug sie zufrieden vor.

Die gute Laune hielt leider nicht an. Am nächsten Morgen war Frau Ödegaard noch unfreundlicher und abweisender als sonst. Vielleicht bedauerte sie ja, am Abend zuvor zu viel gesagt zu haben. Das ehemalige Eheleben ihrer Dienstherrin und seine eventuellen Probleme gingen Inger schließlich nichts an. Sowieso war es unmöglich, sich Frau Ödegaard als junge Frau vorzustellen. Oder gar nackt und mit einem Mann im Bett. Aber Inger hätte zu gerne gewusst, ob in dem Beutel wirklich Diamanten waren oder ob die alte Frau nur wieder einen ihrer eigenartigen Scherze mit ihr trieb. Doch Frau Ödegaard hatte das Säckchen gestern zurück unter das Kissen gesteckt, statt es zu öffnen und ihr den Inhalt zu zeigen. Heute Morgen hielt sie es wie immer in der Hand, während Inger den Verband wechselte. Dann stopfte sie sich den Beutel in den Büstenhalter und erklärte in ihrer gewohnten, arroganten Art: »Die Küchenschränke müssen feucht ausgewischt werden. Ich wundere mich, dass ich dir das extra sagen muss.« Und nach einem abschätzigen Blick auf Inger fügte sie hinzu: »Lange hat es mir ja leidgetan, dass ich nie eigene Kinder gehabt habe. Aber wenn ich mir so anschaue, was im Laufe der Jahre an jungen Menschen in mein Haus hinein- und wieder hinausspaziert ist, muss ich sagen, mir ist doch auch vieles erspart geblieben. Dich kann man ja nun auch keinesfalls als Glücksgriff der Natur bezeichnen.«

Selbst nach all der Zeit war Inger immer noch überrascht, dass Boshaftigkeiten der alten Frau so leicht über die Lippen kamen, wie andere Leute niesten. Doch alles in allem ertrug sie die Unfreundlichkeiten ihrer Dienstherrin leichter als die weinerliche Stimmung, in die sie gegen Abend wieder kam. Schon am späten Nachmittag, sobald die Dunkelheit sich wie eine immer schwerer werdende Decke um das Haus legte, wurde sie anhänglich und suchte Ingers Gesellschaft. X-mal klingelte das Handy, um sie unter den nichtigsten Vorwänden ins Arbeitszimmer zu bestellen. Frau Ödegaard wünschte erst Kekse mit Marmeladenfüllung und dann doch lieber solche mit Schokolade, obwohl sie keine von beiden aß, und zum Abendessen hatte sie Lust auf Wiener Würstchen mit Senf, und Inger lief in den Keller, um in der Tiefkühltruhe nach Würstchen zu suchen und dann nach dem Senf, der extra aus Deutschland bestellt wurde, weil in Norwegen der Senf nie scharf genug war, und obwohl Inger schon beim ersten Mal sah, dass kein Senf mehr da war, musste sie noch einmal laufen, weil sie zu dumm war, um richtig zu suchen, und dann noch einmal, und überhaupt hatte Inger den Senf wahrscheinlich selber gegessen, heimlich und hinter dem Rücken von Frau Ödegaard, aber wenn es keinen Senf gab, dann eben Meerrettich, da war bestimmt noch eine Tube da, wenn Inger den nicht auch gestohlen hatte, ähnlich sehen würde es ihr, und außerdem hätte Frau Ödegaard jetzt gerne eine Tasse Tee.

Bis zur Schlafenszeit war Inger so viele Male die Treppe hinauf- und hinuntergelaufen, dass sie schließlich ganz dankbar war, sich endlich auf den Stuhl neben Frau Ödegaards Bett setzen zu können »Soll ich vorlesen?«, fragte sie und griff nach *Kristin Lavransdatter*.

Doch Frau Ödegaard verzog abschätzig den Mund. »Ach, lass mich doch mit der alten Flunze in Ruhe. Fünfzehnhundert Seiten, und die Frau ist immer nur *gut,* aber ein schlechtes Gewissen hat sie trotzdem. Für nichts und wieder nichts. Und am Ende geht sie auch noch ins Kloster. Das ist ja nicht zum Aushalten.

Ich will dir mal was sagen, Mädchen: Im Leben kann man es nicht jedem recht machen. Damit muss man sich abfinden. Ich habe es nie bedauert, dass ich mich beizeiten um mich selbst gekümmert habe, damals, in der Mission. Aber wo gehobelt wird, da fallen halt auch Späne.

Das Krankenhaus war winzig, vor allem anfangs, ehe wir anbauen konnten. Aber in der ersten Zeit stapelten sich die Patienten in den Krankenzimmern und den Gängen. Sogar im Innenhof. Wir waren chronisch überfüllt, und auf dem Friedhof wurde Grab nach Grab ausgehoben.« Frau Ödegaard kicherte. »Der Friedhof lag auf einem kleinen Hügel, und die Leute dort nannten ihn nur den Mount Daktari. Den Doktorberg. Jens war wirklich ein sehr schlechter Arzt. Ich glaube, das war der wahre Grund, warum er nach Afrika ging. Dort konnte er so schlecht sein, wie er wollte, und die Leute kamen trotzdem. Auf jeden Fall – man kann eben nicht jeden Idioten aufnehmen, nur weil er meint, er sei krank. Da versinkt man in Patienten und richtet am Ende gar nichts aus. Aber Jens war unfähig, Entscheidungen zu treffen. *Ja,* sagte er immer nur. *Ja, ja, ja. Kommet her zu mir alle, die ihr mühselig und beladen seid.* Mein Mann war ein Narr, Inger, und es war eine Schande, dass man ihn ein ganzes Krankenhaus leiten ließ, nur weil er den rechten Glauben hatte. Ich zum Beispiel, ich habe gar keinen Glauben, schon lange nicht mehr, aber Patientenströme leiten, das konnte ich trotzdem.

Du darfst rein, und du musst draußen bleiben: So muss man das machen, sonst geht es nicht. Und wenn man schon auswählen muss, dann nimmt man doch am besten die, die für ihr Bett und ihre Behandlung auch bezahlen können, oder? Sonst ist man nämlich nach ein paar Monaten pleite, und dann ist auch wieder keinem geholfen, oder?«

Frau Ödegaard lehnte sich in ihre Kissen zurück. »Jedenfalls, als Missis Daktari habe ich mit der Zeit als – wie soll ich sagen – als eine Art Bindeglied zwischen Jens und der Lokalbevölkerung gewirkt. *Mir* hat man nämlich Respekt entgegengebracht. Denn ich hatte verstanden, dass nur der etwas gilt in dieser Welt, der reich ist und Macht hat. Das ist in Afrika nicht anders als hier. So ist der Mensch halt. Anfangs fiel natürlich nicht viel ab. Das bisschen, das die Leute mir für meine ... meine Vermittlungstätigkeit bezahlen konnten – da kam nicht viel zusammen. Auch nicht, als ich anfing, mit einem der Stammeshäuptlinge zusammenzuarbeiten, der Interesse an gezuckerter Kondensmilch oder Taschenlampen oder Plastikgeschirr hatte, so Zeug halt, das es in der Mission gab, aber außerhalb nicht. Das waren alles nur Kinkerlitzchen die ersten Jahre. Billiger Kram. Erst als ich darauf kam, dass Häuptling Ngumo in Wirklichkeit nicht nur mit Haushaltswaren handelte, sondern hauptberuflich in ganz andere Geschäfte verwickelt war, da begann es sich zu lohnen.«

Frau Ödegaard kicherte und beugte sich aus dem Bett hinaus zu Inger hinüber. »Diamanten«, flüsterte sie. »Häuptling Ngumo schmuggelte Diamanten.« Sie lehnte sich wieder zurück. »Reines Glück, dass ich das herausgefunden habe. Natürlich hatte ich immer mal wieder Gerüchte gehört, dass sich durch das Missionskrankenhaus, das langsam, aber stetig wuchs, die Schmugglerrouten in der Gegend verschoben, weil es neue Transportmöglichkeiten gab. Und ich hatte mich auch schon länger gewundert, warum die Lieferungen mit unseren Medikamenten immer von bewaffneten Männern begleitet wurden, wenn sie aus der Hauptstadt kamen. So viel wert war die Fracht nun auch nicht. Aber erst als ich eines Tages dazukam, wie Häuptling Ngumo diesen Männern Diamanten in die Hand zählte, wurde mir klar, was wirklich vor sich ging.«

Sie kicherte wieder. »Der alte Ngumo hatte mir immer wieder gedroht, meinem Mann zu erzählen, dass ich die Dosenmilch aus der Missionsküche unter der Hand weiterreiche. Hielt sich für einen schlauen Fuchs. Dachte, er würde so bessere Preise bei mir bekommen. Aber von da an habe ich den Spieß herumgedreht. Jens hätte dem Diamantenschmuggel vielleicht gar nicht mal so groß schaden können. Doch die Polizei schon, denn die wäre so gierig geworden, da wäre der gesamte Handel zusammengebrochen. Aber ich habe für mein Schweigen nie mehr genommen, als vernünftig war und das Geschäft verkraften konnte.«

Frau Ödegaard hob die Hand, als wolle sie einen Einwand von Inger abwehren. »Ich weiß, ich weiß. Bestechung, Erpressung, Blutdiamanten und das Gesetz – den ganzen Unsinn habe ich später auch von Jens gehört. Aber die Vereinbarungen zwischen mir und Häuptling Ngumo, die waren nicht nur zu unserem persönlichen Vorteil, sondern wir beide haben die gesamte Region stabilisiert. Man darf nicht die wirtschaftliche Grundlage der Lokalbevölkerung zerstören, und wenn man es noch so gut meint. Oder glaubst du, auf dem Hindukusch ist es irgendwie friedlicher geworden, nur weil man die Felder mit dem Schlafmohn verbrennt, um den Opiumhandel zu stoppen? Im Gegenteil. Wenn sich die Gewalt neue Wege suchen muss, führt das nur zu mehr Gewalt.«

Die alte Frau mühte sich um eine bequemere Stellung im Bett. »Ja. Über Jahre haben wir die Region stabilisiert«, wiederholte sie wie zu sich selbst. »Über viele Jahre. Genau bis zu dem Tag, an dem Jens dahinterkam. Ein dummer Zufall. Er hat nach dem Nähzeug gesucht und ist dabei auf meinen Beutel mit den Diamanten gestoßen. Achtundsechzig Stück waren es damals, neunzehn davon von bester Qualität. Erst war er nur überrascht, aber dann wurde er wütend. Hat mich zur Rede gestellt. Die Wahrheit wollte er von mir wissen. Die ganze Wahrheit!« Die alte Frau lachte trocken auf. »Und ich habe gehorcht. Nach all den Jahren, in denen er mich einfach vergessen hatte, in denen ich im besten Fall an zweiter Stelle gekommen war nach seinem Herrgott, habe ich Rache genommen: Ich habe ihm alles erzählt. Das ganze Ausmaß meiner Skrupellosigkeit habe ich ihm offenbart.

Jens war natürlich entsetzt. Dann forderte er von mir, die Steine zurückzugeben. Oder nein, besser noch, an die Mission zu überstellen, damit vielleicht doch noch Gutes aus all dem Bösen wachsen könne, das ich angerichtet hatte. Ein neuer Operationssaal zum Beispiel oder eine Schule für die rasch wachsende Siedlung um das Krankenhaus herum oder ein Waisenhaus. Er hatte einfach keinerlei Gespür für zwischenmenschliche Nuancen. Noch nie gehabt. Jens verstand nicht, dass dieser Schatz mein Lebenswerk war, von dem ich mich niemals trennen würde. Ganz im Gegensatz zu ihm.

Diesmal war es der Daktari selbst, der zum Patienten wurde. Ein Autounfall im nassen, glitschigen Lehm einige

Wochen später. Eine Wunde, die sich infizierte. Ein paar Tage Agonie. Dann war es vorbei. Selber schuld.« Frau Ödegaard schüttelte den Kopf, als könne sie so viel Unverstand immer noch nicht glauben. »Selber schuld.«

Kristin Lavransdatter rutschte Inger aus den Händen und schlug dumpf auf dem Boden auf. Frau Ödegaard schreckte hoch. Sie hatte ganz vergessen, dass das Mädchen noch immer neben ihrem Bett saß. Im Augenblick fiel ihr nicht einmal ein, welches es nun war. Das mit den blauen Haaren, das letzte eben. Richtig, Inger hieß sie. Hatte sie alles gehört? Schwer zu sagen. Inger bückte sich umständlich nach dem Buch, und als sie sich aufrichtete, war ihr Gesicht glatt und ausdruckslos.

»Gute Nacht«, sagte sie förmlich, legte das Buch auf den Nachttisch und verließ das Zimmer.

Kapitel 24

Die *Sardinenbüchse* lag mitten im Stadtzentrum an dem kleinen Hafen, in dem früher Herings- und Sardinenfischer ihren Fang abgeladen hatten, der aber heutzutage nur noch für Ausflugsboote und im Sommer als Anlegestelle für Kreuzfahrtschiffe genutzt wurde. Jetzt gab es dort eine Kneipe neben der anderen, und an den Wochenenden, wenn die Bauerntölpel aus den umliegenden Ortschaften in die Stadt reisten, war die Uferstraße bis in die frühen Morgenstunden hinein voll von grölenden Betrunkenen.

Ausnahmsweise war Holger heute der Erste, denn er hatte in der Stadt noch nach einem neuen Hemd gesucht. Aber alle, die er fand, waren entweder zu teuer, oder man sah ihnen den billigen Preis zu deutlich an, und nachdem er ein paar Geschäfte abgeklappert hatte, gab er auf. Bis er wieder Arbeit fand, mussten es die alten Hemden eben noch tun. Oder bis es ihm gleichgültig wurde, was er trug.

So früh am Abend war es am Hafen ruhig, denn die meisten Restaurants waren noch geschlossen. Früher hatte hier zur Vorweihnachtszeit, wenn alle Ölfirmen ihre Betriebsfeste feierten und der Champagner in Strömen floss, schon ab Mittag Hochstimmung geherrscht. Doch das war vorbei. Inzwischen fanden die meisten Weihnachtsfeiern nach Dienstschluss in den eigenen Büroräumen statt, mit belegten Broten und zwei, drei Flaschen Prosecco, die die Sekretärin schnell in der Mittagspause besorgt hatte. Und mit einer Rede vom Chef, der daran erinnerte, dass die Zeiten hart waren und in den kommenden Jahren noch viel härter werden würden.

Zehn Minuten lang musste Holger vor der Kneipentür warten, obwohl die Bedienung ihn sehr wohl durchs Fenster sah. Aber erst um Punkt sechs – nach Holgers Uhr sogar zwei Minuten nach sechs – schloss sie auf und ließ ihn widerwillig hinein.

Er hängte seinen Mantel in die Garderobe hinten bei den Toiletten und kam zurück zur Theke, wo die junge Frau Kaugummi kaute. »Vorbestellung?«

»Ja, glaube schon. Ich bin ein Freund von Gertrude.«

Die Kellnerin tippte auf den Computerbildschirm vor sich und scrollte durch die Gäste für diesen Abend. »Gertrude? Nee«, sagte sie. »Nichts.«

»Vielleicht Britt-Ingrid?«

»Aha, auch ein Freund von Britt-Ingrid? Na, du kennst ja viele Damen.« Die Bedienung lachte, doch in diesem Augenblick rief es von der Tür: »Ich bin Britt-Ingrid! Gibt es hier ein Problem, Holger? Ich habe vorbestellt, ganz bestimmt. Schon vor zwei Wochen.«

Britt-Ingrid kam herein, wie immer mit Sigurd im Schlepptau, und diesmal hatte sie auch Babette dabei, die sich den Regen aus den verfilzten Haaren schüttelte und verkündete: »Das erste Bier ist frei. Das nehme ich am besten gleich.«

Sigurd und Babette sahen aus wie immer, Sigurd in seinem alten, abgewetzten Anzug und Babette in Stretchhose und einem Sweatshirt mit Leopardenmuster. Doch Britt-Ingrid hatte sich für den Anlass fein gemacht. Sie trug ein knallrotes Kleid, das an der Schaufensterpuppe bestimmt einen raffinierten Fall gehabt hatte, an Britt-Ingrid jedoch nur unvorteilhafte Querfalten warf, zumal es mindestens eine Nummer zu klein war. (Wie übrigens alle anderen Kleider von Britt-Ingrid, die immer hoffte, sie würde demnächst fünf Kilo abnehmen, und dann ständig an ihren Pullis herumzupfte, die den Bauch hochkletterten.)

Die Bedienung hatte aufgehört zu lachen und kaute stattdessen heftiger auf ihrem Kaugummi, während sie die Gruppe erstaunt musterte, dann besann sie sich auf ihre Kinderstube und führte sie an einen Tisch für acht Personen.

»Wollt ihr schon was bestellen, oder wartet ihr noch?«, fragte sie.

»Für mich ein Bier!«, rief Babette, doch Britt-Ingrid bestimmte streng: »Wir warten natürlich«, und die Bedienung steckte ihr Touchpad wieder ein.

Allmählich füllte sich das Lokal. Den Tisch neben ihnen belegte eine Gruppe, die offensichtlich schon irgendwo anders ausgiebig getrunken hatte und ziemlich laut war. Babette warf sehnsüchtige Blicke hinüber, aber sie musste sich gedulden, bis Pfarrer Holm und dann Edith eingetroffen waren und schließlich auch noch Stanislaw, der stolz den Zettel in der Hand hielt, den Britt-Ingrid ihm letzte Woche geschrieben hatte.

»Gute Tag!«, rief er strahlend, winkte die Bedienung herbei und bestellte einen Kaffee.

»Und für mich ein Bier«, fügte Babette erleichtert hinzu.

Als Letzte kam Inger, wie immer etwas abgehetzt und wie immer in ihren abgetragenen Jeans und in der schmuddeligen Regenjacke, die sie seit Neuestem besaß. Hatte sie wirklich nichts Feineres? Na ja, immerhin war sie überhaupt da. Inger war die Einzige, auf die Holger sich gefreut hatte. Er winkte sie auf den Platz neben sich, den er freigehalten hatte. Ja, er stand sogar auf, um ihr den Stuhl zurechtzurücken, und ging dann, ihre Jacke aufzuhängen.

»Ach, nimm doch meinen Mantel auch gleich mit, ja? Das ist aber nett!«, bat Edith. Stanislaw packte noch seine Lederjacke dazu, und für den Regenmantel des Pfarrers musste er extra gehen, so viel konnte Holger auf einmal gar nicht tragen. Und dann, als er endlich zurück zum Tisch kam, musste er Stanislaw von seinem Platz vertreiben, der inzwischen zu Inger aufgerückt war und auf Polnisch ihr blaues Haar bewunderte. Inger ließ es zu, dass der Pole ihr liebevoll über den Kopf strich und sie dann an sich drückte. Ja, sie mochte das offensichtlich, denn sie lächelte und lehnte sich kurz an die breite Schulter neben ihr.

»Weg da! Das ist mein Platz«, forderte Holger.

Die anderen sahen überrascht zu, wie sich Holger eifersüchtig auf seinen Stuhl zurückdrängte, aber Stanislaw rutschte gutmütig zur Seite und demonstrierte der Tischgesellschaft dann, wie groß seine drei Kinder zu Hause in Polen jetzt waren: Eines ging gerade erst bis zur Tischkante, das zweite reichte so gerade darüber, doch das älteste, das war schon so groß wie Inger.

»Bei dem Altersunterschied haben die aber nicht die gleiche Mutter«, sagte Edith mit Kennermiene.

Stanislaw nickte stolz, obwohl er kein Wort verstand, beugte sich an Holger vorbei und zog Inger noch einmal zu sich. Dann übermannte ihn das Heimweh. Er wischte sich die Tränen aus den Augen, schnäuzte sich geräuschvoll in ein großes Taschentuch und bestellte mehr Kaffee.

»Für mich auch noch ein Bier!« Babette winkte ebenfalls dem Kellner.

»Hast du etwa Geld?«, fragte Britt-Ingrid. »Ich bezahle für jeden nur ein alkoholisches Getränk, das weißt du ganz genau.«

Babette zögerte kurz, dann sagte sie: »Sigurd trinkt doch nichts. Sigurd, schenkst du mir dein Bier? Na los, mach schon.« Sigurd nickte gehorsam. »Und danach kann ich ...« Suchend schaute sie sich in der Tischrunde um. »Danach werde ich Inger fragen. Die trinkt auch nur Wasser.« Sie starrte Britt-Ingrid herausfordernd an. »Was dagegen?«

Britt-Ingrid zupfte ihr Kleid zurecht, das über dem Busen irgendwie nicht so saß, wie es sollte, und zuckte dann mit den Schultern. Mit Babette zu streiten war sinnlos. Man konnte nur froh sein, wenn man selber dem Alkohol nicht so verfallen war, und außerdem kam gerade das Essen: Schweinebraten mit geschwenkten Kartoffeln, Kohlrübenmus und brauner Soße.

Während Holger an seinem Braten herumsäbelte, suchte er vergeblich nach einem Thema, über das er mit Inger plaudern konnte. Zumal Unterhalten schwierig genug war hier im Lokal, mit dem Lärm vom Nachbartisch und der Musik, die aus den Lautsprechern wummerte. Man musste fast schreien, um einander zu hören.

Was fand er eigentlich an dem Mädchen? Weder sah sie gut aus, noch war sie charmant. Im Gegenteil, Inger war schweigsam und abweisend und lachte fast nie. Aber jedes Mal, wenn er sie sah, bekam Holger Lust, die Arme um sie zu legen. Ja, er hatte sich schon bei der Vorstellung erwischt, wie er mit Inger zusammen auf der Terrasse der Villa Ödegaard saß, und im Garten spielten ihre gemeinsamen Kinder. Und wenn Holger dann von einer seiner vielen Geschäftsreisen zu den Ölfeldern in Bahrein oder Kanada oder in den USA zurückkäme, würden die Kleinen ihm freudig entgegenspringen, um ihn zu begrüßen. Oder keine Kinder, sondern lieber ein Hund? Ein Hund war vielleicht praktischer, und Inger war doch so tierlieb. Holger kannte sonst niemanden, der eine Ente als Freundin hatte, die erst tagelang verarztet und am Ende ausgewildert werden musste.

»Was hast du denn mit deiner Hand gemacht?«, hörte er Pfarrer Holm plötzlich gegen den Lärm rufen. Der Pfarrer zeigte auf Ingers Linke. Auf dem Handballen klebte ein großes Pflaster.

Inger wurde rot. »Nichts«, sagte sie schnell.

»Hast du die Wunde denn ordentlich gesäubert und desinfiziert? Margrete hatte damals auch nur einen Schnitt am Finger und dann ...« Der Pfarrer legte seine Hand über Ingers. »Zu Hause ist doch alles in Ordnung, Kind? Du würdest es mir sagen, wenn nicht, oder? Ich muss mir doch keine Sorgen um dich machen?«

»Nein, nein.« Inger schüttelte den Kopf, zog die Hand weg und versteckte sie im Schoß.

Keinesfalls wollte sie erzählen, wie Frau Ödegaard sie gestern Mittag zum vierten Mal in den Keller geschickt hatte, um nach dem Senf aus Deutschland zu fanden. Als Inger nach erfolgloser Suche die Treppe hinaufkam, hatte ihre Dienstherrin die Kellertür genau in dem Augenblick aufgestoßen, in dem Inger nach der Klinke griff. Um ein Haar wäre sie hinterrücks die Stufen hinuntergefallen. Frau Ödegaard hatte in der Türöffnung gestanden und interessiert beobachtet, wie Inger hilflos mit den Armen ruderte, ehe sie im letzten Moment das Geländer zu fassen bekam und sich dabei die Hand an einem herausstehenden Nagel aufriss. Wenn Inger das dem Pfarrer erklärte – der war imstande und schickte sie noch heute Abend zu den Eltern zurück. Aber in das enge Haus in Klepp, das voller Menschen und Regeln war, wollte sie nicht mehr. Frau Ödegaard würde irgendwann sterben – wie es aussah eher früher als später –, und dann würde man sehen, wie es weiterging. Doch was bis dahin in der Villa Ödegaard geschah, ging nur Inger und ihre Patin etwas an.

»Es ist alles in Ordnung«, bestätigte sie noch einmal, während sie mit der Rechten weiter Kartoffeln und Rübenmus in sich hineinschaufelte.

Der Schweinebraten war unberührt, sah Holger. Wahrscheinlich konnte sie das Fleisch mit der einen Hand nicht zerteilen, und einfach auf die Gabel spießen und abbeißen, das ging in einem öffentlichen Lokal natürlich auch nicht. Aber war es klug, eine junge Frau zu fragen, ob er ihr das Essen kleinschneiden durfte wie bei einem Kind? Also, eine junge Frau, die er küssen wollte. Würde das nicht ...

»Gib mir deinen Teller«, sagte der Pfarrer. »Dann schneide ich dir schnell das Fleisch auf, wenn dir das schwerfällt.«

Inger hielt den Teller fest. »Danke schön, nicht nötig. Ich bin Vegetarierin, aber das konnte Britt-Ingrid bei der Vorbestellung ja nicht wissen.«

Mist. Wenn Holger das vorher gewusst hätte, hätte er heute auch nur Gemüse essen und dabei eine angeregte Unterhaltung über fleischfreie Ernährung führen können. Aber jetzt hatte er sich gerade den letzten Bissen Braten in den Mund geschoben. Er spülte mit einem Schluck Rotwein nach und überlegte, ob er sich ein zweites Glas leisten konnte. Aber neunzig Kronen? Eher nicht.

»Du verletzt dich ganz schön oft, oder?«, sagte er stattdessen und beugte sich ein bisschen weiter zu Inger hinüber, als trotz des Geräuschpegels streng genommen nötig war.

»Neulich erst einen riesigen Kratzer im Gesicht und heute die Hand. Fürchtest du nicht manchmal um Leib und Leben?« Spielerisch stieß er ihr den Ellbogen in die Seite. »Ich habe deine Chefin übrigens neulich noch gesehen. Sie sah ziemlich schlecht gelaunt aus.«

Inger rückte zur Seite. »Ich weiß, dass sie dich gesehen hat«, antwortete sie abweisend. »Es war wohl unmöglich für dich, einfach aus dem Garten zu verschwinden, oder? Obwohl ich dich doch ausdrücklich darum gebeten hatte.«

Holger sah verlegen auf seinen Teller. Edith grinste von der anderen Tischseite herüber. Immer musste die ihre Nase in Dinge stecken, die sie nichts angingen, die alte Klatschbase. Nachher auf dem Heimweg würde sie ihn wieder aufziehen, während Holger ihre blöde Handtasche schleppte. Aber so leicht würde er nicht aufgeben.

»Vielleicht hast du ja mal Lust, zu mir zu Besuch zu kommen. Dann kann ich es vielleicht wiedergutmachen«, schlug er Inger vor.

»Da gibt es nichts mehr gutzumachen. Passiert ist passiert.«

»Oh. Ach so. Aber ich habe … ich habe …« Tja – was um Gottes willen hatte er zu Hause, das Inger interessieren könnte? »Ich habe neulich ein verletztes Eichhörnchen bei mir im Garten gefunden«, sprudelte er hervor.

Das war natürlich gelogen. Das Einzige, was er hatte, war das Meerschweinchen des Nachbarjungen, der mit seinen Eltern für einen vorgezogenen Weihnachtsurlaub auf den Malediven war. Ein langweiliges Geschöpf. Die ersten Tage war es noch herumgelaufen und hatte an den Käfigstäben geschnuppert, doch in der letzten Zeit saß es nur noch in seinem Häuschen. Mit einem faulen, überdomestizierten Meerschweinchen konnte er kaum punkten. Aber ein wildes Eichhörnchen – das hatte bestimmt mehr Zug, wenn man sich für Viecher interessierte. Und beides waren doch Nagetiere, oder? Holger war sich nicht sicher, doch solange es in seinem Haus blieb, sah man das Ding ja gar nicht. »Ich glaube, es hat sich den Fuß gebrochen, und ich versuche, es wieder aufzupäppeln. Aber ich weiß nicht, wie man das macht. Ich dachte, du könntest mir vielleicht helfen?«

»Ein Eichhörnchen? Du hast wirklich ein Eichhörnchen zu Hause? Das ist selten, denn sie sind wirklich schwierig zu pflegen. Ich habe einmal versucht, ein Junges aufzuziehen, doch nach ein paar Tagen ist es leider trotzdem gestorben.«

»Äh, ja. Meines lebt zum Glück noch.« Holger kam sich vor wie ein Idiot, aber jetzt war es zu spät für einen Rückzieher. Zumal Edith zuhörte.

»Ich wusste gar nicht, dass du kranke Tiere bei dir aufnimmst«, sagte sie spöttisch.

»Tu ich aber!« Holger starrte böse zurück.

Inger zog ihr Handy aus der Hosentasche und schaute auf die Uhrzeit. »Schon nach acht«, sagte sie enttäuscht. In spätestens einer Stunde musste sie wieder zu Hause sein, Frau Ödegaard ins Bett bringen. »Heute geht es nicht mehr. Aber morgen Nachmittag kann ich bestimmt kurz vorbeikommen.« Ihre Augen glänzten. »So um zwei, halb drei. Passt dir das?«

Holger nickte tapfer.

»Wenn du Lust hast, kannst du bei der Gelegenheit auch mich noch besuchen«, rief Edith fröhlich über den Tisch. »Holger ist nämlich seit ein paar Monaten mein Nachbar.«

Kapitel 25

Diese Deutschen hatten eigenartige Essgewohnheiten: Die Hauptmahlzeit gab es nicht nachmittags um vier, sondern schon mittags um eins. Um vier Uhr wünschte Frau Ödegaard stattdessen Kaffee mit Gebäck und um sieben Uhr belegte Brote und ein Glas Bier dazu. Anfangs hatte es Inger überrascht, dass die alte Frau an normalen Wochentagen Bier trank – Alkohol trank man nur am Wochenende und in der Gemeinde des Wahren Wortes gar nicht –, aber sie hatte sich natürlich gehütet, irgendetwas dazu zu sagen. Das Angenehme an diesem Arrangement war, dass sich Frau Ödegaard zwischen Mittagessen und Kaffeetrinken gewöhnlich hinlegte und nicht gestört werden wollte.

Vor ein paar Wochen hatte Inger es zum ersten Mal gewagt, sich während dieser Zeit aus dem Haus zu stehlen. Heimlich war sie in den Garten geschlüpft und dann den ganzen Weg zum Kleinen Stokkasee gerannt, gehetzt und mit klopfendem Herzen. Doch die Sehnsucht nach Petronella war größer gewesen als ihre Angst, entdeckt zu werden. Zu lange hatte sie die Ente nicht mehr gesehen. Seitdem war Inger mutiger geworden, denn ihr Fehlen schien unbemerkt zu bleiben. Alle paar Tage gönnte sich Inger einen kurzen Ausflug. »Komm, komm, komm!« rufend stand sie dann am Ufer des Stokkasees, und manchmal kam die Ente, um sich mit Brot füttern zu lassen. Andere Male ruderten nur ein paar Blässhühner vorbei, und ansonsten blieb es still.

Auch am Tag nach der Weihnachtsfeier schlich sich Inger aus der Terrassentür, sobald Frau Ödegaards Bett oben knarrte – die Eingangstür hörte man im ganzen Haus, und Inger besaß auch keinen eigenen Schlüssel, um nachher wieder hineinzukommen –, und machte sich auf den Weg Richtung Stokkasee. Nur dass sie diesmal nicht zu Petronella wollte, sondern zu Holger mit seinem Eichhörnchen.

Die Adresse, die er ihr genannt hatte, lag nicht direkt an der Uferstraße, sondern eine Häuserzeile dahinter. *Larsen* stand auf dem Briefkasten. Das Wasser konnte man von hier aus gar nicht sehen, man hörte nur die Vögel, die in dem Schilfstreifen zwischen Straße und Uferrand lebten. Inger stieß das rostige Gartentörchen auf, das sich nur zögernd in den Angeln bewegte und laut quietschte. Viele Besucher hatte Holger Larsen offenbar nicht. Nebenan schob Edith den Vorhang beiseite und winkte Inger fröhlich zu. Inger winkte zurück, doch für einen Schwatz blieb keine Zeit, denn Holger riss bereits seine Haustür auf.

»Komm herein!«, rief er. »Ich habe schon auf dich gewartet.« Er trat zur Seite und ließ Inger in den Hausflur, wartete, bis sie Jacke und Schuhe abgelegt hatte, und ging ihr dann voraus ins Wohnzimmer.

Inger folgte ihm zögernd. Sie war zum ersten Mal bei einer fremden Person in der Wohnung, außer bei Pfarrer Holm natürlich, und es war ungewohnt, plötzlich Gast zu sein und nicht Angestellte. Was machte man eigentlich bei anderen Leuten, wenn man nicht Kaffee kochte? Einfach nur sitzen und reden?

»Kommst du?«, rief Holger.

Um ihre Unsicherheit zu überspielen, ging Inger gleich zu dem Käfig, der neben der Heizung auf dem Boden stand.

»Wo ist denn nun das Eichhörnchen?«, fragte sie.

»Ach, das hat doch keine Eile. Möchtest du erst einmal etwas trinken? Kaffee? Oder einen Tee? Setz dich doch, und ich hole dir wenigstens ein Glas Wasser.«

»Nicht nötig. Mach dir bitte keine Umstände meinetwegen. Ist es da drunter?«

Inger öffnete den Käfig und hob sehr langsam und vorsichtig das Schlafhäuschen an, das in der einen Ecke stand, denn Eichhörnchen bissen und kratzten gerne, wenn sie sich bedroht fühlten. Doch unter dem Häuschen lag gar kein verletztes Hörnchen, sondern ein halbtotes Meerschweinchen. Die Augen waren verklebt, und es röchelte leise. In diesem Augenblick kam Holger mit einem Glas Wasser aus der Küche. Als er sah, dass Inger das Meerschweinchen bereits gefunden hatte, wurde er über und über rot.

»Was ist das denn?«, fragte Inger.

»Äh ... ja. Das ... das ist Puschel. Das Meerschweinchen vom Nachbarsjungen. Ich gebe es zu.« Verlegen stellte Holger das Glas auf den Tisch und schob es ein Stückchen weiter nach rechts, dann nach links, dann doch wieder rechts, so als gäbe es den perfekten Platz für ein Wasserglas, man musste ihn nur finden. »Ich ... ich wollte einfach ... ich wollte, dass du ...«

»Dass das kein Eichhörnchen ist, sehe ich«, unterbrach Inger ihn ungeduldig. »Aber ich will wissen, warum es so krank ist.«

»Ist es krank? Ich habe keine Erfahrung mit Tieren.«

»Es ist fast tot. Siehst du das denn nicht? Hast du dich denn nicht darum gekümmert?«

»Doch! Natürlich! Und anfangs war es auch ganz lustig. Hat immer an meinem Finger geschnuppert. Aber seit ein paar Tagen schläft es nur noch, und fressen will es auch nicht. Ich habe schon gedacht, wahrscheinlich muss ich dem Buben ein neues kaufen, wenn er nach Hause kommt. Eines, das ein bisschen mehr *drive* hat.« Holger zeigte auf den Fressnapf, der gehäuft voll mit Körnern war. »Es hat doch alles, was es braucht.«

»Ja, Futter hat es, aber kein Wasser. So blöd kann man doch gar nicht sein! Wie lange hat das Tier denn schon nichts mehr zu trinken bekommen? Das Ärmste ist ja fast verdurstet.«

»Wasser? Niemand hat mir gesagt, dass ein Meerschweinchen Wasser braucht. Oder zumindest kann ich mich nicht daran erinnern. Ich ...« Holger wurde noch röter. Er wusste nicht mehr, ob er sich nun wegen des nicht vorhandenen Eichhörnchens schämen sollte oder wegen einer durstigen Meersau.

Behutsam hob Inger das Tier aus dem Käfig und nahm es auf den Schoß. »Du hast wohl nicht zufällig eine Spritze?«

»Eine Spritze? Nein. Wofür brauchst du die denn?«

»Um dem Tier Wasser zu geben. Das geht mit einer Spritze am besten. Aber Strohhalme wirst du doch wohl haben, oder? Das funktioniert zur Not auch.«

»Da muss ich suchen.«

»Hol mir noch ein Handtuch zum Unterlegen«, befahl Inger, als Holger mit ein paar hellblauen Strohhalmen zurückkam. »Und dann gib mir das Glas vom Tisch!«

Verwundert schaute Holger zu, wie Inger versuchte, dem apathischen Meerschweinchen Wasser einzuflößen. Mit zwei Fingern öffnete sie das Maul, und mit der anderen Hand pipettierte sie Tropfen für Tropfen mit einem der Strohhalme hinein. Anfangs rann das Wasser einfach ins Handtuch. Doch geduldig versuchte sie es wieder und wieder. Dabei sprach sie leise mit dem Tier.

»Nun komm, mein Lieber«, sagte sie. »Trink ein bisschen, dann geht es dir besser. Ah, das war der erste Tropfen. Siehst du, wie gut es dir tut? Du Tapferer, das machst du prima. Ja, noch einmal, mein Guter!«

Inger war so liebevoll und so zärtlich mit dem Tier, dass Holger ganz eifersüchtig wurde. Am liebsten hätte er sich selbst auf das feuchte Handtuch in Ingers Schoß gelegt. Noch nie hatte ihn jemand *mein Guter* genannt, erst recht nicht *du Tapferer,* und Holger war sich sicher, dass er es eher verdiente als dieser dämliche Nager. Stattdessen sah er schweigend zu, wie Inger sich um das Tier bemühte, sicher eine halbe Stunde lang, bis es offensichtlich genug getrunken hatte. Auf jeden Fall atmete es jetzt gleichmäßiger.

Vorsichtig legte Inger das Meerschweinchen zurück in seinen Käfig. Dann stand sie auf und hängte das Handtuch sorgfältig über eine Stuhllehne. »Ich muss leider zurück«, sagte sie mit einem besorgten Blick zur Wanduhr. »Aber du hast ja gesehen, wie es geht. Du gibst dem Tier alle paar Stunden ein bisschen Wasser, bis du siehst, dass es selbst trinkt. Und dann leg ihm was Frisches hin, Apfel oder Gurke zum Beispiel, nicht nur Körner. Ich komme morgen wieder, um zu sehen, wie es geht.«

Eilig streifte sie Schuhe und Jacke über.

»Ja, bis morgen dann«, sagte Holger beklommen, während er ihr die Haustür aufhielt.

Gnade ihm Gott, falls er das Meerschweinchen nicht heil durch die Nacht brachte.

Kapitel 26

Früher – und das war gar nicht so lange her – hatte Holger viel Geld verdient. Er besaß eine eigene Penthouse-Wohnung mit Blick über den Gandsfjord. Ein Auto. Ein Boot. Alles vielleicht ein bisschen größer und ein bisschen teurer, als er sich leisten konnte, aber zum Monatsanfang füllte sich das Konto ja wieder. Für einen jungen Mann, der gerade erst mit dem Studium fertig war, verdiente er absurd viel. Wochenendtrips nach London und Paris oder ein kleiner Sonnenurlaub in Griechenland, das war alles kein Problem. Holger war flüssig.

Leider nur so lange, bis *North Star Oil Logistics* bankrottging. Als der Ölpreis zu fallen begann, sah es erst noch so aus, als würde man sich über Wasser halten können: Verschlankung des Personalstamms, das Portfolio auf Kernaufgaben konzentrieren, Schlüsselwerte neu definieren – ein paar Monate lang herrschte hektische Betriebsamkeit in der Hoffnung, die Krise werde rechtzeitig vorübergehen. Doch nach einem halben Jahr meldete die Firma trotzdem Konkurs an.

Plötzlich war Holger nicht mehr Ölingenieur in der europäischen Hauptstadt für Petroleum- und Energiewirtschaft, sondern einer der vielen arbeitslosen Ingenieure, die an der Westküste Norwegens nach einem neuen Job suchten. Und außer Öl gab es hier nichts. Man hatte die Wahl zwischen Umziehen und Warten, und solange der Preis für ein Barrel Öl unter der Fünfzigdollarmarke dümpelte, blieb einem gar nichts anderes übrig, als zu warten. Anderswo war es auch nicht besser.

Anfangs hatte er sich keine großen Sorgen gemacht. Erstens war Holger ein optimistischer Mensch, und zweitens brauchte man solche wie ihn doch immer, oder? Ein Mann in den besten Jahren mit einer soliden Ausbildung und Berufserfahrung? Das sollte kein Problem sein. Doch dann zeigte sich, dass es sehr viele so wie Holger gab. Das war ihm früher gar nie aufgefallen. Das Arbeitsamt hatte extra eine eigene Filiale für die Arbeitslosen der Ölbranche eingerichtet, und wenn man sie alle zusammen im *Zentrum der Möglichkeiten* sitzen sah, Pappbecher mit schlechtem Kaffee in der Hand und mit diesen suchenden Augen, die sich gleichzeitig bemühten, den Blicken der anderen auszuweichen, dann gewann man doch den unangenehmen Eindruck, dass es schwieriger werden könnte als erwartet. Alle trugen Anzug und Krawatte und tippten auf ihren Smartphones, und selbst wenn Holger wusste, dass er nur eine Chance hatte, wenn er genauso aussah wie sie, hatte er doch zunehmend das Gefühl, in der Menge zu verschwinden. Schließlich ging er nur noch hin, wenn es absolut nicht vermeidbar war. Es war ihm zu peinlich. Zumal er sein Auto hatte verkaufen müssen und nun mit dem Bus kam. Manchmal stieg er ein paar Haltestellen vorher aus und ging den Rest der Strecke zu Fuß. Doch auch dann blieb das Risiko, gesehen zu werden oder – noch schlimmer – einen ehemaligen Bekannten zu treffen, der in der gleichen Situation war.

Im Grunde hätte Holger von seinem Arbeitslosengeld gut leben können. Sechzig Prozent von viel Geld war immer noch mehr als ausreichend. Aber das Problem waren seine Schulden. Seit Jahren hatte er für alle größeren Anschaffungen einen neuen Kredit aufgenommen. Warum warten, wenn man die Dinge auch gleich haben konnte? Zumal die Zinsen derzeit so niedrig waren. Doch jetzt wurde es plötzlich eng, und Holger war nicht ans Sparen gewöhnt. Es dauerte einige Monate, bis er gelernt hatte, dass er samstagabends in der Stadt nicht mehrere tausend Kronen auf den Kopf hauen konnte. Oder dass er selbst jetzt, wo er so viel Zeit hatte, nicht einfach eine Spritztour nach Kopenhagen machen durfte. Auch maßgeschneiderte Anzüge kamen nicht mehr infrage. Oder japanischer Single Malt Whiskey, fünfundzwanzig Jahre im Eichenfass gelagert. Am Ende hatte Holger sich eingestehen müssen, dass er auch seine Wohnung mit der fantastischen Aussicht nicht mehr halten konnte. (Um genau zu sein, gestand Holger es sich auch nicht selbst ein, sondern der für ihn zuständige Bankberater.) Letztendlich brach ihm eine Steuernachzahlung das Genick. Sein Penthouse wurde an irgendeinen reichen Chinesen verscherbelt, gerade genug, um die Schulden zu begleichen. Zum Glück hatte der Vater endlich einen Heimplatz bekommen, und das Elternhaus stand seit Kurzem leer. Mit zweiunddreißig Jahren kehrte Holger dorthin zurück, wo er einmal begonnen hatte. Ein großer Kreis, der sich wie eine Falle schloss.

Das Haus in Stokka war aus den Siebzigerjahren und trotz Keller und Garage kleiner als Holgers bisherige Wohnung am Lervig-Kai. Dafür lag drum herum ein großer Garten, der inzwischen völlig verwuchert war, denn mit seinem Parkinson hatte der Vater in den letzten Jahren nichts mehr machen können, und die Mutter war ja schon lange verstorben. Holger erinnerte sich nur zu gut, wie er als Junge den Rasen mähen musste und dann den Grasschnitt zusammenrechen, der auf den Kompost kam. Regelmäßig wurde das Unkraut aus dem Kantstein entfernt, damit die Nachbarn nicht kuckten, auch das war Holgers Aufgabe gewesen, genauso wie Schneeschippen im Winter und im Herbst die Blätter zusammenfegen, ehe sie die Straße hinuntertrieben. Erst als er nach dem Abitur zum Studieren nach Trondheim zog, war damit Schluss gewesen. Gott sei Dank. Gartenarbeit war nichts für ihn.

In den ersten Monaten zurück im Elternhaus tat Holger gar nichts. Genauer gesagt, er tat nichts, außer seinen Staubsaugerroboter mit Turbo zu verkaufen und die Designerlampe mit eingebautem Lautsprecher und seine Sammlung an historischen Bieren. Ansonsten sah er aus dem Fenster in den verwilderten Garten, und ab und zu besuchte er seinen Vater im Altersheim. Von dem strengen, gottesfürchtigen Mann aus Holgers Kindheit und Jugend war nicht mehr viel übrig. Manchmal erkannte er Holger, aber manchmal bestand er auch darauf, dass sein Sohn noch ein kleiner Bub war und der Mann, der hier vor ihm stand, ein Trickbetrüger und Lügner. »Hinaus!«, schrie er dann wütend, und Holger wartete ein paar Minuten auf dem Gang, ehe er das Zimmer seines Vaters erneut betrat. Im zweiten Anlauf klappte es meistens. Der Vater erinnerte sich wieder, dass er selbst Parkinson hatte und mehr oder weniger hilflos war und dass sein Sohn sich zu einem stattlichen jungen Mann gemausert hatte, auf den die Mutter stolz gewesen wäre.

»Du musst das Moos aus den Dachrinnen holen. Sonst läuft der Regen irgendwann die Hauswand hinunter«, trug ihm der Vater mit heiserer Stimme auf. An schlechten Tagen konnte er nur flüstern, und die Worte kamen so langsam und zögernd, dass Holger zwischendrin das Zuhören vergaß.

»Hast du den Abfluss im Keller kontrolliert?«, krächzte der Vater mühsam. »Wenn der verstopft, hast du beim nächsten Sturm Überschwemmung da unten.« Oder: »Blühen die Rosen schon? Deine Mutter liebte immer die an der Westwand so besonders, die großen gelben mit rosa Rand, weißt du? *Gloria dei* heißen die.«

Holger hatte sich noch nie für Blumen interessiert. Inzwischen wohnte er seit fast einem halben Jahr wieder in Stokka und war noch kein einziges Mal im Garten gewesen, außer auf dem Weg aus Steinfliesen, der vom Gartentor zur Haustür führte. Doch als er an diesem Tag aus dem Pflegeheim zurückkam, ging er durch das kniehohe Gras um das Haus herum zur Westseite. Dort wuchs tatsächlich irgendein Busch. Holger war sich unsicher, ob Juni zu früh oder zu spät für Rosen war, jedenfalls Blüten sah er keine. Dafür stand die Nachbarin auf der anderen Seite des Zauns. Edith.

Natürlich kannte Holger Edith Gilje von Kindheit an, so wie man die Bekannten seiner Eltern eben kannte oder die Mütter ehemaliger Schulkameraden: Randfiguren, die im eigenen Leben keine Rolle spielten.

Edith beobachtete Holger über den niederen Zaun hinweg, bis er sich widerwillig umdrehte und »guten Tag« murmelte.

»Hallo, Holger«, antwortete sie. In ihrer Stimme schwang Missbilligung. Natürlich hätte Holger sie gleich in der ersten Woche begrüßen sollen, einfach mal klingeln, oder den Moment abpassen, wenn Edith den Müll rausbrachte. Edith und die Eltern waren Nachbarn gewesen, solange er denken konnte, und früher hatte jeder seinen Ehrgeiz dareingesetzt, den schönsten Rittersporn oder die süßesten Erdbeeren zu züchten. Früher hatte es auch noch einen Herrn Gilje gegeben, doch der hatte beim Heckeschneiden einen Herzanfall bekommen. Holger erinnerte sich, wie die Mutter ihm die Geschichte am Telefon erzählt hatte. »Da lag der Aksel mitten in den Schneeglöckchen, die Heckenschere noch in der Hand«, hatte sie gesagt, und dann war sie böse geworden, weil Holger lachen musste. Damals studierte er noch in Trondheim und kam so selten wie möglich nach Hause.

Unter Ediths strengem Blick trat Holger unbehaglich von einem Bein aufs andere. »Der Vater hat nach den Rosen gefragt«, erklärte er schließlich seine Anwesenheit im Garten. »Aber da sind keine.«

»Wart nur ab, in ein oder zwei Wochen ist der ganze Strauch gelb. Siehst du denn nicht – da sind doch lauter Knospen.« Sie stützte sich auf den Zaun. »Und wenn ich dir noch einen Tipp geben darf: Du müsstest mal den Rasen mähen. Da weht jetzt schon alles mögliche Unkraut zu mir herüber. Von den Schnecken ganz zu schweigen. Das ist die reinste Völkerwanderung. Die fressen mir alles auf, egal, wie viele ich wegsammele.«

Holger schaute in Ediths Garten, der gleichzeitig üppig und doch aufgeräumt wirkte. Direkt beim Zaun stand irgendein Büschel mit handtellergroßen, tiefroten Blüten. Hübsch war das schon. Wenn man sich etwas aus Blumen machte.

»Pfingstrosen.« Edith war seinem Blick gefolgt. »Die mögen kühles Wetter. Deshalb sind sie dieses Jahr besonders schön.« »Du hast auch eine.« Sie zeigte in eine Ecke, aus der es tatsächlich in sattem Pink leuchtete. »Mit dem Handmäher kommst du da übrigens nicht mehr durch«, kam sie auf das Thema Rasen zurück. »Aber ich leihe dir den Motormäher. Am besten, du machst es gleich. Wer weiß, ob es nachher nicht wieder regnet.«

Seitdem war Holger Edith nicht mehr losgeworden. Noch am gleichen Mittag kam sie mit dem Rasenmäher herüber, und als er damit fertig war, brachte sie den elektrischen Kantenschneider. Nicht nur das, sie folgte ihm auch auf dem Fuß durch den Garten, um ihm zu zeigen, was er abschneiden sollte und was nicht. »Das sind Margeriten, die lässt du stehen«, forderte sie. »Und die Akelei daneben auch. Aber das hier, das ist Giersch. Der muss dringend weg, ehe ich den auch in allen Beeten habe! Ich reche schon mal zusammen, denn Giersch darf nicht auf den Kompost.«

Holger fühlte sich in seine Kindheit zurückversetzt, wenn er den Eltern im Garten helfen musste. Edith behandelte ihn, als wäre er noch immer ein Bub. Sie hatte überhaupt keinen Respekt vor ihm. Zwar weigerte sich Holger standhaft, mit der Grillzange Schnecken vom gemähten Rasen zu klauben, aber das war seine letzte Verteidigungslinie. Ansonsten kommandierte sie ihn nach Herzenslust herum, und Holger musste sich eingestehen, dass er das gar nicht so unangenehm fand. Besser auf jeden Fall als die Einsamkeit und Antriebslosigkeit der Monate zuvor.

Selbst als Edith eines Tages vorschlug, sie zu den Freunden von Gertrude zu begleiten, leistete er nur kurz Widerstand. Mehr wie ein Teenager, der aus Prinzip Nein sagt.

»Das ist doch albern, zum Spaß auf Beerdigungen zu gehen! Wer macht denn so was? Ich bin ja nicht verrückt«, beschwerte er sich. Aber dann nahm er brav seine Jacke und folgte Edith.

Dies war übrigens auch der Tag, an dem Edith entdeckte, dass Holger gar kein Auto besaß. Seinen Tesla Roadster hatte er noch vor dem Penthouse verkauft. Damals war er so niedergeschlagen gewesen, dass er sich geschworen hatte, sich erst wieder ein neues Auto anzuschaffen, wenn es für einen Maserati reichte. Inzwischen war ihm natürlich klar geworden, dass das so bald nicht möglich sein würde. Im Gegenteil, der Zeitpunkt, zu dem sein Arbeitslosengeld auslaufen würde und er Sozialhilfe beantragen müsste, rückte immer näher. Auf jeden Fall hatte Edith an diesem Tag mit Mantel und Tasche vor seiner Tür gestanden, bereit, sich von Holger zum Friedhof kutschieren zu lassen – nur um dann festzustellen, dass sie wie sonst auch den Bus würde nehmen müssen, und dafür waren sie eigentlich viel zu spät dran gewesen.

Edith hatte die schönsten Hoffnungen gehegt, was für Ausflüge sie mit ihrem neuen Freund und Nachbarn unternehmen könnte. Zu den Gärtnereien in Jæren, die ein so viel größeres Angebot und vor allem niedrigere Preise hatten, oder zum Baumarkt wegen einer neuen Gartenbank oder einfach mal an den Strand, das war mit dem öffentlichen Nahverkehr viel zu umständlich, und ihre drei Söhne hatten mit ihren vermurksten Privatleben genug zu tun. Dass Larsen junior nicht den Chauffeur für sie spielen konnte, war eine herbe Enttäuschung. Doch Holger versuchte so zu tun, als merke er das nicht. Geduldig trug er ihre Handtasche und überhörte die spöttischen Bemerkungen über Männer ohne eigene Fahrgelegenheit. Denn Edith war immer noch Edith, die ihm morgens über den Zaun zuwinkte, und wenn sie gebacken hatte, brachte sie ihm ein Stück Kuchen.

Holger blieb mehrere Monate lang der Neue Freund von Gertrude, bis Inger endlich zu ihnen stieß, selbst die Neue Freundin wurde und Holger somit zum Alten Freund beförderte. Das ganze Getue, das Britt-Ingrid da machte, war definitiv nichts, was man seinen Kumpels erzählte, dachte Holger. Er war schon kurz davor gewesen, ein Ehemaliger Freund zu werden, diese Mischung aus Kindergartengruppe und okkulter Sekte war ja unerträglich. Aber dann kam Inger, und plötzlich begann Holger, sich auf die Beerdigungen geradezu zu freuen.

Objektiv gesehen war das Mädchen mickrig und schlecht gekleidet und viel zu jung für ihn. Sie redete selten, lachte nie und schmachtete vom ersten Tag an Simon hinterher, diesem grinsenden Schleimer. Holgers Typ waren eigentlich Frauen mit vollen Formen und vollem Haar, die außen Schneiderkostüm und drunter Seide trugen, beides aber gerne ablegten. Und trotzdem träumte Holger plötzlich davon, dass Inger ihre Hand in seine schob. Dass sie ihn, Holger, so ansah wie eigentlich nur Simon. Und dass sie sich um ihn genauso aufopfernd kümmerte, wie sie es offenbar bei der alten Frau Ödegaard tat. Inger nahm sich ja kaum Zeit, die Freunde von Gertrude zu treffen. Immer hatte sie es eilig, wieder nach Hause und zurück zu der alten Dame zu kommen. Natürlich träumte er auch von Sex mit Inger, immer nur Händchen halten war ja lächerlich. Doch Holger stellte sich auch gerne das Hinterher vor, nach dem Sex, wie Inger dann aus dem Bett aufstand und auf ihre ruhige, unaufdringliche Art seine Wohnung aufräumte, ehe sie in die Küche verschwand. In seinen Träumen wurde Holger mit der gleichen Hingabe umsorgt, die Inger ihrer Dienstherrin entgegenbrachte, und sie trug auch ihre Uniform, langer Rock mit Schürze darüber, doch diesmal mit Häubchen und dafür ohne Unterwäsche.

So wie Pfarrer Holm seine Predigten schrieb, hatte auch Holger angefangen, sich auf die Beerdigungen vorzubereiten und sich einige lustige Sätze zurechtzulegen, die er zu Inger sagen könnte. Nicht zu flirty, er wollte ja nicht aufdringlich wirken, sondern etwas, das spaßig und gleichzeitig charmant war. Aber dann verrenkte sich Inger nur wieder den Hals nach diesem Makler, und Holger blieben alle seine schönen Worte in der Kehle stecken.

Doch auf der Weihnachtsfeier, hatte Holger sich vorgestellt, würde er endlich einmal Zeit für ein richtiges Gespräch mit seiner Inger haben, in gemütlicher Umgebung, bei gutem Essen und vor allem ohne Simon. Die Gelegenheit, dem Mädchen zu zeigen, was für ein netter Kerl er in Wirklichkeit war und wie viel ihm an ihr lag. Holgers Erfahrung nach – und die war gar nicht so klein – war offen gezeigtes Interesse das schönste Kompliment für eine Frau und generierte gewöhnlich Gegeninteresse. Solange man nicht zu plump war.

Aber dann war diese Spelunke voll und laut gewesen, und Stanislaw hatte sich vorgedrängelt, und das Essen hatte Inger nicht einmal geschmeckt. Nichts war so gewesen, wie es sein sollte. Kein Wunder, dass Holger nicht den richtigen Ton traf. Das war aber auch wirklich schwierig mit Inger, die so leicht zu reizen war. Irgendwie brachte er sie leichter auf die Palme als zum Lachen. In seiner Not war er auf die Idee mit dem Eichhörnchen gekommen. Natürlich hätte er sich gleich hinterher auf die Zunge beißen mögen, aber da war es bereits zu spät. Vor Inger und vor allen Freunden – vor allem vor Edith – einzugestehen, dass er gelogen hatte, das brachte Holger dann doch nicht fertig.

Doch letztlich war er seinem Ziel dadurch trotz allem einen Schritt näher gekommen: Inger besuchte ihn in seinem Haus. Beim ersten Mal beschäftigte sie sich zwar ausschließlich mit dem Meerschweinchen und damit, dass Holger das zweite

Schüsselchen für den Ersatzfutternapf gehalten hatte. Dass so ein Tier auch Wasser brauchte, hatte er völlig vergessen. Aber man musste immer das Positive im Leben sehen, das stand in jeder Broschüre zu dem Thema Arbeitslosigkeit. Und das Gute daran, dass Holger dem Meerschweinchen kein Wasser gegeben hatte, war, dass Inger auch am nächsten Tag kam und am Tag darauf und am nächsten wieder. Insgesamt sieben Mal kam Inger Holger besuchen, sogar an Heiligabend und am ersten Weihnachtsfeiertag, bis am zweiten Feiertag der Nachbarsjunge aus dem Urlaub zurückkehrte und seinen Puschel wieder nach Hause holte.

Eine ganze Woche lang war Inger jeden Tag zu Besuch. Unmöglich, dass sie das nur wegen eines hirnlosen Nagers tat, den man jederzeit in der Tierhandlung nachkaufen konnte. Nein, ganz offensichtlich war das Tier lediglich ein Vorwand, weil Inger schüchtern war. Anfangs kümmerte sie sich nur um die Meersau, brachte ihr Salatblätter mit oder ein Stück Karotte, hielt das Tier auf dem Schoß, schmuste mit ihm und ließ es durch das Zimmer laufen. Erstaunlicherweise kehrte das Meerschweinchen nach kurzer Zeit immer wieder zu Inger zurück und versuchte, an ihrem Hosenbein hochzuklettern. Als Holger das Tier eines Abends noch einmal freiließ, lief es nur unter den Schrank und blieb dort sitzen, bis Holger es vor dem Schlafengehen notgedrungen wieder hervorzog, um es zurück in den Käfig zu sperren.

Auf jeden Fall, als es dem Meerschweinchen allmählich besser ging, ließ Inger es zu, dass Holger ihr einen Kaffee kochte, und setzte sich für einen Moment zu ihm an den Wohnzimmertisch, bis sie nach wenigen Minuten wieder aufsprang, weil sie nach Hause musste. Aber sie ging nicht gerne, das war deutlich zu sehen.

Für den letzten Tag hatte Holger einen Mistelzweig über dem Eingang befestigt. Als er Inger nach draußen begleitete, blieb er mit ihr in der Tür stehen. »Es ist Weihnachten!«, verkündete er und zeigte nach oben. »Wir müssen uns küssen.«

Inger betrachtete erstaunt das Grünzeug über dem Türrahmen. Doch als Holger sich vorbeugte, wich sie nicht zurück, sie drehte nur den Kopf ein wenig, sodass der Kuss nicht auf ihren Lippen, sondern auf der Wange landete.

So war das nämlich: Alle Menschen brauchten Liebe. Selbst Inger. Nur schade, dass Holger nicht daran gedacht hatte, ihr eine Kleinigkeit zu Weihnachten zu schenken. Das hätte den Tag perfekt gemacht.

Kapitel 27

Seit einer Woche beobachtete Edith, wie Inger jeden Nachmittag gegen zwei Uhr das Nachbarhaus betrat und es um Viertel vor drei wieder verließ. Sorgfältig klinkte sie das Gartentörchen zu, und sobald Holger sie nicht mehr sehen konnte, fing sie an zu rennen.

Zurück nach Eiganes, nahm Edith an, zurück zur Villa Ödegaard.

Das arme Ding.

Wenn man so alt war wie Edith und sein ganzes Leben lang in Stavanger gewohnt hatte, erfuhr man so einiges, was andere nicht wussten. Erst recht, wenn man wie Edith ein – nun, ein generelles Interesse an seinen Mitmenschen hatte. Auf jeden Fall hatte sie schon früher von diesem Internat in Telemark gehört, das Inger besucht hatte, und von der Organisation, zu der es gehörte. Edith kam nur gerade nicht auf den Namen. *Generationen lieben sich?* Nein, das nicht. Das klang ja auch pervers. *Alt hilft jung?* Auch nicht. Das war diese neue Schülerinitiative, von der Edith neulich in der Zeitung gelesen hatte, und die hieß *Jung hilft alt,* und die mähten nur den Rasen oder gingen einkaufen. *Gottes Hilfe?* Nein. Na, egal, so etwas war sowieso nur Wortkosmetik. Lüge. Euphemistische Heuchelei. Ach, Edith wurde so wütend, wenn sie an solche Dinge dachte. Und dass so etwas direkt vor ihrer Haustür geschah. Sozusagen vor ihren Augen!

Deswegen war sie auch die ganze Zeit freundlicher zu Inger gewesen, als sie sich eigentlich vorgenommen hatte.

Edith hatte ihre drei Söhne großgezogen, und als sie damit fertig war, umgehend mit der Betreuung einer unübersichtlichen Enkelschar begonnen, eheliche, uneheliche und angeheiratete, dafür hatten ihre drei Söhne mit der Kraft ihrer Lenden und mit ihrer Dummheit ja gesorgt. Edith hatte wahrlich genug zu tun. Aber dieses Kind, das sein einsames Herz an eine dämliche Laufente gehängt hatte, rührte sie. Inger zuliebe ging Edith seit Neuestem bei Wind und Wetter zum Kleinen Stokkasee, um nach Petronella zu sehen, und nahm sogar ein Stück Brot mit. Als ob es nicht genug Enten auf dieser Welt gäbe!

Aber so war das mit der Liebe. Sieben Milliarden Menschen, und trotzdem gab es immer nur einen, den man haben wollte. Inger zum Beispiel wollte diese eine Ente, und außerdem wollte sie offenbar Simon. Sobald sie ihn sah, drückte sie den Rücken durch, und jedes Mal, wenn er etwas sagte, kicherte sie.

Edith hatte ihren Aksel gewollt, fast ein ganzes Leben lang, und er Gott sei Dank sie. Ab und zu passierte es noch immer, dass Edith morgens die Augen aufschlug und dachte, Aksel läge neben ihr. Erst beim zweiten Atemzug kam die bittere Erkenntnis, dass sie seit zehn Jahren Witwe war und für den Rest ihres Lebens alleine aufwachen würde.

Wen Renate Ödegaard wollte, das wussten die Götter. Irgendwann einmal Jens Ödegaard, vermutete Edith, sonst hätte sie ihn ja wohl kaum geheiratet. Aber schon bevor das Ehepaar in die Mission ging, war das Verhältnis sichtbar abgekühlt gewesen. Es hatte dann auch die unglaublichsten Gerüchte gegeben, warum Frau Ödegaard ohne ihren Mann zurückgekehrt war. Doch vielleicht vermisste ja auch Frau Ödegaard ihren Jens Tag für Tag und war nur deshalb so unfreundlich, weil sie nie wieder einen Menschen so nahe an sich heranlassen wollte. Das würde auch erklären, warum sie sich diese Mädchen ins Haus holte. Das war so, wie sich andere Leute einen Hund anschafften: einen Begleiter, der sein Leben ganz seinem Besitzer widmete, aber umgekehrt war man zu nichts verpflichtet. Andererseits – vielleicht hatte die alte Dame auch einfach keine Lust, die Hausarbeit selbst zu machen, oder sie konnte nicht kochen.

Und der Nachbarsjunge, Holger, der wollte Inger. Allerdings auf eine gierige Art, die mehr mit Haben-Wollen als mit Lieben zu tun hatte. Er war auch gar kein Junge mehr, sondern ein verwöhnter junger Mann, der viel zu früh viel zu viel Geld verdient hatte. Die Trockenperiode derzeit tat ihm gut. Nur die Arbeitslosigkeit bekam ihm nicht. Dumme Männer wie Holger brauchten etwas zu tun, damit sie nicht auf dumme Gedanken kamen. Am besten körperliche Arbeit, dann war man abends müde. Von Ediths drei Buben war auch keiner sonderlich begabt. Sie wusste also, wovon sie sprach.

Eine ganze Woche lang war Inger nun bei Holger zu Besuch gewesen, nie sehr lange, aber dafür täglich. Angeblich wegen eines Eichhörnchens, obwohl Edith genauso gut wie Holger wusste, dass es nur das Meerschweinchen des kleinen Eirik drei Häuser weiter war. Edith hätte ihn ja selbst genommen, so wie sonst auch, aber die neue Lebensgefährtin von Per, ihrem Ältesten, war allergisch gegen alles Mögliche, von Zitrusfrüchten bis zu Tierhaaren, und deshalb hatte sie Eirik dieses Mal absagen müssen. Bis Weihnachten wirklich kam, war es dann übrigens schon wieder Pers Ex-Lebensgefährtin, aber da wohnte Puschel bereits im Nachbarhaus. Nun, wenn Inger Holger täglich besuchte, dann bestimmt nicht wegen eines geliehenen Haustiers. Jeder wusste schließlich, was zwei junge Menschen taten, wenn sie alleine in einer Wohnung waren. Nicht, dass es Edith etwas anging. Sollten die beiden miteinander anstellen, was sie wollten. Aber erstens hatte Edith den Verdacht, dass Inger sich heimlich und ohne Frau Ödegaards Erlaubnis aus dem Haus schlich. Warum sonst rannte das Mädchen auf dem Heimweg, als wäre der Teufel hinter ihr her, und das, obwohl es die meiste Zeit bergauf ging? Und zweitens stieß sich Edith an dem Gedanken, dass Inger etwas mit Holger anfing. Es ging sie wirklich nichts an. Sie wusste das. Aber das Mädchen war doch erst ... wie alt? Achtzehn? Neunzehn? Sehr jung auf jeden Fall und augenscheinlich unerfahren. Aufgewachsen in einer abgeschotteten Welt, in der Bibeltreue und Autoritätsglauben alles waren und in der man Mädchen zu Frauen wie Frau Ödegaard schickte und erwartete, dass sie auch dort blieben, komme, was da wolle. Erst diese freikirchliche Gemeinde und dann auch noch ... *Generation hilft Generation* – so hieß diese Organisation, Edith hatte es die ganze Zeit auf der Zunge gehabt.

Selbst gestern, am Heiligen Abend, war Inger gekommen. Dabei hatte Holger sich nicht einmal die Mühe gemacht, einen Baum aufzustellen. Gleich nachdem Inger das Haus verlassen hatte, um nach Hause zu sausen, war er einfach in das Altersheim gegangen, in dem Ivar jetzt lebte, und hatte an dem traditionellen Weihnachtsessen dort teilgenommen.

»Fröhliche Weihnachten, Edith!«, rief er noch über den Zaun, in der Hand so einen lumpigen Weihnachtsstern, den es für zwanzig Kronen im Supermarkt gab, ohne Übertopf und nicht einmal eine Schleife drum herum. Was sagte man dazu?

»Fröhliche Weihnachten, Holger!«, hatte Edith zurückgerufen. »Und grüße bitte deinen Vater von mir.«

Heute war der erste Feiertag, und Edith räumte und putzte schon seit Stunden, um das Chaos nach der gestrigen Bescherung und dem Festessen zu beseitigen. Fünfzehn Personen waren sie gewesen. Alle drei Söhne mitsamt einer zufälligen Auswahl an Lebensabschnittsgefährten und Nachkommen hatte Edith bekocht und beschenkt. Jörn, ihr Jüngster, war mit Familie über Nacht geblieben, und die vier hatten heute Morgen noch ein ausgiebiges Frühstück genommen, das sich bis weit in den Vormittag zog, ehe sie endlich aufbrachen und wie immer die Hälfte vergaßen. Die Zahnbürsten im Bad und die Handschuhe in der Garderobe, und unter dem Sofa lagen noch zwei Spielzeugautos, nagelneu und originalverpackt. Weihnachten war schön, aber je älter Edith wurde, desto mehr genoss sie auch die Ruhe hinterher, wenn sie das Haus wieder für sich hatte.

Durch das Küchenfenster beobachtete Edith, wie Inger bei Larsens nebenan klingelte. Es war fünf Minuten nach zwei. Die Tür wurde geöffnet, und Inger verschwand im Haus.

So konnte es nicht weitergehen. Jemand musste dem Kind sagen, dass es eine Dummheit beging.

Edith wartete bis halb drei, dann zog sie ihren Mantel an und nahm auf der Straße Aufstellung. Der Tag war kalt, windstill und sonnig. Ein Wetter wie aus dem Bilderbuch mit Reif auf den Bäumen, der in der schrägen Sonne golden leuchtete, und die gesamte Nachbarschaft schien schnell noch einen Spaziergang zu machen, ehe der kurze Wintertag wieder vorbei war. Edith zählte siebzehn Hunde und zwölf Kinderwägen, und außerdem bekam sie allmählich kalte Füße, bis Holgers Haustür sich eine Viertelstunde später endlich wieder öffnete. Holger drückte Inger einen Kuss auf die Backe, und dann kam das Mädchen eilig den Gartenweg hinunter.

Als Inger Edith vor dem Gartentörchen entdeckte, blieb sie erschrocken stehen. »Ist etwas mit Petronella?«, fragte sie ängstlich.

»Nein, nein, deiner Ente geht es gut.« Edith tippte dem Mädchen mit dem Zeigefinger auf die Brust. »Du bist es, um die ich mir Sorgen mache.«

Ingers Gesicht verschloss sich wie eine Auster. »Mir geht es auch gut.« Sie zog ihr Handy heraus und sah auf die Uhrzeit. »Ich muss dringend los.«

»Dann begleite ich dich einfach ein Stück.« Ehe Inger ablehnen konnte, hängte Edith sich bei ihr ein. Sie konnte die Ungeduld des Mädchens an ihrem Arm förmlich spüren, Ediths Altfrauenschritt war viel zu langsam, und die Minuten verrannen. Aber das hier war wichtig.

»Kindchen, es geht mich nichts an, was du da drinnen treibst, und ich will es auch gar nicht wissen, aber ...«, begann Edith.

»Ich mache gar nichts da drinnen. Holgers Meerschweinchen war krank. Das ist alles!«, wehrte Inger ab.

Edith hob begütigend die Hand. »Wie gesagt, es geht mich nichts an. Aber Sorgen um dich darf ich mir doch wohl machen, oder? Weiß Frau Ödegaard zum Beispiel, dass du junge Herren besuchst? Weiß sie, dass du jeden Tag hier bist?«

Inger schwieg einen Moment. Schließlich murmelte sie: »Nein.«

»Soso, das dachte ich mir. »Bist du sicher, dass Frau Ödegaard nichts *weiß*, oder hast du es ihr nur nicht *gesagt*?«

Inger antwortete nicht, doch sie zog unbehaglich die Schultern hoch.

Edith klopfte ihr begütigend auf den Arm. »Es ist ja nicht Frau Ödegaard, weswegen ich mir hauptsächlich Sorgen mache, Kind. Sondern – wie soll ich es sagen – ich habe das Gefühl, dass du ein Gespräch von Frau zu Frau brauchst, mit jemandem, der schon ein bisschen länger auf dieser Welt ist als du.«

Inger sah noch einmal auf die Uhr. »Muss das jetzt sein? Ich bin schon spät dran, und du hast doch selbst gerade gesagt, dass Frau Ödegaard …«

»Dann werde ich es kurz machen: Holger ist nichts für dich.«

Gereizt zog Inger ihren Arm aus Ediths und bohrte die Hände in die Jackentaschen. »Ich habe wirklich nichts mit ihm«, wiederholte sie

»Soso.« Edith kicherte. »Für mich sah das aber anders aus, als du gerade aus dem Haus kamst.« Sie machte schmatzende Kussgeräusche. Dann beherrschte sie sich wieder. »Wie du meinst. Wenn das so ist, brauche ich eigentlich gar nichts mehr zu sagen. Aber …«, sie hielt Inger fest, ehe sie davonlaufen konnte, »aber ich bin eine alte Frau und geschwätzig, und deshalb bekommst du trotzdem noch einen guten Rat mit auf den Weg: Du bist so ein kluges, mutiges Mädchen, und du wirst einmal eine wunderbare Frau werden. Aber nur, wenn du dich nicht vorher an solche wie Holger wegwirfst. Nein, nein, ich meine doch nicht deine … deine Unschuld oder wie du das nennst«, fügte sie hinzu, als sie merkte, dass Inger verlegen auf ihre Schuhe blickte. »So was ist mir doch egal. Nein, ich meine, dass du dich von jemandem wie Holger ausnutzen lässt. Ich kenne ihn, seit er ein kleiner Bub war.« Edith hielt die Hand in Hüfthöhe, um zu zeigen, wie klein. »Er war schon damals verwöhnt, und das ist er auch heute noch. So jemand wird alles, was du ihm zu bieten hast, für selbstverständlich nehmen und nichts dafür zurückgeben. Hat er dich schon einmal gefragt, welches Risiko du auf dich nimmst, um tagtäglich aus der Villa Ödegaard zu ihm zu kommen?«

Inger schüttelte den Kopf.

»Ich könnte mir vorstellen, dass Frau Ödegaard sehr ärgerlich würde, wenn sie merkte, dass du heimlich verschwindest. Oder?«

Inger nickte.

»Na, da siehst du, was ich meine. Ihm ist das völlig egal, solange er bekommt, was er will. Und außerdem bist du doch viel schlauer als Holger. Oder hat er jemals etwas Intelligentes zu dir gesagt? Kann ich mir kaum denken. Kind, wenn du von jemandem Hilfe brauchst oder dich einfach nur sehr alleine fühlst, dann kommst du besser zu mir. Du bist jederzeit bei mir willkommen. Merk dir das.«

Edith wollte Inger zärtlich über die Wange streichen, doch diese zog den Kopf weg.

»Es war sowieso das letzte Mal, dass ich hier bin. Morgen kommt das Meerschweinchen nämlich wieder weg. Und gesund ist es auch«, sagte sie trotzig.

»Na, dann ist es ja gut.« Edith gab dem Mädchen einen kleinen Schubs. »Und jetzt lauf!«

Kapitel 28

Atemlos schlüpfte Inger durch die Terrassentür zurück ins Esszimmer. Im ersten Stock war es still, aber nach Ediths Worten hatte Inger das unbehagliche Gefühl, als würde das ganze Haus lauschen. Als wüssten selbst die Wände, dass sie etwas Verbotenes getan hatte. Hastig streifte Inger Jeans und Pullover ab und stieg stattdessen wieder in ihre Uniform, die über einer Stuhllehne hing. Während Frau Ödegaards Mittagsschlaf die knarrende Treppe hinaufzusteigen, war viel zu auffällig, und wenn Inger einen Ausflug plante, nahm sie deswegen die Kleider schon morgens mit hinunter, versteckte sie im Geschirrschrank und zog sich später im Esszimmer um.

Noch während sie jetzt die Schürzenbändel band, begann das Handy am Rockbund zu klingeln:

»Sofort kommen! Sofort ins Schlafzimmer kommen!«, rief Frau Ödegaard, als Inger abnahm.

Inger stopfte ihre Alltagskleidung wieder hinter die Tischdecken, holte ein paarmal tief Luft, um zu Atem zu kommen, und strich sich die Haare aus dem verschwitzten Gesicht. Dann lief sie die Treppe hinauf. Wie gewöhnlich lag Frau Ödegaard nach ihrem Mittagsschlaf noch im Bett und las.

»Ah, da bist du ja. Wie schön! Ich hätte gerne meinen Kaffee!«, sagte sie ungewohnt freundlich, als Inger hereinkam. »Und Weihnachtsplätzchen! Haben wir Weihnachtsplätzchen? Es ist doch schon Weihnachten, oder?«

Suchend sah sich die alte Frau im Zimmer um und tippte dann unsicher auf ihrem Tablet herum. In letzter Zeit kam es immer öfter vor, dass sie sich mit dem Datum oder den Wochentagen vertat, besonders direkt nach dem Aufwachen. Und hier im Haus gab es nichts, was an Weihnachten erinnert hätte, keinen Schmuck, keine Tannenzweige, nicht einmal eine Kerze. Der Heilige Abend gestern war vergangen wie jeder andere Abend auch: belegte Brote mit einem Glas Bier für Frau Ödegaard und für Inger ein extra Stapel Bügelwäsche.

»Heute ist der erste Weihnachtsfeiertag«, informierte Inger. »Und wir haben Zimtsterne, Hildabrötchen und Vanillekipferl von dem Versand aus Nürnberg.«

»Der erste Feiertag? Schon? Heiligabend haben wir verpasst? Na, dann Kaffee und Plätzchen!«

»Jawohl.«

»Und, Inger?«

»Ja, Frau Ödegaard?«

»Morgen ist ja schon der zweite Feiertag. Wir sollten ein bisschen feiern, ehe Weihnachten ganz vorbei ist, meinst du nicht? Wie wäre es, wenn du uns mittags etwas Gutes kochst, und dann essen wir gemeinsam und machen es uns gemütlich. Zur Feier des Tages, sozusagen. Das wäre doch nett, oder?«

»Ein gemeinsames Mittagessen?«, stotterte Inger. »Zusammen?«

»Ja, ein gemeinsames Essen. Oder hast du etwa etwas Besseres vor? Hast du vielleicht gar keine Zeit, mit mir zu speisen? Oder keine Lust?«, fragte Frau Ödegaard lauernd.

Inger brach der Schweiß aus. Wusste die alte Frau also doch von ihren heimlichen Ausflügen? »Selbstverständlich habe ich Zeit«, versicherte sie beflissen. »Und natürlich auch Lust. Es ist nur ... Es ist nur das erste Mal.«

»Es ist ja auch das erste Mal, dass du hier Weihnachten feierst. Jetzt stell dich nicht blöder an, als du sowieso schon bist. Und bring endlich Kaffee. Du kannst einen wirklich – ach, so viel Dummheit sollte verboten sein!«

»Jawohl.«

»Und hör auf, jawohl zu sagen. Du hörst dich ja an wie Margrete, und dabei bist du doch meine Inger, das beste Mädchen, das ich je hatte. Dich würde ich niemals einfach auf dem Dachboden liegen lassen, wenn du krank bist. Das weißt du doch, oder? Dass du meine gute Inger bist?«

»Danke schön, Frau Ödegaard.«

»Lammbraten!«, rief die alte Frau ihr hinterher. »Da müsste noch einer eingefroren sein. Ich will morgen Lamm mit grünen Bohnen! Und zum Nachtisch eine kleine Überraschung. Denk dir was aus, ja? Das wird lustig!«

Es war schwierig zu sagen, was unangenehmer war: Frau Ödegaard, wie Inger sie von Anfang an kannte, schlecht gelaunt, gemein und voller Verachtung für ein gewöhnliches Hausmädchen. Oder so wie heute, wenn die alte Frau plötzlich freundlich wurde – na ja, freundlich*er* – und im Gegenzug verlangte, dass Inger ihr Gesellschaft leistete und ihrerseits liebenswürdig war. Wenn Inger so tun sollte, als würde sie Frau Ödegaard *mögen*.

Die alte Frau verfiel zusehends, das war nicht zu übersehen, und je kränker sie wurde, desto weniger vorhersehbar wurden ihre Launen. Von einer Minute zur anderen konnte ihre Stimmung umschlagen. Im einen Atemzug beschimpfte sie Inger noch als eine überflüssige Ansammlung menschlicher Zellen und im nächsten Augenblick hielt sie sie an der Hand fest: »Inger, wie gut, dass du hier bist.«

An die Wunde auf Frau Ödegaards Rücken hatte Inger sich gewöhnt und sogar an den süßlich-fauligen Geruch, der die alte Frau inzwischen umgab wie eine Aura. Offenbar bereiteten die Verbandswechsel ihr erhebliche Schmerzen, denn selbst wenn Frau Ödegaard nie klagte, nicht einmal seufzte, begann sie ab und zu, unkontrolliert mit dem rechten Arm zu zucken, und einmal entwickelte sich daraus ein richtiger Anfall, der die große, kräftige Frau rücklings aufs Bett warf, wo sie sich erst in Krämpfen wand und dann für ein paar Minuten das Bewusstsein verlor. Hinterher war sie wütend und warf mit Gegenständen und unflätigen Ausdrücken um sich. Aber Frau Ödegaards Unverschämtheiten waren schon lange Normalität geworden. Die Suche nach Nähe und Zuneigung hingegen war neu, und Inger ekelte sich davor. So behutsam wie möglich löste sie ihre Hand aus Frau Ödegaards oder zog wie zufällig den Kopf weg, wenn die alte Frau ihr übers Haar streichen wollte, doch in Wirklichkeit musste sie sich beherrschen, um nicht aus dem Zimmer zu laufen.

Inger hatte keine Idee, wie eine gemeinsame Mahlzeit mit ihrer Dienstherrin aussehen sollte. Vor allem eine Mahlzeit, die Frau Ödegaard selbst als *lustig* beschrieb. Eigentlich war Inger immer ganz froh gewesen, dass sie für sich allein in der Küche essen konnte, ungestört und mit einem der Bücher, die sie sich heimlich aus dem Regal im Wohnzimmer lieh. (Obwohl es dort nur langweilige, alte Schinken gab, aber besser als nichts.) Außerdem hatte Inger keine Ahnung, was Frau Ödegaard unter einer *kleinen Überraschung zum Nachtisch* verstand. Die Hausherrin war normalerweise sehr präzise in ihren Anweisungen. Alles wollte sie exakt so haben, wie sie es befahl. Eine Überraschung, das konnte genauso gut eine Falle sein.

Während Inger Kochbücher wälzte – gar nicht so einfach, mitten in den Feiertagen ein Essen zu planen, wenn alle Läden zu hatten –, musste Inger an ihr Gespräch mit Edith denken. Holger war ein Trottel, da hatte Edith ganz recht, aber wenigstens ein Trottel, der ihr seine kleine, beschränkte Welt zu Füßen legte. Vorhin, bei Ingers letztem Besuch, hatte er Kaffee gekocht und ihr ein kleines Mandelplätzchen in Herzform dazu auf die Untertasse gelegt.

»Das ist leider das letzte«, hatte er gesagt, und dann war er wie ein Ritter vor ihr auf die Knie gesunken. »Holdes Fräulein, ich würde nicht nur meinen letzten Keks, sondern auch mein Leben für Euch geben. Verfügt über mich.«

Inger hatte Holger die Tasse abgenommen und verlegen gelacht. Es war unwahrscheinlich, dass jemand, der über Eichhörnchen log und ein Meerschweinchen halb verdursten ließ, wirklich sein Leben für einen anderen Menschen geben würde. Aber immerhin war es nett gemeint. Obwohl Holger dann den Mandelkeks von Ingers Unterteller fischte und sich selbst in den Mund steckte.

Sie könnte ein Erdbeersorbet machen, überlegte Inger, nur waren leider keine Erdbeeren mehr in der Tiefkühltruhe. Oder ein Omelette Suzette, allerdings ohne Grand Marnier. Oder ein Tiramisu mit Toastbrot anstatt Löffelbiskuit? Nein, das taugte alles nicht. Inger würde nur Ärger bekommen, wenn sie so etwas auf den Tisch brachte. Vielleicht, dachte sie, wäre es trotz allem das Beste, wenn sie Frau Ödegaard verließ und mit ihren paar Besitztümern zu Holger Larsen zog. Die Eltern würden ihr das nie verzeihen – *Märtyrerin der Mission* und so weiter –, aber Inger hätte ja dann immerhin

Holger, der zwar Ölingenieur ohne aktuelles Beschäftigungsverhältnis, Bewohner eines Bungalows mit braunem Teppichboden und ein bisschen dumm war, aber wenigstens nicht boshaft. Warum nicht bescheiden sein und nehmen, was in ihrer Reichweite lag? Vielleicht gewöhnte sie sich ja an ihn. Und außerdem war Holgers Grundstück groß genug, um eine Ente im Garten zu halten. Er erlaubte bestimmt, dass Inger einen kleinen Teich anlegte. Bei dem Gedanken an Petronella wurde Ingers Herz erst weit und zog sich dann schmerzhaft zusammen. In der letzten Woche war sie kein einziges Mal am See gewesen. Wann auch?

Doch dann erinnerte Inger sich an den harten Griff, mit dem Holger sie vorhin festgehalten hatte, um sie unter dem Mistelzweig zu küssen. Seine Finger hatten sich so fest in ihren Oberarm gebohrt, dass sie sie immer noch spürte, und er hatte ihr den Mund ins Gesicht gestoßen, als wäre sie ein Beutetier.

Nein. Wenn Inger die Villa Ödegaard verließ, dann ganz sicher nicht, um von einem Besitz in den nächsten überzugehen.

Sie schlug das Kochbuch zu. Morgen würde es Verschleiertes Bauernmädchen geben, beschloss sie. Das war ein Trifle aus gerösteten Brotkrümeln, Apfelmus und Sahne. Die Zutaten hatte sie alle da.

Ungeduldig saß Frau Ödegaard am zweiten Weihnachtsfeiertag am Tisch und wartete darauf, dass Inger endlich das Essen auftrug. Nicht in ihren eigenen Räumen, sondern hier unten im Esszimmer zu speisen, war ungewohnt und lästig. Obwohl Inger sich Mühe gegeben hatte, den Raum rechtzeitig zu heizen, zog es unangenehm, denn die Fensterrahmen waren morsch, und der Wind, der draußen den Regen gegen die Scheiben trieb, drang durch alle Ritzen. Renate Ödegaard zog ihr Umschlagtuch enger um die Schultern und starrte missmutig auf das Gedeck gegenüber. Was für eine Schnapsidee, mit dem Hausmädchen zu essen. In letzter Zeit passierte es ihr immer wieder, dass sie in solch peinliche Situationen geriet. Sie erkannte sich ja selbst kaum wieder, so weich und weinerlich, wie sie plötzlich war. Renate konnte sich nicht erinnern, dass sie jemals zuvor nach der Hand einer anderen Person gegriffen hatte – und erst recht nicht nach der einer Untergebenen –, nur aus einem Gefühl der Einsamkeit heraus. Menschen wie sie waren einsam. Das lag in der Natur der Sache, und irgendwie war es ja auch gut so.

In ihrem ganzen Leben hatte Renate Ödegaard lediglich ein Mal so etwas wie Liebe empfunden. Nicht die Verliebtheit oder von ihr aus Zuneigung, die sie anfangs für Jens gehabt hatte. Sondern Leidenschaft. Den Wunsch, die Hand auszustrecken, um nackte Haut zu finden. Atem, der schneller ging, nur wegen eines halben Blickes. Die köstliche Vorstellung, verschlungen und vernichtet zu werden, jedes Mal aufs Neue.

Doch während ihrer gesamten zwanzig Jahre in Afrika hatte sie Ngumo nicht ein einziges Mal berührt.

Für sie war er immer Häuptling Ngumo geblieben, und Renate war die Missis Daktari.

Sie hatte genau gewusst, dass er zu Hause vier Ehefrauen hatte. Und dass er mit den Schülerinnen der Haushaltsschule schlief, wenn ihm danach war. Und dass eine Frau jenseits der vierzig sich lächerlich machte, wenn sie sexuelles Begehren zeigte. Dass die weiße Frau eines Missionsarztes in einem Schwarzen nur die ungläubige Seele sehen durfte, nicht den Mann. Dass Häuptling Ngumo sie genau so lange respektieren würde, wie sie die Finger bei sich behielt und ihre schmachtenden Blicke hinter einer Sonnenbrille versteckte.

Beiläufig steckte sie einen weiteren Diamanten ein. Mit lässiger Geste schob sie ihm eine Büchse eingelegte Pfirsiche zu, eine kleine Aufmerksamkeit für die Kinder daheim.

Das war alles, was je zwischen ihnen geschah.

Ein ganzes Leben, und Renate Ödegaard hatte nur einen einzigen Menschen von ihrem Format getroffen, und der war auch noch schwarz und ungebildet gewesen. Ansonsten nur schale, schlaffe Persönlichkeiten ohne Biss und ohne den Willen zur Macht. Armselige Charaktere, die sich kampflos *zufriedengaben*. Und das seit bald achtzig Jahren. Manchmal war Renate Ödegaard das Leben doch ein bisschen leid.

Vor ihr stand der alte Leuchter mit den fünf Kerzen, deren Licht sich in dem guten Silberbesteck spiegelte.

»Wird's bald?«, rief Renate Ödegaard in die Küche.

Am besten, sie brachte diese lächerliche Veranstaltung so schnell wie möglich hinter sich.

Inger hatte sich große Mühe gegeben. Seit dem frühen Morgen stand sie in der Küche, und ohne unbescheiden sein zu wollen: Der Aufwand hatte sich gelohnt. Zur Vorspeise eine klare Tomatensuppe mit Shrimps als Einlage und zum Hauptgang die bestellte Lammkeule aus der Gefriertruhe, außen kross und innen rosa, mit grünen Bohnen und selbst gemachten Kroketten. Als Nachtisch dann das Verschleierte Bauernmädchen, appetitlich angerichtet in einer Glasschüssel, sodass die Schichtung zur Geltung kam, verziert mit ein paar gezuckerten Veilchenblüten, die Inger noch ganz hinten im Schrank gefunden hatte. Zum Abschluss Kaffee und Plätzchen, falls das gewünscht wurde.

Doch im Nachhinein erwies sich ein Dreigängemenü als Fehler. Nicht, weil es nicht geschmeckt hätte, nein, nein, alles war gelungen, sondern weil sich das Essen zog. Wenn Inger in der Küche nicht gerade letzte Hand anlegte, saßen die beiden sich in dem großen Esszimmer gegenüber, in dem das Kaminfeuer mit der Zugluft kämpfte, und aßen schweigend. Es gab sicher genug, was die eine über die andere denken mochte. Aber zu sagen hatten sie einander absolut nichts.

Sorgsam kaute Frau Ödegaard den letzten Bissen Lamm, dann legte sie Messer und Gabel auf den Tellerrand. Eigentlich hätte man den Teller jetzt abtragen können, er war ja leer, doch heute musste sie warten, bis auch Inger das winzige Stückchen Fleisch, das sie sich aufgelegt hatte, endlich zerteilt, gekaut und geschluckt hatte.

Das Hausmädchen! Saß hier bei Tisch mit einer Selbstverständlichkeit, die man im besten Falle provozierend nennen konnte. Schob das gute Lammfleisch – so etwas kostete schließlich teures Geld – mit der Gabel zwischen den Bohnen hin und her, bis sie sich zum nächsten kleinen Happs aufraffte. Das also war die kommende Generation. Sah aus wie Buttermilch mit Spucke, färbte sich die Haare, hatte wahrscheinlich auch noch irgendwo eine Tätowierung und wartete nur darauf, die Weltherrschaft zu übernehmen. Renate Ödegaard konnte förmlich spüren, wie dieses Kind – der zufällige Ersatz für die Hausmädchen, die vor ihr hier gewesen waren, lediglich ein Lückenbüßer, nicht mehr als eine Plombe im Gefüge ihres Haushalts – mit ruhigem Kalkül den Niedergang ihrer Patin und Brotherrin verfolgte. Schon jetzt nahm das Mädchen sich ungeheuerliche Frechheiten heraus. Kam und ging, wie es ihr passte. War nicht einmal besonders vorsichtig. Glaubte wohl, sie, Renate, wäre bereits so weit hinüber, dass sie das nicht mehr merkte. Renates rechter Arm ruckte nervös. Unauffällig zog sie ihn mit der linken Hand unter den Tisch und hielt ihn dort fest. Doch nun zuckte die Wange, und das Augenlid flatterte. Schnell wandte sie den Kopf ab. Renate merkte, wie eine heiße Welle in ihr aufstieg, Vorbote eines neuen Anfalls, und sie musste mehrere Male kräftig schlucken, bis sie sich wieder in der Gewalt hatte.

In der Zwischenzeit hatte das Mädchen tatsächlich seinen Teller geleert und war in der Küche, um den Nachtisch zu holen.

Oh, Renate wusste genau, was Inger dachte. Das Mädchen konnte es kaum erwarten, bis sie endlich den Löffel abgab. Auf ihrem Grab würde die tanzen. Mit ihren diebischen Fingern das gesamte Haus durchwühlen, sobald sich die Gelegenheit bot. Sich den Mund zerreißen über Renate Ödegaard, geborene Schmidt. Alle dachten sie immer, sie wären etwas Besonderes. Aber das waren sie nicht. Unvorstellbar, dass Renate Ödegaard sterben musste, während diese Göre, für die selbst das Schicksal keine Verwendung hatte, immer noch da wäre.

Inger brachte den Nachtisch herein, eine große Schüssel mit irgendeinem undefinierbaren Matsch und albernen Blümchen obendrauf, die sie feierlich auf den Tisch stellte.

»Ach«, sagte sie dann mit einem Blick auf den Kamin. »Das Feuer ist ja fast heruntergebrannt. Ich hole schnell noch etwas Holz herein.«

Inger verließ das Zimmer erneut, und Frau Ödegaard hörte, wie sie im Hausflur mit ihren Schuhen hantierte.

Wenig später sah man durch das Fenster eine Gestalt, die sich gegen Wind und Regen stemmte. Draußen war wieder Wintersturm, so wie es das hier im Dezember alle paar Tage gab. Hinterher waren die Scheiben jedes Mal so von Salz verklebt, dass man sie alle putzen musste. Wenn der Wind doch nur diese Ausgeburt davontragen könnte wie seinerzeit den Fliegenden Robert aus dem Struwwelpeter.

Inger verschwand im Holzschuppen, und aus einem Impuls heraus stand Frau Ödegaard auf, stieß die Terrassentür auf und pfiff. Frank und Knut schwangen sich aus der Buche, wo sie Schutz vor dem Wetter gesucht hatten, und kamen heran. Renate Ödegaard zeigte auf den Schuppen.

»Los!«, befahl sie.

Frau Ödegaard hatte die beiden Möwen schon auf Katzen gehetzt, die in ihre Blumenbeete kackten, und einmal auf einen Hund, weil sie die Besitzerin nicht leiden konnte, oder auf die Rehe, die in Stavanger furchtlos bis an die Häuser herankamen und die Tulpen fraßen, weil sie keine natürlichen Feinde mehr hatten und man mitten in der Stadt keine Jagd auf sie machen durfte. Nun, in diesem Garten hatten sie Feinde. In den Straßen um die Villa Ödegaard hatte man seither kein Reh mehr getroffen. Eine Treibjagd auf Menschen allerdings hatte Frau Ödegaard noch nie veranstaltet. Doch es gab immer ein erstes Mal.

»Auf das Mädchen!«, kommandierte sie.

Als Inger, die Arme voller Holzscheite, wiederauftauchte, griffen die Möwen an. Erschrocken ließ Inger das Holz fallen und riss die Arme hoch, um ihren Kopf zu schützen, aber es war bereits zu spät. Sie blutete im Gesicht und nun auch an den Händen. Die Vögel zogen einen Kreis, um erneut anzugreifen. Diese Pause nutzte Inger, bückte sich und griff schnell nach einem Holzscheit. Als sich die größere der beiden Möwen in ihren Haaren festkrallte, schlug sie blind nach oben, traf sich ein paarmal selbst, doch schließlich erwischte sie auch das Tier, einmal, zweimal, und zwar so kräftig, dass es abrutschte und mit einem dumpfen Laut auf der Wiese aufschlug, ehe es sich mühsam aufraffte und unter die Büsche kroch. Alleine auf sich gestellt, bekam auch der andere Vogel Angst vor Inger, die mit ihrem Holz immer noch wild um sich schlug. So knapp wie möglich strich er über sie hinweg, ehe er laut kreischend im Regen verschwand.

Das gemeinsame Mittagessen war nach diesem Vorfall nicht wiederaufgenommen worden. Frau Ödegaard hatte sich in ihre Gemächer zurückgezogen, definitiv mit besserer Laune als vorher. Durch die salzblinde Scheibe hatte sie zwar nicht genau sehen können, was draußen im Garten vor sich ging, aber einen anständigen Denkzettel hatten die Möwen dem Mädchen sicher verpasst, denn Inger war direkt hinterher in der Küche verschwunden, wo sie mit Jodtinktur und Wasser hantierte. Wie gewohnt legte Frau Ödegaard sich zum Mittagsschlaf, heute leider später als sonst, und alles nur wegen dieses blöden Essens.

Als sie wieder aufwachte, war es draußen fast dunkel. Die Krähen saßen offenbar alle schon auf ihren Schlafplätzen am Mosteich, denn als Renate das Fenster öffnete, um Frank und Knut hereinzurufen, hörte sie Gurren und Krächzen vom See herüber. Nur ein paar Nachzügler flogen noch eilig über das Haus. Normalerweise kamen die beiden Möwen sofort, denn Frau Ödegaard hatte immer etwas Fisch oder ein paar harte Eier oder rohes Hackfleisch für ihre Lieblinge. Aber heute nicht. Der Regen hatte aufgehört, nur der Wind blies noch immer scharf von Westen. Im Sommer kam es gelegentlich vor, dass die Möwen lieber draußen blieben, wenn die Nächte hell und mild waren und allerlei Getier unterwegs. Aber jetzt, mitten im Winter, war die Natur kalt und tot und wenig einladend. Da kamen die beiden Möwen nur zu gerne an den Platz, den sie kannten, seit sie aus dem Ei geschlüpft waren. Fröstelnd stand Frau Ödegaard an dem weit geöffneten Fenster und rief in die rasch zunehmende Dunkelheit. Endlich hörte sie einen bekannten Schrei. Kurz darauf landete Knut auf dem Fenstersims, drängte sich an seiner Herrin vorbei und flatterte hinüber auf seinen angestammten Platz am Fußende. Er wirkte zerzaust und aufgeregt, trippelte nervös von einem Bein auf das andere und wollte das Lammfleisch, das Frau Ödegaard vom Mittagessen aufgehoben hatte, gar nicht nehmen. Frau Ödegaard rief noch einmal in die Nacht. Rief und pfiff wieder und wieder.

Nichts. Kein Frank.

Schließlich kroch sie in dem ausgekühlten Zimmer unter die Bettdecke. Stunde um Stunde starrte sie auf das weit geöffnete Fenster und hoffte, jeden Augenblick das vertraute Flügelschlagen zu hören. Doch es begann lediglich wieder zu regnen in großen, traurigen Tropfen.

Kapitel 29

Im neuen Jahr war es endlich richtig kalt geworden. Die trockene Kälte war viel angenehmer als der ewige Regen, der einem bis in die Knochen drang und auf die Dauer ganz melancholisch machte. Für ein paar Tage hatte sich sogar der Wind gelegt, und obwohl Frost herrschte, war Simon vom Laufen warm geworden. Er knöpfte die Jacke auf, während er Richtung Stadtzentrum schlenderte, wo sein Büro lag. Das Haus, das er eben besichtigt hatte, war zwar genauso ein Flop gewesen, wie es sich am Telefon angehört hatte – was sich die Leute nur immer dachten! –, aber Simon hielt gut gelaunt das Gesicht in die fahle Wintersonne. Licht!

Ein Stück entfernt, an der nächsten Straßenecke, sah er eine Gestalt, die ihm bekannt vorkam. Ja, das musste Inger sein mit ihrer komischen Frisur. Gerade zog sie sich irgendein Bündel zurecht, das sie sich quer über den Leib gebunden hatte. Fast wie eine Mutter mit Baby, nur dass sie leider aussah wie eine Mutter auf Sozialhilfe. Alles, was Inger besaß, schien alt und schäbig zu sein. Allein ihre Schuhe! Simon kannte sonst niemanden, der noch Halbschuhe trug. Oder doch, ein Cousin von ihm. Aber der lebte im Heim, und die Schuhe hatte ihm seine Betreuerin gekauft.

Simon mochte Inger. Sie war irgendwie ... irgendwie rührend. Ein halbes Kind noch, das den Erwachsenen spielte.

Er beschleunigte seine Schritte und schloss zu dem Mädchen auf, als sie sich gerade unter eine Hecke bückte, um eine Katze zu streicheln, die zwar erst fauchte, aber dann doch den Kopf in ihre Hand drückte.

»Hallo, Inger!«, sagte er.

Inger richtete sich auf. »Oh, hallo, Simon.« Sie wurde über und über rot. Verlegen strich sie sich mit der einen Hand die Haare aus dem Gesicht, während sie die andere über ihr Bündel legte, als müsste sie es beschützen.

Inger hatte ja ständig irgendwelche Verletzungen, aber heute sah sie noch schlimmer aus als sonst. Tiefe Kratzer im Gesicht und an den Händen, auf denen sich bereits Schorf gebildet hatte, aber die Wundränder leuchteten immer noch lila. Dazu ein grünlich schimmernder Fleck auf der Stirn, der einmal eine ordentliche Beule gewesen sein musste.

»Wie siehst du denn aus?«, platzte Simon heraus.

Inger wurde noch röter, wenn das überhaupt möglich war. »Ach, das ist nichts«, antwortete sie. »Ich bin im Garten gestolpert. Und in die Rosen gefallen.«

»So? In die Rosen?«, sagte Simon zweifelnd.

Das Mädchen sah aus, als hätte man es misshandelt. Ein Rosenstrauch erklärte vielleicht die Kratzer, aber auf keinen Fall die Beule. Und man fiel doch nicht einfach kopfüber in einen Rosenbusch, oder? Hatte irgendjemand sie auf den Kopf geschlagen? War sie deswegen gestolpert? Nun, eigentlich ging es Simon nichts an, aber jetzt einfach einen guten Tag wünschen und dann weitergehen, da kam er sich auch blöd vor. Ratlos sah er die Straße entlang. Dort vorne war das Café Eiganes.

»Lass uns einen Kaffee trinken«, schlug er vor.

»Mit dir Kaffee trinken? Oh!« Inger kicherte nervös. »Ja, gern! Ich meine, warum nicht? Ich ... Ja, gehen wir ... obwohl ... obwohl ...«, stammelte sie.

»Obwohl ich fürchte, wir werden draußen sitzen müssen«, vollendete sie den Satz, als sie kurz darauf vor dem Café standen, und zeigte auf das Bündel vor ihrem Bauch. »Vögel sind da drinnen bestimmt nicht erlaubt.«

Erst jetzt sah Simon, dass Inger vor dem Bauch gar keine Tasche trug, sondern eine Art Schlinge, in der eine riesige Silbermöwe hockte, die ihn aus kleinen Augen erbost musterte. Er musste Inger recht geben: Mit ins Café konnten sie das Tier nicht nehmen. Notgedrungen wählte Simon einen der Tische vor der Tür. Seitdem vor einigen Jahren in allen Gaststätten Rauchverbot eingeführt worden war, boten die meisten Lokale auch Sitzgelegenheiten im Freien an, die größeren mit Wärmestrahlern über den Tischen, während die kleinen nur Fleecedecken hatten, die man sich zum Schutz gegen die Witterung über die Beine legen konnte. Aber Wintersonne hin oder her, richtig warm wurde einem so nicht, und außerdem sah es albern aus. Insgeheim hoffte Simon, dass ihn keiner seiner Bekannten sah, wie er in eine hellblaue Decke gewickelt auf dem Trottoir saß, neben sich ein Mädchen, das nicht nur halb so alt war wie er und schlecht gekleidet, sondern zu allem Überfluss auch noch einen Vogel auf dem Schoß hielt.

Gleich hinterher schämte er sich für seine Gedanken, denn Inger genoss die Einladung offensichtlich von ganzem Herzen. Er hatte sie sonst nur blass und verschlossen erlebt, die Arme eng am Körper, als wolle sie sich noch kleiner machen, als sie ohnehin schon war. Aber heute lächelte sie die ganze Zeit und hatte Farbe in dem zerkratzten Gesicht. Die Kälte schien ihr nichts anhaben zu können, sie glühte förmlich und hing mit ihren großen, grauen Augen an ihm, bis er verlegen den Blick abwandte und hineinging, um zu bestellen.

»Was ist denn das für eine Möwe? Wo hast du sie her?«, fragte er, als er mit Getränken für beide und einer Zimtschnecke für Inger zurückkam.

»Von zu Hause. Das ist der Frank«, erklärte Inger, als sei damit alles gesagt.

»Deine Möwe heißt also Frank?«

»Aber doch nicht meine Möwe. Frau Ödegaards!« Inger kicherte wieder, riss ein Stück von ihrer Schnecke ab und stopfte es in den Mund, kaute, schluckte und sagte dann, während sie auch den Vogel mit Gebäck fütterte: »Frau Ödegaard hat doch zwei Möwen, Frank und Knut. Schon ewig. Nachts schlafen die bei ihr im Schlafzimmer. Wie das stinkt!« Inger zog schaudernd die Schultern hoch und hielt sich demonstrativ die Nase zu. »Wie ein Guano-Felsen.« Vertraulich beugte sie sich zu Simon vor. »Ich glaube, Frau Ödegaard ist ein bisschen verrückt«, verkündete sie grinsend. Dann wurde sie wieder ernst. »Auf jeden Fall habe ich Frank neulich im Garten gefunden, nachdem ...« Inger schien einen Moment zu überlegen, beschloss aber offensichtlich, dass die Details des Wie und Warum Simon nichts angingen. »Frank hat einen gebrochenen Flügel und sich außerdem am Fuß verletzt«, erklärte sie nur. »He, lass das!« Sie gab dem Vogel einen Klaps auf den Kopf, weil er an ihrer Zimtschnecke herumpickte. Beleidigt zog die Möwe den Kopf zurück, stieß einen gellenden Schrei aus, der Simon zusammenfahren ließ, und hackte nach Inger. Inger gab ihr noch einen Klaps, doch dann kraulte sie Frank unter dem Kinn. »Nicht die Hand beißen, die dich füttert«, mahnte sie zärtlich. Und wie eine Mutter, die sich für das schlechte Benehmen ihres Kinds entschuldigt, erklärte sie Simon: »Vor Fremden muss er sich immer ein bisschen aufspielen. Sonst ist er nicht so.«

Simon lächelte, als wäre er mit den Problemen in der Möwenerziehung bestens vertraut. Inger lächelte strahlend zurück. So lebhaft hatte Simon das Mädchen noch nie erlebt. Sie wedelte beim Reden mit den Händen und verzog den Mund in alle Richtungen, um ihren Worten Nachdruck zu verleihen, während sie ausführlich erzählte, wie sie die Möwe jetzt schon seit einer Woche pflegte.

»Frank braucht ab und zu einen kleinen Spaziergang«, sagte sie. »Der wird depressiv, wenn er die ganze Zeit im Haus ist und den Himmel nie sieht.«

Simon nickte. »Das Gefühl kenne ich.«

Inger lachte etwas zu laut und saugte sich mit ihrem Blick wieder an Simon fest, als wäre sie am liebsten in ihn hineingeklettert. Sie bot sich ihm ja förmlich an mit Leib und Seele und der Möwe wahrscheinlich gleich noch dazu.

Simon lächelte höflich zurück und schaute rasch weg. Inger war doch nicht etwa in ihn verliebt? Bitte nicht! Das hatte er nun davon, dass er das Mädchen aus Mitleid einlud. Sofort machte sie sich Hoffnungen. Am besten, er beendete das so schnell wie möglich. Beiläufig sah Simon auf seine Uhr. »Oh, schon so spät. Ich glaube, ich muss dann mal wieder«, verkündete er und trank den letzten Schluck Kaffee.

Ingers gerade noch so frohes Gesicht fiel in sich zusammen. Sie zog ihr Handy hervor, um ebenfalls nach der Zeit zu sehen. »Klar. Ich sollte auch längst zurück sein«, murmelte sie. Das fröhliche Mädchen von eben war verschwunden, und Inger sah wieder aus wie immer: distanziert und spröde. Mit sorgfältig abgemessenen Bewegungen stand sie auf und rückte die Möwe in ihrer Trageschlinge zurecht. Bloß nicht zu viel Raum einnehmen.

»Danke für den Kaffee.« Sie nickte steif mit dem Kopf.

In Simon schwappte eine Welle aus Mitgefühl hoch. Er wusste nur zu gut, dass sich Frauen leicht in ihn verguckten. Er mochte das, und oft genug nutzte er es auch zu seinem Vorteil aus. Aber doch nicht hier! Nicht bei einem halbwüchsigen Kind, das ansonsten ein richtiges Scheißleben bei einer alten, verbitterten Vettel hatte.

»Warte, Inger«, bat er und griff nach ihrer Hand. »Ich weiß nicht, wie das hier wirklich passiert ist«, sagte er und strich mit dem Daumen über die schorfige Wunde auf ihrem Handrücken, »aber an deiner Stelle wäre ich vorsichtig. Es ist erst ein paar Monate her, dass ich auf der Beerdigung von deiner Vorgängerin war, weißt du?«

»Natürlich weiß ich, dass Margrete tot ist. Sonst wäre ich doch gar nicht hier.« Inger versuchte, ihre Hand zurückzuziehen, doch Simon hielt sie fest.

»Es ist doch nicht normal, dass ein so junges Mädchen stirbt. Oder findest du das etwa?«, fragte er ärgerlich. »Und davor gab es eines, das versucht hat, sich in dem Baum hinten im Garten zu erhängen, die wurde zum Glück noch im letzten Moment gefunden. Und eine andere, die hat Frau Ödegaard einfach weitergereicht, so wie man ein Stück Vieh verkauft. Das hat die Alte mir selbst erzählt. Inger, ich habe neulich gesehen, wie ihr dort lebt. In einem Bretterverschlag auf dem Dachboden, und das Klo ist im Keller!«

Inger zerrte endgültig ihre Hand aus Simons. »Was geht es dich an, wo ich aufs Klo gehe?«, fauchte sie. Aber sie sah nicht böse aus, eher unendlich verlegen und so, als wäre sie am liebsten weggerannt. Simon verstand das Mädchen. Wer stellte schon gerne das eigene Elend aus?

»Ich würde dir gerne helfen. Gibt es irgendetwas, was ich für dich tun kann?«, fragte er.

»Du könntest mich Frau Ödegaard ja abkaufen, so wie sie es bei dem anderen Mädchen gemacht hat. Vielleicht bietet sie dir ja sogar einen guten Preis, wer weiß?«, sagte Inger. Es sollte spaßhaft klingen, aber die Hoffnung in ihrer Stimme war nicht zu überhören. »Immer vorausgesetzt, dass du ein richtiges Badezimmer für mich hast, gleich neben meinem Schlafzimmer. Sonst komme ich nämlich erst gar nicht«, fügte sie schnell hinzu.

Jetzt war es an Simon, rot zu werden. Er lachte, so als hätte Inger wirklich nur einen Witz gemacht, und wollte ihr spielerisch auf den Arm boxen, doch als er dem Blick der Möwe begegnete, ließ er die Hand schnell wieder sinken. Stattdessen räusperte er sich verlegen und suchte nach Worten. Ein Gästezimmer hatte er natürlich. Aber Inger bei sich aufnehmen – das war nun doch ... doch eine zu große Verantwortung. Und ein sehr drastischer Schritt. War es überhaupt richtig, einen anderen Menschen aus seiner gewohnten Umgebung zu reißen und in ein ... ja, in ein Abhängigkeitsverhältnis zu zwingen? Gerade im Moment, wo sie hier stand, mochte das Inger verlockend erscheinen. Aber was dann? Morgen oder in einer Woche oder einem Monat? Würde sie es dann nicht bereuen, dass sie ihm so völlig ausgeliefert war? Jetzt lebte sie zwar in einer winzigen Kammer auf einem zugigen Dachboden, aber es war immerhin ihr angestammtes Recht. Und wie sollte er Melly, also Melissa, das war seine Freundin, erklären, dass er ein junges Mädchen bei sich wohnen ließ? Noch dazu eines, das in ihn verliebt war? Melly warf ihm schon oft genug vor, ein richtiger Don Juan zu sein. Simon hatte mehr an einen guten Rat gedacht, als er seine Hilfe anbot. Oder vielleicht etwas Geld? Er räusperte sich noch einmal und zog seine Brieftasche hervor. Wenn er sich recht erinnerte, musste er doch noch – ja hier, ein Fünfhundertkronenschein. Den gab er Inger, und dann legte er seine Visitenkarte dazu.

»Du kannst mich jederzeit anrufen, hörst du?«, sagte er, während er seinen Stuhl zurückschob. »Tag und Nacht.«

Simon tätschelte noch einmal freundlich Ingers Hand. Die Möwe fauchte, und er trat hastig einen Schritt zurück, dann machte er sich endgültig auf den Weg zurück zum Büro. Ohne sich umzudrehen, winkte er im Weggehen mit der Hand. So etwas machten sie manchmal in Filmen, und es wirkte immer sehr cool. *Bye, Baby, man sieht sich.*

Auf jeden Fall konnte Inger so die Erleichterung auf seinem Gesicht nicht sehen. Er mochte die Kleine. Wirklich. Aber doch nicht als Haustier!

Kapitel 30

Inger blickte Simon hinterher. Er hob die Hand, um ihr zu winken, aber er drehte sich nicht mehr nach ihr um. Sie fühlte sich, als hätte man ihr die Luft rausgelassen. Gerade eben noch war der Tag so schön gewesen. Mit Simon – Simon! – im Café zu sitzen: Niemals hätte Inger davon zu träumen gewagt.

Und dann war es auch schon wieder vorbei.

Er hatte sie eingeladen. Er hatte ihr Kaffee und Kuchen gekauft. Er hatte gelächelt, nur für sie. Und dann war er aufgestanden und gegangen.

Natürlich wusste Inger, dass jemand wie Simon für jemanden wie Inger eigentlich unerreichbar war. Aber für einen winzigen Augenblick hatte sie es trotzdem geglaubt. Nun, es hatte genau zwanzig Minuten und eine Tasse Kaffee gedauert, bis das Glück Inger wieder vor die Tür setzte.

Inger schluckte an dem dicken Kloß in ihrem Hals und musterte die beiden Dinge in ihrer Hand. Ein Geldschein und eine Visitenkarte. *Fem hundre kroner* stand auf dem einen mit einem Bild von Sigrid Undset und *Simon Hansen, Eiendomsmegler* auf dem anderen. Das Geld steckte Inger wieder ein. Simons Karte schnickte sie in den Rindstein. Die würde sie sowieso nicht benutzen. Nicht, nachdem er sie so einfach hatte stehen lassen. Dann schob sie die Schlinge mit der Möwe in eine bequemere Position und machte sich auf den Heimweg.

In der Villa Ödegaard angekommen schloss Inger die Tür auf, hängte ihre Jacke in die Garderobe und stellte ordentlich die Schuhe darunter.

»Wir sind wieder da«, rief sie die Treppe in den ersten Stock hinauf.

Doch von oben antwortete ihr nur Schweigen. Inger hörte, wie die alte Frau in ihrem Arbeitszimmer herumging, am Leben war sie also noch. Nur wollte sie offensichtlich weder Inger noch ihre Möwe sehen. Inger nahm Frank deswegen mit in die Küche und setzte ihn in den ausgepolsterten Korb, in dem er derzeit wohnte. Vorher schmierte sie noch einmal Jodsalbe auf das verletzte Bein. Die Wunde hatte sich Gott sei Dank geschlossen und verheilte gut. Der gebrochene Flügel machte ihr mehr Sorgen. Inger hatte beide Flügel mit einer Mullbinde am Körper fixiert, um den Bruch ruhig zu stellen. Aber ob die Knochen richtig zusammenwuchsen, würde sich erst in einigen Wochen zeigen.

Der große Vogel tat ihr leid, wie er so gefesselt neben dem Küchenbuffet hockte. Die ersten beiden Tage hatte er offenbar Schmerzen gehabt, denn er wollte kaum fressen und starrte nur apathisch vor sich hin. Aber allmählich wurde er lebhafter und unruhiger, und Inger musste sich Spiele ausdenken, um ihn bei Laune zu halten. Erdnüsse in den Falten des Handtuchs verstecken, mit dem der Korb ausgelegt war, sodass die Möwe mit dem Schnabel danach suchen konnte. Oder eine Schüssel mit Wasser, auf deren Boden bunte Perlen lagen, die man herausfischen und auf den Boden werfen konnte. Allein schon das Spritzen mit dem Wasser war spannend, zumindest für ein paar Minuten. Seit die Möwe wieder einigermaßen laufen konnte, durfte sie auch ab und zu im Mülleimer wühlen. Das gab zwar eine Riesenschweinerei, weil sie alles herauswarf und auf dem Fußboden verteilte, schien ihr aber am meisten Spaß zu machen. Frank erinnerte Inger an ein halbkrankes Kind, das keine Lust mehr hatte, im Bett zu bleiben, und gleichzeitig nicht gesund genug war, um wirklich zu spielen. Unzufrieden stieß er seine schrillen Schreie aus, die in der gekachelten Küche so fürchterlich hallten, dass Inger sich die Ohren zuhielt und den Vogel irgendwann entnervt auf die Terrasse hinaustrug. Dort konnte er wenigstens Besuch von Knut bekommen. Eine Zeit lang sahen die beiden Möwen dann einträchtig hinaus in den Garten, bis es Knut zu langweilig wurde und er wieder davonflog.

Inger hatte Frank am Morgen nach dem Angriff gefunden. Als sie Holz für Frau Ödegaards Kamin holte, hatte die Möwe leise im Gebüsch gekrächzt, so als wäre sie unsicher, ob sie wirklich auf sich aufmerksam machen wollte. Nass und blutig hockte der Vogel auf der Erde. Im ersten Augenblick gönnte Inger es ihm von Herzen. Sie selbst hatte tags zuvor keinen Deut besser ausgesehen, überall Schrammen und Kratzer. Aber dann hob sie das durchweichte Tier doch aus seinem Versteck und brachte es hinauf zu Frau Ödegaard. Die alte Frau war beim Frühstück in heller Aufregung gewesen, weil Frank nachts nicht nach Hause gekommen war. Nicht einmal essen mochte sie, auch keinen Kaffee, nein, sie machte sich einfach nur Sorgen, und als Inger mit dem blutigen Bündel hereinkam, brach sie in Tränen aus. So schlapp, wie Frank auf Ingers Arm hing, hatte sie im ersten Augenblick tatsächlich geglaubt, er sei tot. Vorsichtig bettete Inger den Vogel im Bad auf ein Handtuch. Er war so erschöpft, dass er nur ein paarmal fauchte und sich dann gehorsam untersuchen ließ.

Inger wusch das Blut ab und begutachtete den tiefen Riss in der Haut, der von dem scharfkantigen Holzscheit stammen musste, mit dem sie gestern um sich geschlagen hatte. Dann tastete sie behutsam den rechten Flügel ab, der schlaff herabhing. Hier musste der andere Schlag getroffen haben. Der Vogel zuckte und versuchte, nach Inger zu hacken. Dann sackte er wieder in sich zusammen und schloss ergeben die Augen.

»Ach, Franky!« Frau Ödegaard zog Tränen in der Nase hoch. »Mein kleiner, dummer Junge«, sagte sie mit einer Stimme, so sanft, wie Inger sie noch nie zuvor bei ihr gehört hatte. Die ganze Frau war plötzlich mild und nachgiebig, wie sie sich über das Tier beugte. Eine freundliche Matrone mit einem weichen Herz. »Ich weiß noch genau, wie du damals aus dem Ei geschlüpft bist. Ich musste dir helfen, erinnerst du dich? Du hattest keine Kraft mehr, und ich habe dir damals die Schale abgestreift, und dann saßen wir beide ganz dicht vor dem Kamin, damit du trocknen konntest. So ein süßer Fratz warst du! Grau und flaumig und auf dem Kopf so einen Federtuff, der steil nach oben stand. Ich konnte mich gar nicht an dir sattsehen. Mein Liebling. Mein Schätzchen. Mein Frankylein. Mein Ein und Alles.«

Während Frau Ödegaard leise und zärtlich auf den Vogel einredete, fühlte Inger noch einmal nach dem Flügel. Mit einer schnellen Bewegung richtete sie den abgeknickten Humerus gerade. Frank schrie.

»Ganz ruhig. Inger und ich versuchen doch nur, dir zu helfen, damit du wieder gesund wirst«, flüsterte Frau Ödegaard. »Weißt du noch – Knut und du, ihr beide mochtet immer so gerne, wenn ich für euch gesungen habe.« Mit brüchiger, tränensatter Altfrauenstimme begann sie leise zu singen:

»Ein Vogel wollte Hochzeit machen, in dem grünen Wa-alde. Fidirallala, fidirallala ...« Und Frank ließ es ruhig geschehen, dass Frau Ödegaard ihn festhielt, während Inger eine Mullbinde um beide Flügel wickelte und anschließend die Wunde am Bein noch einmal gründlich reinigte und desinfizierte.

»Brautmutter war die Eu-Eule, nahm Abschied mit Geheu-heule. Fidirallala, fidirallala, fidirallalalala«, sang Frau Ödegaard, während sie die Möwe am Kopf kraulte. »Bist du fertig?«, fragte sie Inger. »Mehr Strophen fallen mir beim besten Willen nicht mehr ein.«

»Ja, fertig.« Inger atmete erleichtert auf. »Der Riss am Bein sieht aus, als würde er von selbst heilen, und ich hoffe, es ist mir gelungen, den Bruch zu richten. Wir sollten sicherheitshalber zu einem Tierarzt gehen, um den Flügel röntgen zu lassen.«

»Zum Tierarzt? Was für eine Schnapsidee! Glaubst du wirklich, ein Tierarzt würde eine verletzte Möwe behandeln? Der würde ihr eher den Hals umdrehen. Krähen und Möwen gibt es viel zu viele hier in dieser Stadt. Nach Meinung der Leute, nicht meine Meinung. Nein, nein. Mein armer, kleiner Frank!« Jetzt flossen wieder Tränen. »Du hast nur mich und die Inger. Aber ich verspreche dir: Wir beide passen gut auf dich auf.«

»Natürlich. Ganz wie Sie meinen«, sagte Inger vorsichtig. Es war das erste Mal, dass Frau Ödegaard ihr Hausmädchen und sich selbst im gleichen Atemzug erwähnte, aber bei der alten Frau wusste man nie, ob das auch etwas Gutes war. »Dann, äh, dann brauchen wir nur noch etwas, um den Vogel hineinzusetzen. Eine Kiste oder so.«

»Ach, auf dem Dachboden sind genügend Körbe. In allen Größen. Das musst du doch wissen, du putzt dort oft genug.

Der selige Dr. Ödegaard hat den Eingeborenen ständig Körbe abgekauft, weil er es nicht schaffte, im rechten Moment Nein zu sagen. Einen horrenden Preis hat er dazu noch dafür bezahlt. Hat sich übers Ohr hauen lassen, der alte Narr. Na, nun sind sie endlich einmal zu etwas nütze. Und im Wäscheschrank sind Handtücher. Nimm bitte die von unten, das sind die alten.«

Frau Ödegaard nahm die Möwe hoch, und als Inger mit Korb und Handtüchern zurückkam, saß die alte Frau auf dem Badewannenrand und wiegte das Tier wie ein Baby in den Armen, die Wange zärtlich an das Gefieder gelegt. Liebevoll setzte sie die Möwe in den Korb, trug ihn hinüber ins Arbeitszimmer und schob ihn dort nah ans Feuer.

»Wärst du so gut und würdest du jetzt doch noch Holz holen, Inger?«, bat sie. Und als das Mädchen schon am Hinausgehen war, fügte sie leise hinzu: »Vielen Dank, meine Liebe.«

Anfangs war die Möwe fast ausschließlich bei Frau Ödegaard. Nur nachts nahm Inger den Korb mit hinauf in ihre Dachkammer, denn Frau Ödegaard machte sich Sorgen, dass Knut über seinen wehrlosen Bruder herfallen könne, während sie schlief. Inger fand es zwar prinzipiell absurd, eine Möwe im Haus zu halten, schließlich war das kein Hund, der die Gesellschaft mit dem Menschen suchte, sondern ein wildes Tier, das menschliche Nähe im besten Falle akzeptierte, aber sie gewöhnte sich schnell an das Geraschel neben ihrem Bett und die Gurrlaute am Morgen (wenn auch nicht an den Gestank von Möwenkacke, der immer über dem Korb hing, egal, wie oft sie die Handtücher wechselte). Inger hatte Frank und Knut bislang nur als kreischende, aggressive Raubvögel kennengelernt, die sie jeden Morgen so schnell wie möglich durch das Schlafzimmerfenster ins Freie beförderte. Doch Möwen, stellte sie fest, waren intelligent genug, um einen Spieltrieb zu haben, und nach den ersten Tagen, in denen er nur vor sich hin gedämmert hatte, entwickelte Frank auch Sinn für Humor. Vogelhumor allerdings, der rasch in Dominanzverhalten umschlug, aber immerhin. Zum Beispiel zupfte er ihr gerne die Schürzenbändel auf, wenn Inger mit dem Rücken zu ihm stand. Und morgens lagen regelmäßig die Schnürsenkel neben ihren Halbschuhen, denn Frank wachte lange vor ihr auf.

Wenn Inger Frau Ödegaards Frühstück hinauf in den ersten Stock trug, brachte sie als Erstes den Korb mit der Möwe hinauf, und Frank schien jedes Mal erleichtert, wieder in seiner gewohnten Umgebung, nämlich Frau Ödegaards Schlafzimmer, zu sein. Frau Ödegaard beugte sich dann zärtlich über den Korb, und der Vogel schmiegte den Kopf in ihre Hand.

Doch je mehr Zeit Frank mit Inger verbrachte, desto enger schien er sich mit ihr anzufreunden, und bald drehte er freudig den Kopf, sobald sie ins Zimmer kam, und begrüßte sie mit schrillen Rufen, die die alte Frau zusammenfahren ließen.

»Oh, das ist ja nicht zum Aushalten!«, rief Frau Ödegaard am vierten Tag ungehalten. »Nimm das Vieh wieder mit hinunter. Dort kann er Lärm machen, so viel er will.«

Inger war klar, dass sich Frau Ödegaard nicht über Franks Gekreische ärgerte, sondern über seine Freundschaft mit Inger. Nur konnte sie es leider nicht ändern. Je enger sich Frank an Inger anschloss, desto eifersüchtiger wurde Frau Ödegaard und desto kürzer wollte sie die Möwe bei sich im Zimmer haben, was wiederum dazu führte, dass Frank nach und nach den größten Teil des Tages bei Inger verbrachte und immer vertrauter mit ihr wurde. Anfangs schleppte sie wohl oder übel seinen Korb mit sich herum, aber nachdem er allmählich wieder laufen konnte, stakste er hinter ihr her wie ein Entchen hinter seiner Mutter, und Inger musste aufpassen, dass sie nicht aus Versehen auf ihn trat.

Dann, eine gute Woche nach dem Unfall, wollte Inger nur schnell das Mittagessen für Frau Ödegaard hinaufbringen. So lange musste die Möwe wohl oder übel alleine in der Küche warten, obwohl sie das hasste. Doch während Inger noch Serviette, Besteck und den Teller mit Dorsch und Kartoffeln für ihre Dienstherrin anordnete, stolzierte plötzlich Frank in das Arbeitszimmer. Offenbar war das Bein so weit verheilt, dass er wieder Treppenstufen hinaufhüpfen konnte. Geringschätzig sah er sich in dem Zimmer um, musterte Frau Ödegaard gleichmütig und folgte Inger wie selbstverständlich wieder hinaus. Auf der Türschwelle hielt er kurz an und hinterließ einen Klecks.

Das war der Moment, in dem die kurze Freundschaft zwischen den beiden Frauen – oder eher der Waffenstillstand, den sie über dem gemeinsamen Patienten geschlossen hatten – wieder zerbrach.

Auch Ingers Wunden im Gesicht und an den Händen verheilten allmählich. Sie juckten, besonders nachts, und Inger musste sich beherrschen, um nicht ständig daran herumzupulen. Mit dem Schorf verblasste Gott sei Dank auch die Erinnerung an Simon. Oder nicht die Erinnerung selbst, Inger war ja schließlich nicht senil, aber das heiße Gefühl der Enttäuschung und Demütigung wegen seines Desinteresses ließ langsam nach. Sie wunderte sich nur immer noch darüber, dass Simon ihr erst lang und breit von den Gefahren der Villa Ödegaard berichtet hatte – als wüsste Inger nicht selbst, dass Hilde sich erhängt und Cecilie verschwunden war, zusätzlich zu der toten Margrete –, um ihr dann lediglich einen Geldschein in die Hand zu drücken, als wäre sie eine Bettlerin, die er abwimmeln wollte. Was sollten fünfhundert Kronen nützen? Dafür konnte man nicht einmal für eine Nacht ins Hotel.

Die Tage bei Frau Ödegaard wurden immer chaotischer. Man wusste nie, was sie von einem Moment zum nächsten tun oder sagen würde. Neulich nachmittags hatte es zum Beispiel ein großes Geschrei gegeben, weil Frau Ödegaard den kleinen Lederbeutel, den sie immer bei sich trug, plötzlich nicht mehr fand. Die alte Frau patschte sich auf der Brust herum, durchwühlte ihre Kleider, durchwühlte ihr Bett, den Kleiderschrank, den Schreibtisch, und die ganze Zeit über beschimpfte sie Inger, die mit ihr suchte, als Diebin, als Betrügerin, als Erbschleicherin und als absolut nutzlos. Eine halbe Stunde lang ging das so. Und dann, von einem Augenblick zum anderen, war der Aufruhr plötzlich vorbei. Frau Ödegaard fuhr mit der Hand in den Büstenhalter, murmelte: »Ach, da ist er ja«, stellte den Papierkorb zurück, den sie gerade ausgeleert hatte, und bat um Kaffee und Kekse, als wäre nichts gewesen.

Den restlichen Nachmittag musste Inger die Unordnung, die sie verursacht hatten, wieder aufräumen, während Frau Ödegaard im Sessel saß, ihr zusah und unablässig mit sich selbst flüsterte. Ab und zu warf sie Inger misstrauische Blicke zu oder schnappte nach einem der vielen Nippesgegenstände, die im Bücherregal und auf Beistelltischchen standen, und versteckte sie in ihrem Rock.

»Man kann niemandem trauen, außer sich selbst«, sagte sie leise in Ingers Richtung. »Überall um mich herum sind Ratten, die nur darauf warten, an meinem Fleisch zu nagen. Aber jetzt noch nicht. Noch bin ich Herrin über meine Sinne.«

Als Inger mit dem Abendessen kam, hatte die alte Dame immer noch den Schoß voller Porzellanfiguren, und ihre rechte Hand krampfte sich um ein Reh aus Holz. Vorsichtig versuchte Inger, Finger für Finger zu lösen, doch dabei brach leider eines der hauchzarten, kunstvoll geschnitzten Ohren ab. Frau Ödegaard war untröstlich über den Vorfall. Weinend saß sie über ihre belegten Brote gebeugt, Tränen tropften auf den Tisch, und sie suchte nach Ingers Hand, um sie an ihre feuchte, runzlige Wange zu pressen.

»Fort«, schluchzte sie. »Alles vergeht. Alles zerfällt. Nur du bist bei mir.«

»Das ist alles deine Schuld!«, schrie sie Inger plötzlich an. »Du ... du ...« Sie tastete auf dem Tisch nach etwas, mit dem sie Inger schlagen oder nach ihr werfen könnte. Schließlich erwischte sie ihr Glas Bier und versuchte, es Inger ins Gesicht zu kippen, aber schwappte es sich lediglich selbst über die Beine. »Du Hexe! Du hast mir das alles eingebrockt. Bevor du kamst, war ich kerngesund, und jetzt sieh mich an: ein todgeweihtes Wrack!«

Mitte Januar, drei Wochen nach dem unglücklichen Weihnachtsessen, konnten sie Frank endlich den Verband abnehmen. Fast war es ein feierlicher Moment. Frau Ödegaard verließ den ersten Stock eigentlich gar nicht mehr, das Treppensteigen fiel ihr zunehmend schwer, weil sie den rechten Fuß nicht mehr richtig heben konnte. Aber heute hatte sie sich die Stufen hinuntergeschleppt, und in ihren Mantel gehüllt sah sie zu, wie Inger draußen auf der Terrasse Lage um Lage die Mullbinde von dem Vogelkörper abwickelte. Die Möwe schlug ein paarmal mit den Flügeln und putzte sich ausgiebig das Gefieder. Dann flog sie davon, erst noch taumelnd, doch mit rasch zunehmender Sicherheit, bis sie sich auf den obersten Ästen der großen Buche niederließ und laut nach ihrem Gefährten schrie.

Von da an schlief Frank wieder wie all die Jahre zuvor im Schlafzimmer seiner Herrin. Mit Knut zusammen hockte er auf dem Fußende des großen, altmodischen Bettes, und wenn Inger morgens hineinkam, strich er würdevoll aus dem Fenster, ohne sie eines Blickes zu würdigen.

Er war wieder ganz und gar Frau Ödegaards Liebling.

Kapitel 31

Von allen seinen vielfältigen Aufgaben mochte Pfarrer Holm die Betreuung von *Generation hilft Generation* am wenigsten. Hauptsächlich, weil er es bislang immer noch nicht geschafft hatte, die GHG-Kinder außerhalb Stavangers zu besuchen, und nun drückte ihn sein schlechtes Gewissen. Natürlich waren die meisten Menschen – und damit auch die GHG-Paten – netter als Frau Ödegaard, aber das bedeutete ja nicht, dass die Kinder nicht trotzdem seines geistigen Beistands bedurften, und am Telefon war Seelsorge so ... so halbherzig. Außerdem fand er diese ganze Organisation zweifelhaft. Als Außenstehender bekam man unweigerlich das Gefühl, dass die Mädchen hier ausgenützt wurden. Ausbildung war schließlich etwas, das jedem Jugendlichen zustand und für die man sich nicht über Jahre hinaus zu prekären Arbeitsbedingungen verpflichten sollte. Aber das Schlimmste war, dass Pfarrer Holm kein Außenstehender mehr war, sondern seit Monaten selber Teil des Systems. Und weil er nicht wusste, wie er das mit seiner Vorstellung von Moral in Einklang bringen sollte, sich aber so kurz vor seiner Pensionierung auch nicht mit dem Bischof überwerfen wollte, schob er die ganze Sache vor sich her.

Vergangene Woche hatte er Inger bei einer dieser Beerdigungen getroffen, zu denen nur die Freunde von Gertrude kamen – ein alter Mann, der am Alkohol zugrunde gegangen war –, und sie hatte noch bleicher und dünner gewirkt als zuvor. Natürlich waren um diese Jahreszeit alle blass. Aber Inger hatte dazu noch dunkle Ringe unter den Augen gehabt und auf der einen Backe eine neue Schramme, die kaum verheilt war. Eigentlich hatte Pfarrer Holm das Mädchen nach der Beerdigung abfangen wollen, um zu hören, ob alles in Ordnung war. Aber dann musste er mit dem Hausmeister sprechen, der die Friedhofskapellen in Stavanger betreute und der in der letzten Zeit nachlässig geworden war. Solche Gespräche waren alles andere als einfach, Pfarrer Holm war schließlich nicht sein Vorgesetzter, das war der Gemeinderat, und der Hausmeister war ein ungehobelter Klotz, der gerne mit der Gewerkschaft drohte. Am Ende lief es darauf hinaus, dass Pfarrer Holm vorsichtig und höflich darum bat, das nächste Mal doch rechtzeitig die Heizung anzustellen und ob man bei ausgefallenen Lampen vielleicht die Birnen auswechseln könnte. Lediglich ein Vorschlag also. Eine Anregung sozusagen. Der Mann brummte missmutig »Ja, ja« und schlurfte davon. Aber bis dahin waren die Freunde von Gertrude schon zum Leichenschmaus aufgebrochen, und Pfarrer Holm blieb nichts anderes übrig, als Inger in der Villa Ödegaard zu besuchen. Nicht einmal seinen Verpflichtungen in Stavanger nachzukommen – dafür gab es keine Entschuldigung.

Die klare Kälte, die Anfang Januar für ein paar Tage geherrscht hatte, war schon lange wieder vorbei. Stattdessen war das Wetter wie immer: morgens Glatteis, das über den Tag an den meisten Stellen auftaute, wenn die Temperaturen auf zwei, drei Grad über null kletterten, ehe es nachts wieder anzog. Dazu eine niedrige Wolkendecke, die der Wind von West nach Ost über den Himmel trieb und aus der es ab und zu regnete.

Ende Januar sank selbst einem Mann Gottes manchmal der Mut.

Pfarrer Holm läutete, und wie beim letzten Mal begann das Handy zu klingeln, sobald Inger die Tür öffnete.

»Wer ist das? Wer kommt denn um diese Zeit? Ich erwarte niemanden!« Frau Ödegaard sprach so laut, dass Pfarrer Holm jedes Wort verstand.

»Das ist der Herr Pfarrer«, antwortete Inger.

»Wer?«

»Pfarrer Holm!«

»Was will denn der Pfaffe hier schon wieder? Der soll machen, dass er fortkommt. Oder nein. Er soll doch hochkommen. Ich will mit ihm reden.«

Inger warf dem Pfarrer einen verlegenen Blick zu, der umständlich seine Jacke aufhängte und diesmal auch seine Schuhe auszog, um Zeit zu gewinnen.

»Inger«, sagte er leise, »ich wollte eigentlich mit dir sprechen. Ich wollte nur hören, ob es ...«

In diesem Augenblick klappte die Tür zum Arbeitszimmer, und Frau Ödegaard stapfte zum Treppenabsatz. »Wird's bald? Und am besten noch zu meinen Lebzeiten«, raunzte sie. »Es passt gut, dass Sie kommen. Ich wollte sowieso mit Ihnen sprechen. Leute mit Manieren melden sich allerdings vorher an.«

Gehorsam stieg Pfarrer Holm die Treppe hinauf und folgte Frau Ödegaard in ihr Zimmer. Sie schloss die Tür mit Nachdruck. »Setzen Sie sich!«

Pfarrer Holm ließ sich auf die äußerste Sesselkante sinken und betrachtete besorgt seine Zehen, wo die Socken schon sehr dünn waren. Früher hatte seine Frau dafür gesorgt, dass er immer gut angezogen war. Erst im Nachhinein wurde ihm klar, wie viel Zeit und Aufmerksamkeit das erforderte.

»Ich brauche so bald wie möglich ein neues Mädchen«, forderte Frau Ödegaard.

Der Pfarrer blickte hoch und konnte nur mühsam sein Erschrecken verbergen. Die alte Frau war in den letzten Wochen völlig abgemagert. Ihre Haut spannte sich grau-gelblich über Nase und Wangenknochen und legte sich in trockenen Falten um einen dünnen Hals. Das letzte Mal hatte sie noch ein Doppelkinn gehabt. Und, um ehrlich zu sein, leichte Hängebacken. »Ein neues Mädchen?«, stotterte er. »Aber Sie haben doch Inger?«

»Das weiß ich selber. Ich möchte sie umtauschen. Sie können Inger zurückhaben oder wer weiß wohin schicken, aber ich will ein neues Mädchen. Eines, das sich zu benehmen weiß und einem nicht auf der Nase herumtanzt. So ein obstinates Gör. Man fühlt sich ja seines Lebens nicht mehr sicher, wenn man mit so einem Menschen unter demselben Dach lebt!«

»Aber Frau Ödegaard.« Der Pfarrer räusperte sich unsicher. »Ich kann Ihnen nicht so ohne Weiteres ein anderes Mädchen zuteilen. Inger ist Ihr Patenkind. *Generation hilft Generation* nimmt diese Patenschaften sehr ernst. Das ist sozusagen eine familiäre Verpflichtung. Die kann man nicht einfach ablegen. Und zudem haben Sie einen Vertrag abgeschlossen. Ich habe mich in den letzten Wochen ein bisschen mit dem Reglement vertraut gemacht, und ich sehe nicht ...«

»Ach, hören Sie doch mit dem Gewäsch auf«, unterbrach Frau Ödegaard ihn ungeduldig. »Da bitte ich um Hilfe, und Sie kommen mir mit irgendwelchen Paragraphen von diesem lächerlichen Verein. Ich kenne das Reglement. Besser als Sie wahrscheinlich. Aber es gibt immer Ausnahmen. Man muss nur wollen. Geben Sie sich doch einmal in Ihrem Leben ein bisschen Mühe!«

»Leider, Frau Ödegaard, das liegt nicht in meiner Macht. Selbst wenn ich wollte.« Pfarrer Holm bemühte sich, den Ärger aus seiner Stimme zu halten. Langjährige, bittere Erfahrung hatte ihn gelehrt, dass man am weitesten kam, wenn man freundlich blieb und sich nicht provozieren ließ. Aber Frau Ödegaard stellte diesen Grundsatz wirklich auf die Probe.

»Ich will ein neues Mädchen!«, schrie sie los. Die alte Dame war von ihrem Stuhl aufgesprungen und stand jetzt direkt vor ihm. »Ich habe ein Recht darauf!«, kreischte sie. »Ich bin ein todkranker Mensch! Ich habe Krebs! Jawohl, jetzt wissen Sie es. Ich habe Krebs und schon überall Metastasen. Im Kopf! In der Leber! Überall! Mir bleibt nicht mehr viel Zeit, und die will ich nicht mit diesem ... diesem ... diesem Abschaum verbringen. Das Flittchen lauert ja nur darauf, dass ich endlich abkratze. Sie kann es gar nicht abwarten. Meine Möwen hat sie mir schon weggenommen. Heimtückisch angegriffen hat sie den kleinen Frank, und als er dann wehrlos war, hat sie ihn einer Gehirnwäsche unterzogen. Nicht wiederzuerkennen ist mein kleiner Liebling. Woher wollen Sie wissen, dass die kleine Hure dem Vogel nicht befiehlt, mir nachts die Augen aus den Höhlen zu picken? Ich bin mir sicher, sie denkt daran. Ich bin ... ich bin ... ich ...«

Frau Ödegaards rechte Wange verzog sich zu einer Grimasse, sodass sie nicht weitersprechen konnte. Sie atmete schwer und tastete mit der linken Hand in der Luft, als würde sie nach irgendetwas greifen. Die rechte Hand hatte sich zur Faust verkrampft. Pfarrer Holm sprang auf und drückte die alte Frau in seinen Sessel, damit sie nicht auf den Boden stürzte. Ein Zittern lief durch ihren Körper, während sie ihn mit weit geöffneten Augen anstarrte. Dann sank sie schlaff gegen die Lehne. Ein Spuckefaden rann aus ihrem Mund. Und nur ein paar Augenblicke später kam sie wieder zu sich.

Zum Glück hatte diese Attacke, was immer es gewesen sein mochte, die Hausherrin beruhigt. Feindselig war sie zwar nach wie vor, aber immerhin sagte sie jetzt in normalem Tonfall: »Sie sehen ja selbst, wie es um mich steht. Das Todesurteil ist bereits gefällt. Der Delinquent bittet lediglich, ihm einen letzten Wunsch zu erfüllen. Aber Mitleid sucht man auf dieser Welt ja vergebens.«

»Ich sehe, dass es Ihnen nicht gut geht, Frau Ödegaard. Sie sind ganz offensichtlich stark mitgenommen. Vielleicht wäre es das Beste für Sie, in einem Hospiz unterzukommen? Ich meine, wenn Sie wirklich eine so weit fortgeschrittene Krebserkrankung haben. Dort gibt es fachkundige Pflege für Fälle wie Ihren. Ein Hausmädchen, also ein Patenkind, kennt sich doch mit so etwas gar nicht aus. Ich könnte mich erkundigen und Ihnen behilflich sein, wenn Sie das möchten.«

»Sie wollen mich in ein Pflegeheim stecken? Das ist das Unverschämteste, was ich seit Langem gehört habe.«

»Nicht ein gewöhnliches Pflegeheim, sondern auf die Palliativstation. Dort macht man es Ihnen so schön wie möglich. Keine Schmerzen. Und auch diese ... äh ... diese Anfälle kann man wahrscheinlich behandeln.«

»Ach, scheren Sie sich zum Teufel. Wenn Sie mir nicht helfen wollen, stehlen Sie mir wenigstens nicht die Zeit. Können Sie sich wirklich vorstellen, dass ich in einem Heim lebe?«

Insgeheim musste der Pfarrer Frau Ödegaard recht geben. Ein Aufenthalt in jedweder Institution wäre für alle Beteiligten ... schwierig. Aber die alte Frau hier einfach so vor sich hin sterben lassen? Das konnte man auch nicht machen. Schon allein wegen Inger. Das konnte man dem Mädchen doch nicht zumuten. Nicht den Tod an sich. Mit dem mussten sich alle Menschen abfinden, und die beiden Frauen hingen ja nicht gerade aneinander. Aber die Wochen davor. Frau Ödegaard hatte offenbar nicht nur diese Anfälle, die ehrlich gesagt reichlich abstoßend waren, sondern sie schien sich auch zunehmend von der Realität zu entfernen. Was sollte zum Beispiel diese Geschichte mit der Möwe? Konnte man eine Möwe übrigens einer Gehirnwäsche unterziehen? Interessante Frage, aber der eigentliche Punkt hier war natürlich, dass Frau Ödegaard ihrem Hausmädchen die schrecklichsten Dinge zutraute. Die alte Frau war völlig paranoid.

»Meine liebe Frau Ödegaard«, versuchte es der Pfarrer noch einmal. »Denken Sie über mein Angebot einfach ein paar Tage nach. Sie müssen sich ja nicht jetzt und hier entscheiden. Lassen Sie es sacken, und ich komme in ein paar Tagen wieder, und dann sprechen wir noch einmal darüber.«

Die alte Frau schnaubte verächtlich. »Mein lieber Herr Pfarrer! Ich würde es sehr begrüßen, wenn Sie die Tür von außen zumachten. Am besten jetzt gleich. Und wiederzukommen brauchen Sie auch nicht. Bloß nicht. Lassen Sie mich in Ruhe!«

Pfarrer Holm seufzte und wandte sich zum Gehen. Doch dann fiel ihm etwas ein, und kurz vor der Tür drehte er sich wieder um. »Ja, ja, ich bin gleich weg. Es gibt nur noch eine Sache, die ich mit Ihnen gerne besprochen hätte. Es war der Wunsch Ihres verstorbenen Mannes, und so wie die Dinge stehen, ist es ... na ja ... es scheint mir plötzlich dringend.« Er zog sich den anderen Sessel heran und setzte sich der alten Frau gegenüber.

Dem ersten Teil der Unterhaltung hatte Inger mühelos folgen können. Frau Ödegaard hatte schließlich laut genug geschrien. Aber jetzt begannen die beiden plötzlich zu flüstern, und obwohl Inger näher und näher schlich und schließlich das Ohr an die Tür legte, konnte sie kein Wort mehr verstehen.

Bis der Pfarrer plötzlich in normaler Lautstärke sagte: »Vielen Dank, Frau Ödegaard. Und denken Sie bitte noch einmal über mein Angebot mit dem Hospiz nach. Ich kann das jederzeit für Sie organisieren. Und nehmen Sie auch sonst Kontakt auf, wenn Sie es für nötig halten.«

»Nun verschwinden Sie endlich, ehe ich es mir noch anders überlege!«

Inger wich schnell ein Stück zurück. Der Pfarrer öffnete die Tür und ließ irgendeinen Gegenstand in die Tasche gleiten. Dann sah er Inger und bedeutete ihr mit einem Handzeichen, mit hinunter zu kommen. Schweigend stiegen sie die Treppe hinunter, und erst als der Pfarrer sich die Schuhe wieder anzog – etwas schwerfällig, das Bücken war mühsam –, sagte er zu Inger: »Deine Patin denkt schreckliche Dinge über dich. Das hast du wahrscheinlich gehört.«

Inger nickte.

»Du weißt aber, dass das nur ihre Krankheit ist, oder? Sie meint das nicht so.«

Inger streckte die vernarbten Hände vor. »Doch, an manchen Tagen meint sie es genau so.«

Der Pfarrer zuckte erst zurück, dann nahm er Ingers Hände in seine. »Bist du in die Rosen gefallen?«, fragte er. Er strich prüfend über die Striemen. »Du solltest nicht hier sein«, gab er zu. »Am liebsten würde ich dich gleich heute noch mit zu mir nehmen. Aber ich kann doch auch nicht zulassen, dass die alte Frau alleine in ihrem Haus bleibt. Ich kann sie doch nicht hier in ihrem Elend zugrunde gehen lassen. Das musst du verstehen, Inger.« Er warf einen Blick die Treppe hinauf. »Ich kann mir nicht vorstellen, dass es noch lange so geht, und dann wird sie schon zustimmen, in ein Hospiz zu ziehen. Auf die Dauer kannst du das alleine ja auch gar nicht leisten. Ich wusste nicht, dass es inzwischen so schlimm ist«, fügte er verlegen hinzu.

Es war ja nicht nur Inger, die der Willkür einer verrückten Alten ausgesetzt war. Irgendwo in Farsund und in Aksvoll und in Bergen saßen weitere Kinder, die man mit dem geistigen und körperlichen Verfall ihrer greisen Paten alleine ließ. *Bis dass der Tod euch scheidet.* Erst hier im Hausflur der Villa Ödegaard ging dem Pfarrer auf, wie grausam und wie absurd diese Worte waren, wenn man damit das Schicksal eines Kindes besiegelte.

Inger zog ihre Hände aus denen des Pfarrers und verschränkte die Arme über der Brust. »Ich glaube auch nicht, dass es noch lange dauert«, sagte sie bitter. »Ein paar Wochen noch, höchstens ein paar Monate. Und so lange werde ich durchhalten, denn dann bin ich frei.« Sie blickte Pfarrer Holm direkt ins Gesicht. »Alle Patenkinder hoffen, dass sie einmal reiche Erben werden und dass sie damit ihr Glück machen. Frau Ödegaard hat behauptet, ich würde einmal dieses Haus bekommen. Sogar das Testament hatte sie schon aufgesetzt. Nur unterschrieben hat sie es nie. Und ich glaube nicht mehr, dass sie je die Absicht hatte, mir irgendetwas zu vermachen. Nicht nach allem, was passiert ist.« Inger berührte die kaum verheilte Narbe in ihrem Gesicht.

Pfarrer Holm wechselte unbehaglich von einem Fuß auf den anderen. Insgeheim musste er Inger recht geben.

»Ich werde von hier genau das mitnehmen, was ich auch hergebracht habe«, fuhr sie fort. »Doch wenn ich heute schon aus dieser Tür gehen würde, wo sollte ich dann hin? Glauben Sie, meine Eltern würden mich aufnehmen, wenn ich einer alten, sterbenden Frau davonlaufe? Ich selbst habe kein Geld, und ich habe noch nicht einmal meine Papiere. Ich bleibe doch nicht aus Mitleid hier, sondern weil ich hoffe, dass dieser Verein seinen Teil der Abmachung einhält. Ich möchte meinen Pass zurück. Und meine Geburtsurkunde. Und weiß der Himmel, ob ich wirklich ein Schulzeugnis habe, aber versprochen hat man es mir jedenfalls. Ich hoffe, dass Sie, Herr Pfarrer, mir zu meinem Recht verhelfen, wenn all das hier«, Inger machte eine Bewegung in das Haus hinter sich, »vorbei ist. Das ist doch Ihre Aufgabe, oder? Mir wenigstens dann zu helfen. Ich finde, das ist man mir schuldig.«

Ohne auf eine Antwort zu warten, öffnete Inger die Haustür und entließ Pfarrer Holm zurück in den trüben, nasskalten Vormittag, ehe sie die Tür mit Nachdruck wieder ins Schloss drückte.

Kapitel 32

Renate Ödegaard hatte das Gefühl, dass ihr langsam, aber sicher die Kontrolle entglitt. Ihr Körper ließ sie zunehmend im Stich. Man wusste nie, ob er dem nächsten Befehl gehorchen würde oder ob sich ihre Hand, ihr Arm, ihr Fuß nur wieder zu einer grotesken Bewegung verkrampfen würde, schmerzhaft zwar, aber unnütz und entwürdigend.

Nach dem ersten epileptischen Anfall vor ein paar Wochen in der Küche, als der Notarzt und der Pfarrer und wer weiß noch alles gekommen waren, um sie zu besichtigen, hatte sie im Internet alles gelesen, was sie über schwarzen Hautkrebs finden konnte, und dann war sie noch einmal in die Arztpraxis Bergeland zurückgekehrt. Was außen auf ihrer Haut geschah, so wie die Wunde am Rücken, konnte man wenigstens sehen und spüren. Aber jetzt wollte Renate auch wissen, welche verborgenen Schrecken unter der Haut darauf lauerten, irgendwann – vielleicht bald – hervorzubrechen. Ganz bestimmt war sie kein Feigling, der der Wahrheit nicht ins Gesicht sehen konnte.

Nun, inzwischen wusste sie es: Die Geschwulst hatte wie erwartet gestreut, in ungefähr jedes einzelne Organ, sogar ins Herz – und auch ins Gehirn. Ihr Körper war wie ein Stück Holz, das von Termiten ausgehöhlt wurde. Im Grunde glich sie ihrem eigenen Haus, der Villa Ödegaard, die langsam, aber sicher dem Holzwurm zum Opfer fiel. Nur dass Renate schneller verrottete als der alte, morsche Kasten.

Das Schlimmste dabei waren nicht einmal die Lähmungen, die vor allem in der rechten Hand auftraten und die immer schwerer zu kaschieren waren. Und auch nicht die Anfälle, wobei Gott einen hier wirklich prüfte mit blutig gebissener Zunge und unfreiwilligem Urinabgang und hinterher diesem wolkigen Gefühl im Kopf, das über Stunden anhielt. Nein, wirklich schlimm war die Erkenntnis, dass Renate allmählich den Verstand verlor. In ihrem Leben hatte es nur eine Person gegeben, auf die Renate wirklich zählen konnte, und das war sie selbst gewesen: Renate Ödegaard, geborene Schmidt, gesegnet mit Intelligenz und Tatkraft.

Doch in letzter Zeit kam es immer wieder vor, dass ihr die Realität entglitt. Dass sie nicht mehr wusste, was Tatsache war und was nur ein Bild, geschaffen von den Metastasen in ihrem Gehirn, den neuen Zellen, die sich dort unaufhörlich bildeten. Hatte sie zum Beispiel wirklich mit dem Hausmädchen zusammen Weihnachten gefeiert? Was für ein absurder Gedanke. Ein gemeinsames Essen mit dem Dienstboten? Und sie hatten zusammen Weihnachtslieder gesungen? Vielleicht sogar getanzt? Schwer vorstellbar. Aber möglich? Genauso möglich wie Ingers Angriff auf die Möwen? Hatte Inger mit einem Holzscheit auf die Möwen eingeschlagen? Heute Morgen hatten beide Vögel auf dem Fußende ihres Bettes gesessen, so wie sie das seit fünfzehn Jahren taten. Offensichtlich unverletzt.

Sicher konnte man nicht sein.

Nichts war mehr sicher.

Aber das durfte niemand wissen.

Wenn dieser Pfaffe wiederkam, dieser Holm, durfte er nichts merken, sonst würden sie Renate in ein Heim stecken. In ein Asyl, wo man ihr Spritzen geben würde und die Hände ans Bett fesseln. Wie ein Tier im Käfig würde man sie halten, und durch die Stäbe des Bettgitters würden Krankenschwestern auf sie zeigen, schwarze Krankenschwestern in rosa Kittelschürzen würden über sie lachen, während Renate hilflos auf der Matratze lag, ein lallendes, stammelndes Bündel mit zerrüttetem Geist, das darauf wartete, endlich sterben zu dürfen.

War das schon passiert? Waren die schwarzen Schwestern wirklich hier, oder stellte sie sich das bloß vor? War sie alleine? War sie zu Hause? Renate Ödegaard blickte sich um und befühlte den Nachttisch neben sich, die vertraute Matratze, die Bettdecke: Ja, das war ihr eigenes Bett, in dem sie seit Jahren schlief. Sie war zu Hause. Gott sei Dank. Und sie war auch nicht alleine, denn dort am Fußende saßen Frank und Knut, ihre Lieblinge, ihr Ein und Alles. Sie schliefen, den Kopf zwischen die Schultern gezogen. Es musste mitten in der Nacht sein.

Was sollte aus den beiden Vögeln werden, wenn Renate starb? Wer würde sich um sie kümmern, dafür sorgen, dass sie genug zu fressen hatten und dass sie die Nächte nicht bei Wind und Wetter draußen verbringen mussten? Die beiden waren daran gewöhnt, dass Renate sie bemutterte. Doch Möwen waren hier in Norwegen kein Sinnbild für Freiheit und maritime Romantik, sondern sie waren als Flugratten verschrien, die in Abfallhaufen wühlten und die Dächer vollkackten. Vielleicht würde man die beiden einfach umbringen. Wie konnte Renate ihren Frieden mit dem Schicksal und mit dem Tod machen, wenn ihre Möwen, ihre Kinder, alleine und schutzlos zurückblieben?

Doch wenn sie sich recht erinnerte – zu dumm, dass alles plötzlich so flüchtig geworden war –, also, wenn sie sich recht erinnerte, hatte Inger Frank gepflegt, als er sich neulich den Flügel gebrochen hatte. Das war gar nicht so lange her. Gleichzeitig mit der Sache mit dem Holzscheit? Ah, egal! Wichtig war hier nur, dass Inger freundlich zu dem Vogel gewesen war und auch geschickt, das musste Renate zugeben. Sie hoffte nur, dass es auch wirklich passiert war und nicht nur eine ihrer Visionen, die kamen und gingen, besonders nachts, wenn es draußen so dunkel und so still war. Aber es blieb ihr ohnehin keine Wahl. Sie würde dem Mädchen die beiden Möwen vermachen, jetzt sofort, solange noch Zeit war, und meinetwegen auch das Haus dazu, wo sollten die drei sonst leben?

Renate setzte sich auf und blieb einen Moment lang auf der Bettkante sitzen, damit der Schwindel sich legte, der sie seit Neuestem überfiel, wenn sie sich zu schnell bewegte. Vorsichtig setzte sie den rechten Fuß auf den Boden – ja, heute Nacht trug er sie –, dann schlurfte sie vom Schlafzimmer hinüber ins Arbeitszimmer. Der Schreibtisch war übersät mit Papieren. In letzter Zeit gelang es Renate einfach nicht mehr, Ordnung zu halten. Sie wühlte darin, bis sie endlich das richtige Blatt fand: das Testament, in dem Renate Ödegaard ihrem Patenkind Inger Haugen den gesamten Besitz vermachte – Haus, Grundstück, Mobiliar und Ersparnisse. *Und meine beiden Möwen Frank und Knut,* fügte sie handschriftlich hinzu, ehe sie Datum und ihre Unterschrift daruntersetzte. Etwas krakelig, nicht so schwungvoll wie früher, aber es musste reichen.

Dann suchte sie weiter, zog Schubladen auf und schob sie wieder zu, bis sie auf die Mappe mit den wichtigen Dokumenten stieß. Die Eigentumsurkunde für das Grundstück. Ihre Heiratsurkunde. Die Geburtsurkunde. Die Aufenthaltsgenehmigung. Sogar der Totenschein von Jens lag hier. Die knappe Zusammenfassung eines langen Lebens. Ganz zuunterst das Testament, das sie noch mit ihrem Ehemann gemeinsam verfasst hatte, direkt vor ihrer Abreise nach Afrika. Jens hatte damals darauf bestanden, alles der Kirche zu vermachen, und Renate, sonst eigentlich aus Prinzip uneins mit ihrem Mann, hatte nur mit den Schultern gezuckt. Damals hatte es ja Frank und Knut noch nicht gegeben und somit niemanden, der nach ihrem Tod irgendetwas brauchte.

Renate tauschte das alte gegen das neue Testament aus und legte die Mappe zurück auf ihren Platz. Dann lehnte sie sich zufrieden zurück. Das war geschafft. Wie gut, dass sie Inger hatte, die sich um alles kümmern würde. Die liebe Inger. So ein gutes Mädchen. Ja, die hatte ein bisschen Glück im Leben verdient. Wie schön, dass Renate dazu beitragen konnte.

Am besten, sie vernichtete das alte Dokument gleich hier und jetzt, damit es nachher keine Verwirrung gab.

Renate wollte den Bogen schon in den Papierkorb gleiten lassen. Aber dort konnte es jemand finden. Verbrennen war besser. Sie kramte zwischen den Stiften und Heftklammern in der obersten Schublade, und tatsächlich, hier lag ein Feuerzeug. Mit der rechten Hand schaffte Renate es nicht mehr, das Rädchen zu drehen, und links war sie schon immer ungeschickt gewesen. Doch schließlich sprang eine Flamme hervor, die sie von unten an das Blatt hielt. Die Flamme fraß sich am Papier entlang, schneller als gedacht, und verbrannte Renate die Finger. Erschrocken ließ sie das Blatt los, das auf den Schreibtisch fiel und weitere Papiere entzündete. Renate versuchte zu pusten, und als das nichts half, die Flammen mit den Händen auszuschlagen. Aber es war zu spät. Das Feuer hatte sich bereits auf dem gesamten Sekretär ausgebreitet, kroch in Fächer und Ablagen und sprang auf den Vorhang über. Fasziniert schaute Renate zu. Erst als ihr immer größere Hitze entgegenschlug – die Gardinen brannten bereits lichterloh –, riss sie sich von dem Schauspiel los. Sie musste Hilfe holen. Nur wie?

»Inger, sofort kommen!«, rief sie. Wo war denn nur das Telefon? In letzter Zeit war sie ständig am Suchen. »Feuer, Inger!«, rief sie. »Inger, Feuer!«

Doch Inger hörte nicht, diese Schlampe. Fraß sich auf ihre Kosten voll, lebte wie Gott in Frankreich und glaubte auch noch, die ganze Nacht schlafen zu können. Öffentlich auspeitschen sollte man das Mädchen. Und das war noch viel zu milde.

»Inger!«, schrie Renate Ödegaard. »Kommen!«

Hustend stemmte sie sich von ihrem Stuhl hoch. Raus hier. Nichts wie raus.

Doch ihr rechter Fuß verfing sich hinter dem Stuhlbein, die Hand ballte sich zu einer nutzlosen Faust, und die alte Frau stürzte zu Boden. Sie versuchte, wieder aufzustehen, sich am Stuhl hochzuziehen, über den Teppich zum Sofatisch zu kriechen, während sich das Zimmer mehr und mehr mit Rauch füllte.

Vergeblich.

Zum ersten und einzigen Mal in ihrem Leben gab Renate Ödegaard auf. Sie ließ sich zurücksinken, atemlos und schwindlig und bereits am Rande der Bewusstlosigkeit.

Frank, dachte sie, Knut.

Und dann nichts mehr.

Kapitel 33

Inger meinte im Halbschlaf Rufe zu hören. Nacht für Nacht rumorte Frau Ödegaard dort unten, wanderte durch die Zimmer, und manchmal hörte es sich an, als würde sie Möbel rücken. Oft genug lag Inger da und lauschte in die Dunkelheit, ob Schritte die Treppe heraufkamen. Die Tür zu ihrem Bretterverschlag konnte man nicht abschließen. Inger schob seit Neuestem den Stuhl davor. So würde sie wenigstens rechtzeitig aufwachen, falls Frau Ödegaard hereinkam. Aber Stuhl hin oder her, die Vorstellung, wie ihre Dienstherrin sich über sie beugte, das Brotmesser oder den Brieföffner oder eine Schere in der Hand – bereit, zuzustechen –, verfolgte Inger bis in den Schlaf. Zigmal in der Nacht schreckte sie auf, und manchmal schrie sie im Traum.

»Inger!«, rief Frau Ödegaard. »Inger, kommen!«

Inger drehte sich auf die andere Seite und versuchte, eine bequemere Stelle auf der dünnen Matratze zu finden, irgendeine Kuhle, die noch nicht völlig durchgelegen war. Bloß weiterschlafen. Die Nächte waren kurz genug, und morgen käme ein weiterer langer Tag, angefüllt mit den Verrücktheiten der alten Frau.

Unten tat es einen Schlag, als würde etwas Schweres umstürzen.

Inger drehte sich noch einmal um. Aber es half nichts. Jetzt war sie wach. Starrte auf das vertraute Fensterchen, hinter dem der Nachthimmel sich vage abzeichnete, etwas weniger dunkel als die Schwärze der Kammer. Lauschte in die Dunkelheit, angespannt und erschöpft.

Keine Ahnung, was sie da gehört hatte. Jetzt war es jedenfalls wieder still.

Aber der Geruch war ungewohnt. Scharf. Erinnerte an Herbstabende. Erst nur eine Ahnung, dann immer stärker. War das Rauch? Roch es im Haus wirklich nach Rauch?

Inger schlüpfte in die Schuhe und griff nach ihrer Jacke, denn mitten im Winter war es auf dem Dachboden ziemlich kalt. Dann tastete sie sich zur Dachbodentreppe. Seit sie nachts so oft rausmusste, hatte Inger die Taschenlampe aus dem Keller gemopst. Sie leuchtete damit die Treppe hinunter bis zu der Tür, die den Dachboden vom ersten Stock trennte. Tatsächlich: Rauch quoll durch die Ritzen zwischen Tür und Rahmen. Der Strahl der Taschenlampe tanzte darüber hinweg wie ein Autoscheinwerfer über Nebelschwaden.

Was sollte Inger tun? Natürlich die Feuerwehr rufen. Doch das Handy lag in ihrer Kammer. Und zurückgehen, das wäre, wie in eine Falle zu tappen. Sobald die Flammen durch die Tür brachen, würde all das afrikanische Gerümpel, das auf dem Dachboden lagerte, Feuer fangen wie Zunder. Dann wäre es zu spät.

Zurück war unmöglich. Stattdessen zog Inger sich die Jacke über Mund und Nase und stieß die Tür zum ersten Stock auf. Der hintere Teil des Flurs beim Arbeitszimmer brannte bereits lichterloh, richtig laut waren die Flammen, die sich durch das Holz fraßen, aber der Weg nach unten ins Erdgeschoss und zur Haustür war noch frei.

Aus Frau Ödegaards Schlafzimmer drang das Gekreische der beiden Vögel, die offenbar panisch dort herumflatterten, denn immer wieder hörte Inger dumpfe Schläge, selbst durch das Prasseln des Feuers. Hin- und hergerissen sah sie von der Treppe zum Schlafzimmer und wieder zur Treppe und wieder zum Schlafzimmer. Die Tiere waren da drin. Und Frau Ödegaard wahrscheinlich auch. Sie konnte sie doch nicht einfach so zurücklassen. Aber sie würde schnell sein müssen. Inger duckte sich tief unter dem Rauch, der ihr entgegenquoll, schlüpfte ins Schlafzimmer und schloss die Tür hinter sich so schnell wie möglich.

Der Raum war voll von Vögeln, Schreien, Federn, dem Geruch nach Feuer und nach Tieren, die aus Angst geschissen hatten. Eine der Möwen schoss direkt über ihren Kopf hinweg, wendete hektisch in dem engen Zimmer, flog wieder Richtung Fenster und versuchte, durch die geschlossene Scheibe zu brechen. *Dunk* machte es, und die Möwe taumelte zurück.

Inger warf einen Blick auf das Bett, aber es war leer. Wo war Frau Ödegaard? Panik stieg in ihr auf. Immer dichter drang Rauch durch die Türspalte, und Inger konnte bereits die Hitze spüren, die durch die Tür drang. Nichts wie raus hier, solange noch Zeit war! Zurück zum Treppenhaus! Doch als Inger die Schlafzimmertür öffnete, brannte bereits der gesamte Flur, und die Flammen drängten sich hungrig zu ihr ins Zimmer, füllten den Türrahmen aus, nahmen gleich die Tür in Besitz, fraßen qualmend am Teppich und den ersten Möbeln.

Hustend wich Inger zurück, hinter das große Ehebett aus schwerem Mahagoni, in dem Frau Ödegaard liegen sollte, aber nicht lag, und riss das Fenster weit auf, beide Flügel, in dem Verlangen nach frischer Luft, die sie nicht halb erstickte. Die Möwen drängten sich an ihr vorbei und flogen kreischend ins Freie. Hinter ihr sog das Feuer genauso gierig die Frischluft ein wie Inger selbst und stürmte auf sie zu.

Inger riss das Bettzeug von der Matratze. Einen Augenblick lang dachte sie an den Beutel mit Edelsteinen, den Frau Ödegaard nachts unter das Kopfkissen schob, aber da war nichts, nur Laken. Gerade noch rechtzeitig griff sie nach dem Leintuch, ehe die Flammen es erreichten, knotete das eine Ende um den Fensterpfosten und warf den Rest aus dem Fenster, um sich daran herunterzulassen. Weit reichte so ein einziges Bettlaken leider nicht. Ingers Füße baumelten noch immer gute zwei Meter über dem Boden. Dann erreichte das Feuer das Fenster, und Inger fiel, das angesengte Leintuch noch immer in der Hand, in das Staudenbeet, von dem jetzt, Ende Januar, nur feuchte, kühle Erde übrig war.

Hände griffen nach ihr. Nachbarn, die von dem Schauspiel angelockt waren und sie jetzt von dem Haus wegzogen und ihr auf die Beine halfen. Von Weitem hörte sie die Sirenen des ersten Löschzuges näher kommen, und der Garten füllte sich mit Menschen und Licht und Geschäftigkeit. Inger stand unter der Buche, in ihr halbes Laken gewickelt, und sah auf das brennende Haus und die Feuerwehrmänner, als ginge sie das alles nichts an. Noch spürte sie weder ihre Hände, die sie sich verbrannt hatte, als sie die heiße Türklinke anfasste, noch die Kälte auf ihrem Kopf, wo statt Haaren nur noch versengte Stoppeln waren.

Die Maus, war alles, was sie dachte, die kleine Maus dort oben auf meinem Dachboden, die ist jetzt wahrscheinlich tot.

Ein Feuerwehrmann kam über die Wiese auf sie zugerannt. »Frau Ödegaard? Ist die alte Frau Ödegaard noch da drin?«, rief er.

Inger reagierte nicht. Erst als Edith sie an der Schulter nahm und vorsichtig schüttelte – wo kam Edith eigentlich her? –, blickte Inger ihn an, versuchte zu verstehen, was er von ihr wollte.

»Die alte Frau Ödegaard? Wo ist sie?«, fragte der Feuerwehrmann noch einmal.

Inger sah das leere Bett vor sich, die Möwen, die panisch ins Freie flogen, das Zimmer, das kurz darauf in Flammen stand. »In ihrem Bett war sie jedenfalls nicht«, sagte sie langsam. »Aber irgendwo muss sie doch sein, oder?«

Kapitel 34

Frau Ödegaards Beerdigung fand auf dem Eiganeser Friedhof statt, und diesmal war die Grabkapelle reichlich gefüllt. Schließlich geschah es nicht jeden Tag, dass eine stadtbekannte und -berüchtigte Persönlichkeit in ihrem eigenen Haus verbrannte. Besser noch, die polizeilichen Ermittlungen hatten ergeben, dass die alte Dame das Feuer womöglich selbst gelegt hatte. Krebs im Endstadium, hieß es, und nicht mehr ganz zurechnungsfähig.

Jahrelang hatte die alte Ödegaard über den Gartenzaun gekeift, wahrscheinlich die eine oder andere Katze vergiftet, mit ihren Möwen die ganze Straße terrorisiert, und jetzt lag sie hier in ihrem Sarg, völlig verkohlt und Gottes Barmherzigkeit ebenso preisgegeben wie jeder andere Mensch auch. Da freute man sich doch an dem kleinen Glück, das einem gegönnt war: Frau Ödegaard war tot und man selbst immer noch bei bester Gesundheit. Außerdem war es nicht ohne Witz, dass sie nun noch ein zweites Mal eingeäschert werden sollte, erst der Brand und dann noch das Krematorium, als wolle man bei der alten Schabracke auf Nummer sicher gehen. Aber bei einer Beerdigung lachte man natürlich nicht.

Die ersten beiden Reihen in der Kapelle blieben allerdings leer. Angehörige waren nicht gekommen. Und auch keine Freunde.

Selbst Holger hatte darauf verzichtet, an seine Verwandtschaft mit Jens Ödegaard zu erinnern – Großonkel dritten Grades oder so –, sondern saß mit den übrigen Freunden von

Gertrude in der dritten Bank links, eingeklemmt zwischen Sigurd und Stanislaw, dem Babette gerade einen Schluck aus ihrer Flasche anbot. Sigurd wiederum saß neben Inger und strich ihr verzückt über den blonden Flaum, der auf ihrem Kopf nachwuchs. Wie ein frisch geschlüpftes Küken, noch ehe sie trocken und flaumig wurden, sah sie aus, dachte Holger. Schwer vorstellbar, dass er vor wenigen Wochen noch ganz verrückt nach dem Mädchen gewesen war.

Solange Inger bei Frau Ödegaard gewohnt hatte, mit diesem Nimbus des Tragischen und Geheimnisvollen um sich (die tote Vorgängerin, spinnerte Sekte und so weiter), und sich heimlich aus dem Haus schleichen musste, um ihn zu treffen – ja, das war eine Sache gewesen. Doch die letzten paar Tage hatte sie bei Edith gewohnt, Edith konnte halt nie Nein sagen, und als Nachbarin war Inger lediglich ein Mädchen, das Ediths abgelegte Sachen trug und die ganze Zeit zum Stokkasee lief, um ihre blöde Ente zu besuchen. Letztendlich war sie nur eine Jugendliche, die das Unglück anzog wie Scheiße die Fliegen. So ganz ohne Grund endete man doch nicht bei einer wie Frau Ödegaard, oder? Die sich das eigene Dach über dem Kopf anzündete. Und warum hatte Inger die Hände schon wieder in Mullbinden? Konnte natürlich vom Feuer sein, aber manche Mädchen verletzten sich ja auch absichtlich, aus psychologischen Gründen. Nein, nein, es war schon ganz gut, dass zwischen ihnen nie mehr gewesen war als ein geliehenes Meerschweinchen. Der Organist begann irgendwas von Bach zu spielen, und Holger drehte sich nach vorne.

»Wir sind heute zusammengekommen, um von Renate Ödegaard, geborene Schmidt Abschied zu nehmen.«

Pfarrer Holm hatte sich lange und mühsam auf diese Rede vorbereitet. Über die Toten soll man nichts Schlechtes sagen, das war schon richtig, aber was blieb bei Renate dann übrig? Über ihre Kindheit wusste er nichts. Ihre deutsche Familie hatte sich nicht einmal bei ihm gemeldet, um ihr Fernbleiben zu entschuldigen. Und hier in Stavanger hatte Frau Ödegaard sich, vorsichtig ausgedrückt, nicht gerade beliebt gemacht. *Der Deutsche Schäferhund* – das war gemeint, wie es klang. Nicht einmal die Missionszeit in Afrika konnte Pfarrer Holm guten Gewissens anführen, denn kurz vor seinem unglücklichen Autounfall hatte ihm Jens Ödegaard damals noch einen Brief geschrieben. Eine Bitte um Hilfe. Der gute Mann hatte zu diesem Zeitpunkt bereits um sein Leben gefürchtet, ganz zu Recht, wie sich zeigen sollte, ganz zu Recht, und seine letzte Sorge hatte seiner Frau Renate gegolten. Also nicht die Sorge *um* die Frau, sondern *wegen* der Frau. Ohne sich selbst zu schonen, hatte Jens ihm damals berichtet, wie Renate Ödegaard im Laufe der Jahre zu ihren Diamanten gekommen war, wie er selbst zu blind und zu dumm gewesen war, um etwas davon zu bemerken, und wie sich Renate dann geweigert hatte, ihm die Steine auszuhändigen.

… Meine Frau Renate hat sich am Elend anderer Menschen bereichert und ihre Position in der Mission schamlos ausgenutzt, um an diese verfluchten Edelsteine zu kommen, hatte er geschrieben. *Die Gier hat von ihrer Seele vollkommen Besitz ergriffen, und es ist nicht mit ihr zu reden. Auf mich hört sie schon gar nicht. Aber es ist mein inniger Wunsch, dass diese Angelegenheit nicht das große Werk besudelt, das wir in Bet-El vollbracht haben und noch immer vollbringen. Ich könnte es nicht ertragen, dass irgendwann Zweifel an den Motiven für unser Wirken hier aufkommen, denn diese sind ausschließ-*

lich – wirklich ausschließlich – Nächstenliebe und das Bestreben, Gott zu gefallen. Deswegen bitte ich dich, Amund, aus ganzem Herzen, auf Renate einzuwirken, falls sie irgendwann nach Stavanger zurückkehrt. Es auf jeden Fall zu versuchen. Versprich es mir! Ich fürchte, es ist mein letzter Wunsch auf dieser Welt, aber dir vertraue ich ihn an ...

Und Pfarrer Holm hatte sein Versprechen tatsächlich gehalten. Obwohl er es jahrzehntelang vor sich hergeschoben hatte und obwohl es ihn am Ende viel Mut kostete. Doch während seines letzten Besuchs bei Frau Ödegaard war ihm klar geworden, dass der alten Frau nur noch sehr wenig Zeit blieb. Notgedrungen hatte er es endlich gewagt, die leidige Sache anzusprechen, und zu seiner Überraschung hatte Renate ihm tatsächlich einen kleinen Lederbeutel ausgehändigt, in dem vierundvierzig Rohdiamanten lagen.

Die Erkenntnis, dass der Tod nahe war und dass man nicht wusste, was einen danach erwartete, veränderte den Menschen, das hatte Pfarrer Holm schon häufig festgestellt. Würde man ins Nichts eintauchen oder stand einem eine ungewisse, vielleicht barmherzige, möglicherweise aber auch feindselige Ewigkeit bevor? Himmelreich oder Fegefeuer? An diesem Knotenpunkt befand sich das schlagende Herz jeder Religion. Selbst jemand wie Frau Ödegaard wurde in einem solchen Moment von einem Gefühl der Furcht ergriffen, das man mit etwas gutem Willen sogar als Reue deuten mochte. Als Wunsch nach Vergebung. Nach Absolution.

Nur – wie bastelte man daraus eine Grabrede?

Schließlich hatte Pfarrer Holm beschlossen, über Frau Ödegaards Vermächtnis zu sprechen. Natürlich nicht über die Diamanten, von denen durfte niemand wissen außer ihm selbst, aber es gab da ja auch noch ein Testament, das die

Eheleute Jens und Renate Ödegaard vor ihrem Aufbruch in die Mission verfasst hatten und in dem sie ihren gesamten Besitz der Kirche vermachten. Pfarrer Holm wusste zwar, dass Frau Ödegaard in ihren letzten Jahren immer wieder davon gesprochen hatte, dieses Testament zu ändern. Aber einerlei, ob sie das getan hatte oder nicht – da in dem Feuer ihre gesamten Papiere verbrannt waren, lag die einzig gültige Abschrift, die von 1974, in Pfarrer Holms Büro, von Jens seinerzeit zu treuen Händen ausgeliefert. Was damals so großartig geklungen hatte, war zwar inzwischen kräftig zusammengeschrumpft, das Haus eine Ruine und die Grundstückspreise verfielen zusehends, aber in Gottes Augen zählte ja nicht der pekuniäre Wert, sondern die Geste, die gute Absicht.

Pfarrer Holm wählte also eine neutrale Beschreibung von Frau Ödegaards Persönlichkeit – ein ausgeprägter Charakter, sagte er gerne bei solchen Gelegenheiten – und fand dann warme Worte für ihre Großzügigkeit und ihre Kirchentreue. Ursprünglich hatte er auch noch etwas von liebevollem Gedenken sagen wollen, aber im letzten Augenblick ließ er es weg.

»Lasst und singen«, schloss er schlicht. »*Befiehl du deine Wege,* Strophe 1 bis 3.«

Die Freunde von Gertrude schoben sich zusammen mit allen restlichen Trauernden Richtung Ausgang. Heute waren sie nicht hier, um einem einsamen Verstorbenen das letzte Geleit zu geben, ganz offensichtlich gab es dafür genügend andere, sondern wegen Inger, die in dem Feuer nicht nur ihren Arbeitgeber, sondern auch ihr Zuhause verloren hatte. Wie ungewohnt, in einer Kapelle zu sein, in der es Gedränge gab.

Britt-Ingrid hatte sich eifrig umgeschaut. Vielleicht war dies ja eine Gelegenheit, neue Mitglieder zu werben? Sobald sie draußen war, klatschte sie in die Hände. »Wir gehen noch alle ...«, rief sie.

Doch die Menge zerstreute sich, ohne Britt-Ingrid Aufmerksamkeit zu schenken. Nur die Freunde von Gertrude, die daran gewöhnt waren, von der Ersten Freundin herumkommandiert zu werden, blieben zurück. Wie Bodensatz in einer Teekanne, dachte Britt-Ingrid missmutig. »Wir gehen noch ins Café Eiganes. Ihr kennt die Regeln«, verkündete sie schwunglos. »Simon, falls du mitkommen möchtest ...«

Aber Simon war heute gar nicht da.

Inger stülpte sich eine Wollmütze auf, die ursprünglich einem von Ediths Enkeln gehört hatte – ohne Haare zog es am Kopf –, und hängte sich bei der alten Dame ein.

Edith hatte sie in der Brandnacht bei sich aufgenommen. Unglaublich, wie viele Leute in dieser Nacht zusammengelaufen kamen, um zu gaffen und zu staunen. Auf der Straße standen sie, im Garten und selbst in den umliegenden Gärten, und starrten, ohne einen Finger zu rühren. Nur Edith war das Feuer egal gewesen. Sie hatte nach Inger gesucht und sie schließlich unter der alten Buche gefunden, in das angesengte Laken gewickelt und noch immer völlig benommen. Edith hatte sie nach Hause gebracht und ins Bett gesteckt. Sie hatte an ihrer Bettkante gesessen, bis Inger aufhörte zu zittern, und sie hatte sie am nächsten Tag zur Polizei begleitet, damit Inger ihre Aussage machen konnte.

Edith hielt ihre Hand, während Inger stockend und schluckend berichtete, wie sie die Möwen ins Freie gelassen hatte und dann selbst in Todesangst hinterhergesprungen war.

»Du hast nichts falsch gemacht, Mädchen«, sagte sie. »Im Gegenteil, du hast alles genau richtig gemacht. Du bist so mutig gewesen, Kindchen. Es war vielleicht unvernünftig, nicht gleich aus dem Haus zu rennen, aber doch sehr, sehr mutig.«

Und dann zog sie ein Taschentuch heraus, um Inger die Tränen abzuwischen und hinterher auch noch die Nase zu putzen.

Seitdem wohnte Inger bei Edith, die ihr Essen kochte und für sie Kuchen backte und mit der sie abends vor dem Fernseher lümmelte und Chips aß, bis sie mit einem Kuss auf die Backe ins Bett geschickt wurde. Seit einer Woche ging es Inger so gut wie noch nie zuvor in ihrem Leben. Sie stellte sich manchmal vor, dass Edith Sätze sagen würde wie: *An Ostern werden wir Salat säen.* Oder: *Was hältst du davon – wir bauen ein Entenhaus für Petronella, dann haben wir zum Sommer vielleicht Entenküken.* Oder: *Möchtest du dir für dein Zimmer neue Vorhänge aussuchen?*

Aber Edith sprach nach wie vor vom Gästezimmer, wenn sie den Raum meinte, in dem Inger schlief, und sie benutzte nie ein anderes Wort als morgen. »Morgen gehen wir in die Stadt, um dir Unterwäsche zu kaufen«, sagte sie. Oder: »Morgen gibt es Kartoffelsuppe.«

Es war offensichtlich, dass Inger bei Edith nach wie vor zu Besuch war und dass Edith erwartete, dass sie irgendwann wieder abreiste. Nicht nur irgendwann. Bald.

All die Monate hatte Inger auf Frau Ödegaards Tod gewartet. Darauf, dass die Hypothek endlich abgezahlt wäre, die der Vater auf Ingers Leben aufgenommen hatte, und sie aus *Generation hilft Generation* entlassen würde. Auf den Bruch zwischen Vorher und Nachher.

Und jetzt hatte sie keine Idee, wie dieses Nachher aussehen sollte. Tag für Tag schob Inger den Gedanken an die Zukunft vor sich her wie eine lästige Pflicht. Das Einzige, was sie aus der Villa Ödegaard gerettet hatte, waren das nackte Leben und ihre verschlissenen Halbschuhe, denn die Cordjacke war so voller Brandlöcher gewesen, dass Edith sie gleich am ersten Morgen in die Mülltonne geworfen hatte und Inger seitdem einen taillierten Mantel mit Gürtel trug, zu dem nur noch einer von Ediths Topfhüten fehlte. Alles andere war verbrannt, und das einzig Gute an dem Feuer war, dass es auch Ingers Haare versengt hatte. Nun bräuchte sie den Eltern nicht zu sagen, dass sie sie seinerzeit selbst abgeschnitten hatte, an ihrem letzten Abend im Internat, in einer Vorfreude und Aufbruchsstimmung, die sich im Nachhinein als völlig ungerechtfertigt erwiesen hatten. Zu den Eltern nach Klepp zurückzukehren, war natürlich immer eine letzte Möglichkeit, die ihr blieb. Inger könnte wieder Röcke tragen, sich die Haare wachsen lassen und auf einen anständigen jungen Mann warten, der sie heiraten würde.

Britt-Ingrid klatschte noch einmal in die Hände und rief: »Los, los, wir gehen! Ich habe den Tisch für halb zwölf bestellt, und es ist schon zehn vor.«

In diesem Augenblick kam Pfarrer Holm um die Ecke. Er hatte seinen Talar abgelegt und war jetzt wieder in Zivil.

»Oh, wie schön, Herr Pfarrer. Kommen Sie auch mit?«

»Heute leider nicht. Ich habe zu tun. Inger, hast du einen Moment Zeit für mich? Ich würde gerne mit dir reden.«

Seinem Tonfall nach war es keine Einladung, sondern eher eine Anweisung. Er nickte den anderen ernst zu und wünschte allen einen guten Tag. Die Freunde von Gertrude grüßten zurück und zockelten dann ohne Inger davon. Babette überlegte noch kurz, ob sie den Pastor um fünfzig Kronen anpumpen sollte, aber er sah nicht so aus, als hätte er heute Verständnis für ihre finanzielle Notlage. Schade, dass Simon nicht da war.

Pfarrer Holm nahm Inger mit zu sich nach Hause, es war ja gleich um die Ecke, setzte Kaffee auf, bedeutete Inger, sich auf einen der Küchenstühle zu setzen, und verschwand in den ersten Stock, »um schnell etwas zu holen«, wie er sagte.

Als der Pfarrer zurückkam, suchte er umständlich nach Kaffeetassen mit passenden Untertellern und nach Keksen, die in ein kleines Schälchen gefüllt werden mussten, um es ein bisschen nett zu machen, und nach Löffelchen und nach Zucker, während Inger den großen, braunen Umschlag beäugte, den der Pfarrer mitgebracht hatte und der jetzt auf dem Tisch lag. Pfarrer Holm wartete, bis die Kaffeemaschine ihren letzten Gurgler getan hatte, goss ein und schob Inger die Kekse hin, ehe er sich setzte, sich räusperte, einen Schluck Kaffee trank und sich noch einmal räusperte.

Inger hatte im Internat das Warten gelernt, Ungeduld war eine der siebenundzwanzig Todsünden gewesen, die man dort begehen konnte, aber jetzt begann sie doch, auf ihrem Stuhl hin und her zu rutschen.

Endlich griff Pfarrer Holm nach dem Umschlag, öffnete ihn und reichte Inger ihren Pass und als Nächstes ihre Geburtsurkunde.

»Du hast sicher schon darauf gewartet, dass ich mich bei dir melde«, sagte er. »Und diese Papiere hätte ich dir natürlich schon lange geben können. Aber jetzt habe ich dafür noch etwas anderes für dich. Das kam erst gestern.« Der Pfarrer griff noch einmal in den Umschlag und zog einen weiteren Bogen heraus, den er Inger gab. »Dein Zeugnis.« Der Pfarrer lächelte stolz. »Es ist recht gut ausgefallen, wie du siehst. Aber es hat einige Zeit gedauert, es zu bekommen. Ich habe es gleich angemahnt, nachdem du das erste Mal zu Besuch bei mir warst und wir darüber gesprochen haben. Erinnerst du dich – damals, nach Frau Ödegaards Anfall? Aber es gab Uneinigkeiten. Der Disput zog sich. Ich musste auf etliche Unregelmäßigkeiten hinweisen, die in deiner Patenschaft aufgetreten waren, damit die Schule dir ein Zeugnis ausstellte. Ähm, nachdrücklich hinweisen, würde ich sagen. Aber dann lag es gestern endlich in der Post. Übrigens hat man mir gleichzeitig mitgeteilt, dass die Betreuung der GHG-Patenkinder jetzt von einem Kollegen übernommen würde.« Pfarrer Holm nahm sich einen Keks. »Ich wäre nicht ... nicht kooperativ genug, drückte man sich aus«, sagte er mit vollem Mund. »Ich glaube, man hält mich für einen schwierigen alten Mann, und ehrlich gesagt, mir ist das ganz recht so. Meine Pflicht der Kirche gegenüber und meine Pflicht gegenüber Gott sind nicht immer – nun, völlig kongruent, wenn du verstehst, was ich meine. Aber bald werde ich in Rente gehen. Dann bin ich nur noch meinem Herrn verpflichtet, und dann werde ich meine verbleibende Kraft darauf verwenden, diese widerliche Organisation verbieten zu lassen. *Generation hilft Generation* – pah, was für ein Schwindel!« Er griff in die Tasche, zog einen Lederbeutel hervor, der Inger nur zu bekannt vorkam, und schüttete die Steine auf den Tisch. Gemeinsam beugten sie sich vor, um die kleinen, hellgrauen Bröckchen zu begutachten. »Rohdiamanten«, erklärte der Pfarrer. »Sehen ziemlich unscheinbar aus, findest du nicht? Ich weiß leider gar nicht, über welche Kanäle Frau Ödegaard sie verkauft hat, und wahrscheinlich werde ich nicht schrecklich viel dafür bekommen, weil sie nicht registriert sind. Aber für einen tüchtigen Rechtsbeistand wird es wohl reichen.« Pfarrer Holm musterte Inger, die ihrerseits die Diamanten musterte. Ganz konnte sie ihre Enttäuschung wohl nicht verbergen, denn der Pfarrer sagte: »Du hattest gehofft, sie selbst nehmen zu können, oder? Heimlich, weil es ein Schatz war, von dem niemand wusste, oder?« Inger wurde über und über rot. »Nun, ich wusste davon, und zwar schon lange. Und ich bin froh, dass diese elenden Steine, die mit so viel Unrecht erkauft wurden, nun endlich einem guten Zweck dienen werden. Aber kein Grund, sich zu schämen, Mädchen. Ich verstehe dich, sehr gut sogar. Man macht euch so viele Hoffnungen, und dann stehst du hier mit leeren Händen und weißt nicht, was werden soll, gell?«

Inger nickte bedrückt.

Pfarrer Holm kicherte und sagte selbstzufrieden: »Nun, ich habe nicht nur ein Zeugnis für dich ausgehandelt, sondern auch einen Studienplatz. Du hast mir doch erzählt, dass du gerne Tierärztin werden würdest. Was hältst du von der Idee, auf die Veterinärhochschule zu gehen? GHG bietet zwar normalerweise keine weiterführende Ausbildung an, aber in deinem Fall hat man ... nun, ich habe vorgeschlagen, dass man eine Ausnahme macht.« Pfarrer Holm wurde ernst. »Vier Patenkinder für eine einzige Patin. Das Erste in der Psychiatrie. Bei dem Zweiten wusste man lange nicht, was aus ihm geworden ist. Cecilie geht es übrigens gut. Ich habe sie ausfindig gemacht. Sie lebt bei einem älteren Herrn in Haugaland, und es gefällt ihr dort. Aber das nur am Rande. Auf jeden Fall, das dritte Patenkind ist tot, und das letzte wäre beinahe verbrannt. Das sind Geschichten, die möchte niemand über sich erzählt haben, erst recht nicht die Kirche. Letztendlich verdankst du diese Chance dem traurigen Schicksal deiner Vorgängerinnen, Inger. Die armen Mädchen. Sieh es als eine Wiedergutmachung für euch alle vier«, sagte er bedrückt. Doch dann fuhr er fröhlich fort: »Außerdem habe ich nicht nur einen Studienplatz, sondern auch ein Stipendium für dich ausgehandelt. Einen Teil zahlt GHG, und den Rest – na ja, ich nenne es für mich die *Stiftung Ödegaard*.« Pfarrer Holm zeigte auf die Steine auf dem Tisch. »Den Rest bezahlen wir davon. Ist das nicht fantastisch? Das Studium fängt natürlich erst nach dem Sommer an, aber bis dahin könntest du als Freiwillige in der dazugehörigen Tierklinik arbeiten, gegen Kost und Logis, haben sie dort gesagt. Du kannst nächste Woche dort anfangen. Na, was meinst du? Grandios, oder?«

Der Pfarrer zog die Augenbrauen hoch und sah Inger erwartungsvoll an. Doch das Mädchen reagierte überhaupt nicht so begeistert, wie er es erwartet hatte. Nicht einmal erleichtert.

Stattdessen sagte sie abweisend: »Ich habe keine Ahnung, ob ich wirklich Tierärztin werden möchte. Ich habe das neulich nur so gesagt, weil Sie unbedingt eine Antwort wollten.« Inger lehnte sich zurück, verschränkte die Arme vor der Brust und starrte den Pfarrer genauso grimmig an wie seine Tochter Signe früher. »Sie haben einfach eine Ausbildung für mich ausgesucht, ohne mich zu fragen? Sie verfrachten mich in den nächsten Zug Richtung Osten, ohne auch nur zu hören, was ich gerne möchte? Wie kommen Sie dazu! Glauben Sie nicht, dass ich in meinem Leben schon genug herumgestoßen worden bin? Finden Sie nicht, es wäre an der Zeit, dass ich meine eigenen Entscheidungen treffe?«

Pfarrer Holm schwieg verlegen. Aus dieser Perspektive hatte er die Angelegenheit noch gar nicht betrachtet. Er war so froh gewesen, dass sich schließlich alles so gut fügte. Nach all dem Ärger, den er damit gehabt hatte. Eine ganze Reihe Unannehmlichkeiten hatte er in Kauf genommen, nicht zuletzt eine offizielle Rüge vom Bischof. Und trotzdem musste er Inger recht geben. Die ganze Zeit regte er sich darüber auf, dass GHG so rücksichtslos über das Leben seiner Schützlinge verfügte, und dann ging er hin und tat dasselbe. Natürlich nur mit den besten Absichten, den allerbesten sogar, aber trotzdem hätte er das Mädchen fragen müssen. Hätte ihm jemand anderes diese Geschichte erzählt, er selbst, Amund Holm, hätte hohngelacht über ein so paternalistisches Verhalten. Beschämt betrachtete er seine Hände, trank noch etwas Kaffee, nahm einen weiteren Keks. »Du hast ganz recht«, sagte er schließlich. »Es tut mir leid. Natürlich musst du das selber bestimmen.«

Inger nahm die Arme herunter und versuchte ein Lächeln. So böse hatte sie gar nicht werden wollen. Der Pfarrer meinte es ja sicher nur gut. »Danke für das Angebot jedenfalls«, sagte sie. »Bis wann muss ich mich denn entschieden haben?«

»Leider schon sehr bald. Wie gesagt, ich bin der Verantwortung für GHG ab Mitte Februar enthoben. Und dann kann ich nichts mehr für dich tun. Und Monatsmitte ist …«, Pfarrer Holm sah überrascht auf den Kalender an der Wand, »… in ein paar Tagen. Heute ist tatsächlich schon der achte Februar.«

»Gut. Ich werde es mir überlegen und Sie so bald wie möglich wissen lassen, was ich tue.«

Inger stand auf und stellte ihre Kaffeetasse ordentlich in den Spülstein. Der Pfarrer begleitete sie in die Diele, wo sie

Schuhe und Mantel anzog. Dann, bereits in der Tür, drehte sich Inger doch noch einem um.

»Ach, ich kann es Ihnen auch jetzt gleich sagen«, brummte sie widerwillig. »Natürlich möchte ich gerne Tierärztin werden.«

»Wirklich?« Der Pfarrer zog sie zu sich in die Arme. »Das freut mich. Sehr sogar!«

»Danke«, flüsterte Inger an seiner Wange. »Vielen, vielen Dank!«

Und dafür das ganze Theater, dachte Pfarrer Holm. Das Mädchen ist halt doch noch ein richtiges Kind.

Kapitel 35

Inger stand am Kleinen Stokkasee und lockte: »Komm, komm, komm!«

Es war noch früh am Morgen, und der See lag dunkel und still in der ersten Dämmerung.

»Komm, komm, komm«, rief Inger. »Komm, komm, komm!«

Nach einer Weile raschelte es im Schilf, und eine Ente paddelte Richtung Ufer.

»Da bist du ja endlich!« Inger bückte sich und nahm Petronella hoch. »Wir beide müssen los. Wir werden Tierarzt. Wusstest du das schon? Und wenn wir uns nicht beeilen, fährt der Zug nach Oslo ohne uns. Na, hast du Lust?«

Die Ente zupfte mit dem Schnabel freundlich an Ingers Ohr. Ihr war alles recht. Sie hatte sowieso nichts verstanden.

Auf dem Bahnsteig herrschte Geschäftigkeit. Nur noch ein paar Minuten bis zur Abfahrt. Die Freunde von Gertrude wurden ständig angerempelt, aber eng zusammengedrängt hielten sie stand wie ein Fels in der Brandung, dachte Britt-Ingrid.

Inger lehnte aus dem Fenster und beobachtete die große Uhr. Noch immer fünf Minuten. Natürlich war es rührend, dass die Freunde vollzählig als Abschiedskomitee gekommen waren, aber gleichzeitig machte es sie auch verlegen. Außerdem musste sie immer wieder nach Petronella sehen, die aufgeregt quakend im Abteil herumlief, weil sie Bahnfahren nicht schätzte. Schließlich klemmte sich Inger die Ente unter den Arm, selbst wenn sie dort zappelte, aber die Gefahr, dass das Tier auf den Gang hinaus und dann vielleicht aus dem Zug entwischte, war zu groß.

Ente und Mädchen sahen jetzt gemeinsam aus dem Fenster. Noch vier Minuten. Britt-Ingrid räusperte sich. Höchste Zeit.

»Inger«, verkündete sie. »Wir sind hier alle zusammengekommen, nicht nur, um dir unsere besten Wünsche mit auf deinen weiteren Lebensweg zu geben, sondern auch das hier.« Sie zog ein Kuvert aus der Manteltasche und wedelte damit. »Wir haben lange überlegt, womit wir dir wohl eine Freude machen können, aber dann haben wir beschlossen, dass du wahrscheinlich am dringendsten ein bisschen Startkapital brauchst. Die Freunde von Gertrude haben deshalb zusammengelegt. Jeder hat gegeben, was er erübrigen konnte«, ein strenger Blick zu Babette, der sie aber kaum zu treffen schien, »und nun hoffen wir einfach, dass du uns nicht so schnell vergessen wirst. Wir werden auf jeden Fall immer einen Platz für dich freihalten, in unseren Herzen und auch in der Kirchenbank. Dritte Reihe links – du weißt schon.« Britt-Ingrid reichte Inger den Umschlag, und als diese danach griff, platzte es doch noch aus ihr heraus: »Das meiste ist natürlich von mir.«

In diesem Augenblick pfiff der Zugbegleiter. Die Türen schlossen sich mit lautem Zischen.

»Danke!«, rief Inger. »Vielen tausend Dank und auf Wiedersehen! Ich werde schreiben.«

Sigurd, dem in diesem Augenblick klar wurde, dass es um irgendeinen Abschied ging, auch wenn er es nicht ganz verstanden hatte, um welchen, begann *Befiehl du deine Wege* zu singen. Das machten sie doch sonst auch immer zum Schluss. Die übrigen Freunde, ergriffen von der Feierlichkeit des Augenblicks, fielen ein. Ein dünner, etwas zittriger Chor, nur Stanislaw hielt den Ton richtig, allerdings mit polnischem Text, aber Inger stiegen trotzdem die Tränen in die Augen.

Der Zug setzte sich ruckelnd in Bewegung.

»Auf Wiedersehen! Auf Wiedersehen!« Inger ließ die Ente wieder hinunter, um mit beiden Armen winken zu können. Die anderen winkten zurück.

Ganz am Ende des Bahnsteigs tauchte plötzlich Simon auf, fast zu spät, weil er noch einen wichtigen Kundentermin gehabt hatte. Potenzielle Käufer konnte man nicht einfach so abwimmeln. Rennend schloss er zu der singenden Gruppe auf, hob grüßend die Hand und schenkte Inger ein letztes, strahlendes Lächeln.

Quellenverzeichnis der Bibelzitate

Seite 18: 1 Petrus 5,5
Seite 49: Jonas 2,10
Seite 83: Apostelgeschichte 3,19
Seite 100: Matthäus 18,9
Seite 148: Epheser 4,32
Seite 179: Lukas 17,10

Zitiert aus:
Die Bibel mit Bildern alter Meister: Die Heilige Schrift des Alten und Neuen Testamentes nach den Grundtexten übersetzt und herausgegeben von Prof. Dr. Vinzenz Hamp, Prof. Dr. Meinrad Stenzel, Prof. Dr. Kürzinger. Pattloch, 2008.

Seite 61: Lukas 12,15
Seite 62: Sprüche 23,4-5
Seite 188: Matthäus 11,28

Zitiert aus:
Luther-Bibel von 1912

*Über Tanten, Hühner
und andere Hinterlassenschaften*

Corinna Vossius

Seh' ich aus, als hätt' ich sonst nichts zu tun?

ROMAN

Als Helga ihre verwitwete Tante Beate »erbt«, die niemand sonst aus der Familie haben will, bleibt auf der norwegischen Insel Setersholm nichts, wie es war. Denn Beate hat ihren eigenen Kopf. In dem geht es manchmal etwas durcheinander, und sie ist partout nicht davon abzubringen, Hühner aus einer Hühnerfarm retten zu wollen und mit selbst gestrickten Mützen und Schals zu beglücken. Doch als es darauf ankommt, ist es Tante Beate, die Helga zeigt, was im Leben wirklich zählt und wann es sich zu kämpfen lohnt.

*Zwei alte Damen, ein Seniorenstift
und ein fast genialer Plan*

Corinna Vossius

Man hat ja seinen Stolz

ROMAN

Die Schwestern Lilli und Berta Berburg, die sich im Alter immer ähnlicher sehen, »teilen« sich einen Platz im Seniorenstift, um sich halbwochenweise aufpäppeln zu lassen, ohne ihr trautes Heim ganz aufgeben zu müssen. Doch als Krankenschwester Ruth sich über das wechselhafte Wesen von »Frau Berburg« wundert und eine beginnende Demenz befürchtet, ruft das eine Nichte auf den Plan, die schon lange ein Auge auf die Immobilie der beiden Damen geworfen hat. Wie kommen die beiden Schwestern aus diesem Schlamassel nur wieder raus?

Auch Fallen will gelernt sein!

Monika Bittl

Man muss auch mal loslassen können

ROMAN

Eigentlich sind Charlotte, Wilma und Jessy fest entschlossen, ihrem Leben ein Ende zu setzen. Felsenfest. Wirklich! Nur irgendwie geht dabei ständig etwas schief. Warum muss es auch von dieser Brücke gleich so tief runtergehen?
Folgerichtig wird die nächste Tankstelle geentert, um sich Mut anzutrinken. Dabei geraten die drei in einen dilettantischen Raubüberfall und drängen sich kurz entschlossen den beiden Möchtegern-Gangstern als Geiseln auf. Und so nimmt eine höchst vergnügliche Reise ihren Lauf.